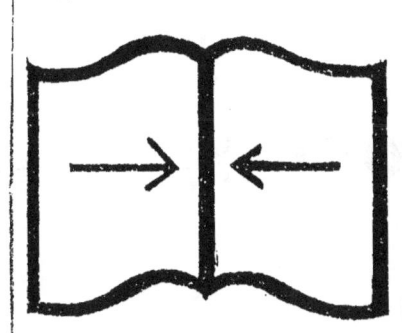

RELIURE SERREE
Absence de marges
intérieures

Couvertures supérieure et inférieure
manquantes

VALABLE POUR TOUT OU PARTIE DU
DOCUMENT REPRODUIT

FLAMBOCHE

IL A ÉTÉ TIRÉ DE CET OUVRAGE :

Cinquante exemplaires numérotés à la presse, sur papier de Hollande.

CORBEIL. — Imprimerie Éo. CRÉTÉ.

JEAN RICHEPIN

FLAMBOCHE

ROMAN PARISIEN

PARIS

BIBLIOTHÈQUE-CHARPENTIER

G. CHARPENTIER ET E. FASQUELLE, ÉDITEURS

11, RUE DE GRENELLE, 11

1895

FLAMBOCHE

C'était à coup sûr une remarquable et très intelligente gaillarde, magistralement experte en son métier de fille galante, et fine mouche d'ailleurs en toutes sortes de choses, que mademoiselle Gisette, dite autrefois (par les voyous ses congénères à Belleville) la Gaufre, dite plus tard (par les carabins au Quartier latin) la Ventouse, dite plus tard encore (par ses vis-à-vis à l'Élysée-Montmartre) la môme Jambe-de-laine, de son vrai nom Delphine-Esther Giset, ex-trottin, ex-modèle, ex-verseuse de brasserie, ex-étoile de chahut, ci-devant patronne d'un « Plumes et Fleurs » à un entresol de la rue de la Lune, et présentement femme entretenue *dans les grands prix, au sac, rangée des voitures* au point d'en avoir une à elle, bref, maîtresse toute-puissante, quoique non avouée et absolument secrète, d'un aussi important personnage que le célèbre et austère politicien Louis-Ferdinand-

1

Hugues baron de Miérindel, ancien magistrat, ancien consul, officier de la Légion d'honneur, commandeur de plusieurs ordres étrangers, membre influent de la Chambre des députés, chef de la *Ligue pour le relèvement moral des Arts*, président du *Cercle bipontin*, et enfin, et surtout, directeur-fondateur du grave journal *la Conscience*.

Mais quand même, n'est-ce pas, si remarquable et très intelligente gaillarde que fût la Gisette, c'était bien la dernière créature du monde à qui l'on dût demander conseil sur le choix d'une institution pour jeunes gens ? Et, à supposer que l'idée saugrenue de lui demander un pareil conseil eût pu pousser à quelqu'un, il semblait naturel que l'austère M. de Miérindel en éclatât de rire, lui qui pourtant ne riait jamais.

Et néanmoins l'austère M. de Miérindel n'avait pas eu la moindre envie de rire, fût-ce de sourire, et même il avait respectueusement écouté, quand Gisette lui avait dit :

— Il n'y a qu'une institution possible pour ton neveu ; c'est l'institution Chugnard.

La vérité est qu'il n'avait pas demandé conseil à Gisette. Il avait fait pire. Il avait pensé devant elle, et elle avait répondu à la pensée qu'il n'exprimait pas, et il acceptait qu'elle fît ainsi,

sans en être étonné, ni fâché non plus. Depuis
six ans qu'elle était sa maîtresse, il l'avait laissée
peu à peu prendre barre sur lui de la sorte, par
d'insensibles progrès auxquels il n'avait pas
prêté attention, tant ils étaient lents et adroits.
Être pénétré par elle aussi subtilement, et le
permettre aussi docilement, était devenu chez
lui une habitude assez « seconde nature » pour
qu'il ne s'en aperçût même pas, ou du moins
n'eût pas l'air de s'en apercevoir, et, en tout cas,
n'en souffrît point.

Certes, une telle mainmise, sur un tel homme,
faisait honneur avant tout à l'habileté professionnelle de Gisette. Le baron, en effet, n'avait
guère l'apparence, ni, réellement, le fond, d'un
sensuel dominé et dominable par les sens. Ce
grand, gros, gras et lourd corps de quinquagé-
naire, tout en panne et en lymphe, n'était pas de
ceux qu'on agrippe aisément aux pinces des voluptés prenantes. Il faut trouver des fibres et
pouvoir les tendre, pour y exercer le jeu savant
qui les fait vibrer. Où trouver ces fibres et comment arriver à les tendre, sous tant de molle
graisse, qui d'ailleurs en devait vite éteindre les
vibrations lâches ? C'est, en quelque manière, la
graisse elle-même, l'épaisse masse de panne et
de lymphe, qu'il s'agissait ici de faire tressaillir.
La ci-devant patronne du « Plumes et Fleurs »

y avait réussi, et c'était bien là un miraculeux chef-d'œuvre.

Toutefois, cela ne suffisait pas encore à expliquer la totale possession d'une pareille proie, qui devait fluer et fondre dans le poing à mesure qu'on le fermait pour l'y retenir. Les hameçons les plus crochus ne s'accrochent à rien, dans la gélatine d'une méduse.

Aussi Gisette, pour capturer celle-ci, avait-elle usé, sans négliger ses hameçons habituels, d'un filet aux fines mailles, flottant comme la bête à prendre, et qui en suivait les moindres ondulations, et s'y accommodait, et s'y collait. Et là surtout elle s'était montrée, non seulement experte à miracle en son métier de fille galante, mais femme de tête, femme supérieure, puisqu'elle avait su se faire aimer, au sens le plus profond du mot, par un être de cette force.

Elle était, en effet, plus que la maîtresse du baron ; elle en était l'amie. Il la laissait regarder en lui, et y voir.

Or, voir en lui, voilà ce qu'il n'avait jamais permis à personne ; et croire qu'on y pouvait regarder efficacement, voilà ce qui n'arrivait qu'aux imbéciles. Les malins, depuis longtemps déjà, n'y tâchaient plus. Il avait, auprès d'eux, la réputation méritée d'être seul à savoir toujours tout ce qu'il pensait.

— Et encore ! disaient volontiers les mauvaises langues.

Mais le mot n'était que plaisant. Il traduisait, d'ailleurs, assez nettement, l'impression que laissait en général la parole de ce très onctueux, très abondant et très méandrique causeur, passé maître dans l'art de ne rien dire en parlant beaucoup et bien. C'était une éloquence toute en panne et en lymphe, comme son corps, et qui fluait et fondait comme lui. N'empêche que, sous cette phraséologie sans consistance, une pensée vigoureuse et incessamment active se tendait vers des buts toujours définis, de même que la panne et la lymphe de ce grand corps mou recouvraient un solide et dur squelette d'agile carnassier.

C'est ce que Gisette, elle, avait deviné tout de suite, et sans montrer d'abord qu'elle l'eût deviné. De quoi le baron, au lieu d'en concevoir de la méfiance, l'avait au contraire prise en estime, et bientôt en admiration ; car elle n'abusa point de ce qu'elle avait su voir. Et, du coup, il se plut à ce qu'elle en vit davantage. Peut-être ce fut là le secret des premières mailles dont elle ourdit le filet pour envelopper sa proie. Il s'amusa de s'y sentir en proie, lui qui ne l'avait jamais été. Il trouva là une sorte de repos qu'il ne connaissait pas.

1.

Avec elle, il se taisait parfois longuement, et
elle répondait alors à ces silences, où elle lisait
ce qu'il voulait qu'elle lût. Souvent même elle
lisait plus loin, plus profond, et il en était ravi.
Une vague ondée de joie lui en passait sur le
visage, et il en éprouvait comme un chatouille-
ment délicieux. Il lui semblait qu'une douce et
fine éponge le lui débarbouillât, son morne et
impassible visage, las d'être toujours comme
émaillé sous une immobile physionomie.

C'était, en effet, une des pièces de son armure
défensive, que cette immobile physionomie. La
nature la lui avait donnée. La bouffissure adi-
peuse l'avait entretenue. La volonté d'être impé-
nétrable l'avait fixée et figée. De son crâne
chauve, en beurre pâle, le beurre avait coulé sur
sa vaste face glabre, et s'y était durci en un
masque cachant jusqu'aux frissons de la peau.
Dans ce masque blafard, tendu, lisse et mort, il
n'y avait de vivant en apparence que les yeux et
la bouche. Mais les yeux, petits, fendus à la tar-
tare, y semblaient deux minces boutonnières
par où luisaient deux vieux boutons en étain
terni ; et la large bouche s'ouvrait à la façon
d'une crevasse au flanc d'une citerne, avec sa
lippe inférieure pendante et humide, usée et
comme décolorée par toutes les phrases qui la
délavaient incessamment de leurs eaux troubles.

Deviner sous ce masque les frissons de la peau, en traduire le sens obscur, y répondre, n'était-ce pas plus admirable encore que d'avoir trouvé les nerfs à tendre sous cet amas de panne et de lymphe? Voilà ce qu'avait fait Gisette, et pourquoi le baron l'aimait, et aussi parce qu'il était sûr qu'elle-même l'aimait en retour. Elle aimait, en effet, ce monstre, précisément à cause du mal qu'elle avait eu à le conquérir, au physique et au moral. Et c'est en toute sincérité que parfois elle lui disait, avec des caresses de vraie passion :

— Tu sais, toi, sans en avoir l'air, tu es rudement beau dans ton genre.

Et il le croyait, car elle le croyait, et la foi est contagieuse.

Il ne doit plus, maintenant, paraître étrange que l'austère M. de Miérindel ait pu entendre sans sourire, et même respectueusement, la ci-devant patronne du « Plumes et Fleurs » affirmer avec autorité :

— Il n'y a qu'une institution possible pour ton neveu; c'est l'institution Chugnard.

Un autre homme que le baron n'eût certainement pas réprimé un haut-le-corps, au moins de surprise, quand elle ajouta tout à trac :

— Tu peux t'en rapporter à moi. Je t'en parle par expérience. J'ai jadis été un des fournisseurs de la maison.

— Ah! fit-il, tranquillement. Et quand cela?

— Mais, répliqua-t-elle plus tranquillement encore, quand j'étais·établie rue de la Lune.

Elle sourit, et il garda le silence, la comprenant, et comprenant surtout combien·net et juste et à plein elle l'avait compris. Une institution de jeunes gens ainsi entendue, assez extraordinaire pour avoir compté au nombre de ses *fournisseurs* le fameux « Plumes et Fleurs » de la rue de la Lune, c'était en effet l'institution rêvée pour son neveu. Et même il n'eût jamais imaginé qu'elle existât ailleurs que dans son rêve, rêve monstrueux qu'il osait à peine faire, tant la romanesque scélératesse lui en paraissait follement absurde.

Ce rêve consistait en ceci : remplir envers son neveu les devoirs d'un tuteur, le plus consciencieusement et le plus généreusement possible au regard du monde, et au regard même, et surtout, du neveu; se faire aimer par le jeune homme; en devenir le maître absolu; l'engluer corps et âme; et pour cela le corrompre tôt et à fond au cours des cinq ans et demi qui devaient le conduire à sa majorité; sans en avoir l'air, d'ailleurs, si peu que ce fût, et au contraire toutes apparences sauvées. Et encore n'était-ce là que le moins monstrueux de ce rêve, dont les obscurs et derniers dessous cachaient sous leur noire vase

l'espoir informulé de voir l'adolescent, pourri,
avant l'âge, n'arriver pas au terme de cette majorité et par conséquent à la possession de son
héritage.

Son? Pourquoi *son?* De quel droit, vraiment,
sinon du seul droit légal? Et de ce droit, ici, le
baron se jugeait victime, et très sincèrement.
En stricte et bonne justice, il estimait que cet
héritage devait lui appartenir, à lui, et que le
sort (*même aidé*), le lui attribuant, lui en opérerait
uniquement l'équitable restitution. Cet héritage,
somme toute, ne venait-il pas de son frère aîné,
Jacques-Robert de Miérindel, par qui lui, pauvre
cadet, il avait été dépouillé du sien?

C'étaient là, d'ailleurs, des raisons qu'il se
donnait, des paralogismes dont il aimait à jouer
et à se jouer lui-même en son for intérieur, par
professionnelle accoutumance de politicien habile à jongler avec ces mots de légalité, de droit
et de justice. Mais, en descendant au plus intime
de lui, il savait bien, et s'avouait par moments,
qu'il eût convoité cet héritage sans autre motif
que sa convoitise même, et qu'il avait encore,
comme secret et plus puissant et tout-puissant
mobile à en frustrer son neveu, l'envieuse et
longue haine dont il n'avait pu assouvir toutes
les rancunes contre son frère aîné Jacques-Robert
de Miérindel.

Il se forgeait à l'avance de profondes et infâmes joies à satisfaire enfin sur le rejeton les vengeances qu'il n'avait point tirées du père, du moins autant qu'il l'aurait voulu. Car s'il l'avait toujours haï, ce frère aîné, et fortement, et à plein cœur, il avait, toujours aussi, été obligé de n'en rien laisser voir, et de paraître, au contraire, agir avec lui en frère admirable. Il y était forcé par les postes en vue qu'il occupait, par l'honorabilité dont il avait endossé l'uniforme. Ainsi comprimée et close, sa haine avait effroyablement recuit dans ces bouillonnements sans issue où elle s'était réduite et comme condensée en extrait de bile et en cristaux d'envie.

Et comment ne l'eût-il pas envié, comment ne l'eût-il pas haï, ce frère qui lui ressemblait si peu, que leur mère lui avait si manifestement préféré, à qui elle l'avait sacrifié sans cesse, et qui avait ruiné la famille, et qui avait tout fait pour la déshonorer par ce qu'il y a de plus déshonorant dans notre hypocrite société conventionnelle, c'est-à-dire par des aventures de casse-cou, des folies de cerveau brûlé, un éhonté mépris des préjugés et du qu'en-dira-t-on, une sorte de furieux amour du scandale, bref par l'en-dehors affiché, brutal, criard, gueulard, brave et bravant tout et tous, d'un loyal cynisme, crime impardonnable et essentiellement en horreur à l'austère fondateur-directeur du grave journal *la Conscience* ?

Beau, vaillant, élégant, riche, en passe de faire rapidement et brillamment son chemin dans l'armée d'Afrique, où il était lieutenant de spahis à vingt-deux ans, Jacques-Robert de Miérindel avait brisé là son avenir militaire en donnant sa démission pour se battre en duel avec son colonel dont il avait enlevé la femme. Revenu à Paris en compagnie de cette femme, qui avait quarante ans et qui était sans fortune, il l'avait installée chez sa propre mère, la baronne douairière, madame veuve de Miérindel, qui avait supporté, par faiblesse pour lui, une semblable abomination, mettant la famille au ban du monde. Dix-huit mois plus tard, le colonel ayant été tué en Kabylie, Jacques épousait sa maîtresse, voulait l'imposer dans les salons, avait par suite deux nouveaux duels, dont un mortel pour son adversaire ; puis, à cinq semaines de là, sa femme le trompant, il la prenait en flagrant délit, et abattait à coups de revolver les deux coupables. Acquitté, mais ayant déjà trois cadavres derrière lui à moins de vingt-quatre ans, il quittait Paris pour aller faire campagne dans les Indes néerlandaises au service de la Hollande. Là il s'acoquinait avec une bande de chevaliers d'industrie, soi-disant industriels et chercheurs

de diamants, qui commençaient par le dépouiller
au jeu, au point qu'il tirait de sa mère plus de
trois cent mille francs perdus. Dans l'espoir de se
refaire, il désertait l'armée néerlandaise et suivait la bande des chercheurs de diamants chez
les Cafres du Cap. Il y équipait une expédition,
et y mangeait les avant-dernières ressources
de la douairière, toujours pleine de confiance en
lui. Il en revenait pour lui présenter, unique
trésor qu'il rapportât des mines, une Anglaise,
fille à matelots, dont il avait fait là-bas sa com-
pagne, qui l'avait soigné et sauvé de la mort
après une sanglante bagarre où il avait reçu une
demi-douzaine de coups de couteau, et qu'il ramenait par reconnaissance. Ni plus ni moins que
la femme enlevée à son colonel, il installait
chez sa mère cette bizarre créature, buveuse de
gin à face blême d'alcoolique, à toupet de clown,
et qu'en raison de cette houppe en langue de feu
roux il avait baptisée Flamboche. Avec elle, il
buvait, était devenu ivrogne. Et néanmoins,
madame veuve de Miérindel continuait de
l'adorer, ne voyait que par ses yeux, hypothé-
quait, puis vendait pour lui ce qu'elle avait encore de biens négociables. A sa mort, elle ne
laissait que des dettes. Toute sa fortune person-
nelle était fondue. Le patrimoine de M. de Miérindel père, marié avec elle sous le régime do-

tal, ayant été à peu près nul, le fils cadet, Louis-
Ferdinand-Hugues, alors âgé de vingt-cinq ans,
se trouvait absolument sans avoir, réduit à ses
maigres appointements de jeune magistrat. Et
tout le monde le plaignait d'avoir encore à sa
charge (du moins le croyait-on et le laissait-il
croire) son grand diable de frère aîné. Celui-ci
cependant, débrouillard, s'évertuait à vivre et à
faire vivre son Anglaise, maintenant enceinte.
et bientôt mère d'un pâle spectre comme elle, à
houppe rousse, comme elle, et par suite baptisé
de même. Ah! quels étranges métiers il faisait
alors, indignes d'un Miérindel, et crânement
acceptés, sans honte, au mépris de toutes les
conventions! A quelles besognes il se ravalait.
ce frère crapuleux d'un austère magistrat, pour
trouver de quoi manger à sa et à son Flamboche! On le voyait successivement prévôt dans
une salle d'armes, écuyer dans un manège,
gérant d'un journal mal noté, croupier de tripot.
maître nageur, camelot, distributeur de pros-
pectus, terrassier, placeur de billets d'auteurs.
cocher de maraude, portefaix, garçon, maqui-
gnon, déménageur. On le voyait, certes; car.
loin de s'en cacher, il se montrait fier de ses
professions transitoires et équivoques. Il s'offrait
aux moins avouables. Il prétendait qu'on peut
se tenir les mains propres même dans les plus

interlopes. Et à ceux qui auraient seulement essayé
d'avoir l'air d'en douter, il était prêt à prouver
son dire avec l'argument pointu. On le savait
et on l'en croyait sur parole. On se contentait
de le déclarer braque, et on plaignait toujours
le jeune et austère M. de Miérindel d'avoir pour
frère aîné un pareil déclassé. Quand même,
un beau jour, ce braque et ce déclassé sortait
inopinément de la crotte, et se reclassait. Une
main prise à crédit dans un claquedent, grâce
à l'entremise d'un croupier ami, le remettait à
flot. Il filait sur Hambourg, y faisait sauter la
banque, réitérait à Spa, se constituait un capital,
puis charlemagnait avec une sagesse étonnante
chez un tel hustuberlu. Il profitait, en homme
courageux, de ce revirement de la veine, ne
l'usait pas, décidait de la faire fructifier en tra-
vaillant, repartait pour le Cap, y remontait une
expédition, se servait de sa première expérience
acquise, trouvait la pie au nid, c'est-à-dire une
mine, revenait riche, et alors se remettait à
éclabousser les gens de ses extravagances. Il
épousait son Anglaise devenue une sorte d'idiote,
ivrognesse, vieillie avant l'âge. Une dette qu'il
lui payait, affirmait-il, une dette d'honneur, une
de celles auxquelles il ne voulait pas faire banqueroute! Et il légitimait le petit Flamboche, l'éle-
vait comme un prince. La mère étant morte,

dans un gâtisme de *delirium tremens*, il lui faisait
construire au Père Lachaise un monument royal.
Après quoi il se présentait aux élections, brusquement, comme *candidat*, disaient ses affiches,
de la misère et de la prostitution. Cet extraordinaire avatar semblait un acte de folie. Son frère
cadet, sans se mettre en avant, s'arrangeait pour
que la folie fût constatée au cours d'une réelle
attaque de fureur alcoolique. Et enfin Jacques-Robert de Miérindel, enfermé à Charenton, y mourait
dans un accès de rage, laissant à son fils naturel,
reconnu et légitimé, alors âgé de quinze ans et
demi, les bons soins d'un tuteur aussi honorable
que l'austère politicien Louis-Ferdinand-Hugues
baron de Miérindel, le souvenir d'une enfance
commencée dans la gueuserie et achevée dans
le luxe parmi des scènes d'ivrognerie et de dé-
mence, un sang fumeux d'aventurier, un corps
grêle tout en nerfs, une âme toute en tohu-bohu
d'impressions comme kaléidoscopiques, six cent
mille francs de fortune liquide, plus une part de
propriété dans la mine en exploitation toujours
prospère, et par dessus le marché le sobriquet,
resté à l'adolescent, et inscrit sur son acte de
légitimation par une suprême, inconvenante,
extravagante et ironique bravade qui lançait
dans la vie le dernier rejeton d'une noble et respectable famille sous ces noms à l'accouple-

ment carnavalesque : Jean-Louis-Jacques-Robert-
William de Miérindel, 'dit Flamboche.

Le pire, c'est que ce gamin, stylé en cela par
son braque et mauvais sujet de père, tenait au
sobriquet, et s'en faisait gloire, le trouvant beau,
et en même temps l'ayant à cœur comme sa seule
relique maternelle.

— Où diable, pensait le baron, va se nicher
l'amour filial !

Et, les lettres de deuil, commandées et envoyées
sur les instructions du baron, ne portant naturellement pas ce sobriquet ridicule, le polisson
avait eu grand soin de répondre aux billets de
condoléances par des cartes de remerciement où
s'étalait en gros caractères insolents le fameux :
DIT FLAMBOCHE.

Que ce petit drôle dût continuer les frasques
et les scandales de son père, et qu'il en eût à sa
majorité tous les moyens grâce aux fantaisies
rendues réalisables par une grande fortune, son
austère tuteur pouvait-il le permettre ? Évidemment non. Et sans aucun doute les honnêtes gens
lui auraient donné raison, au nom de la droite et
saine morale, si dès ce début il avait voulu y
mettre bon ordre en tranchant dans le vif par
quelque mesure de rigueur.

C'est bien de quoi il avait eu tout d'abord
l'idée, et il en eût aisément suscité l'occasion.

Le galopin, élevé en indépendant et en enfant gâté, rebelle à toute contrainte, ne demandait qu'un coup de caveçon pour regimber et se manifester mauvaise tête. Mis à un régime sévère, même à la simple discipline d'un lycée il n'eût pas tardé à entrer en révolte, à se faire renvoyer, à donner prise assez pour qu'on eût l'air d'être strictement juste en recourant contre lui à des moyens de coercition légitime.

— Et cela, bien entendu, dans son propre intérêt, et par affection sensée pour lui, par souci de son avenir !

Ainsi eût parlé, dans ce cas, l'honorable tuteur, approuvé *tout ce qu'il y a d'honorable dans la société.*

— Car enfin, n'est-ce pas, n'eût pas manqué d'ajouter quelque onctueux philanthrope, il faut que le cœur cède parfois à la raison quand c'est nécessaire ; et le cœur des parents saigne bien plus que celui des enfants, oh ! oui, infiniment plus, au jour douloureux où le devoir commande, comme suprême et inévitable remède, la maison de correction.

Mais, si onctueux que pût être un tel philanthrope, le baron était plus onctueux encore. Il répugnait aux moyens violents. Il craignait, d'ailleurs, en les employant ici, d'offrir prétexte à de fâcheuses arrière-pensées que pourraient conce-

2.

voir et propager ses approbateurs même les plus
honorables. On a si tôt fait, avec quelques vagues
soupçons, de calomnier les intentions les plus
pures en apparence! Or, le directeur-fondateur
de *la Conscience* ne tenait pas à être calomnié
inutilement.

Puis il estimait que la maison de correction
peut quelquefois, en effet, par hasard, corriger.
Il ne voulait pas, si minime qu'elle fût, courir
ici cette chance.

Enfin, et dans un raffinement très subtil de
haine, il s'était mis en tête d'être aimé par son
neveu.

C'est à tous ces désirs complexes, à toutes ces
rancunes, à tous ces espoirs, à tout ce passé vaguement connu et adroitement reconstitué, à
tout cet avenir de réalisation possible entrevue,
c'est donc au tréfond même de la pensée de son
amant, que la très intelligente Gisette avait
répondu en proposant si juste l'institution Chugnard; et en la caractérisant si net par ces deux
simples affirmations, grosses de tant de significatives garanties :

— J'ai jadis été un des fournisseurs de la
maison... Quand j'étais établie rue de la Lune.

— Mais, objecta le baron, une maison de ce
genre, tenue comme je l'imagine, doit avoir une
réputation singulière.

— Détrompe-toi, répliqua Gisette. Elle jouit
d'une réputation excellente. La pension y coûte
très cher. Les élèves y sont très peu nombreux.
Huit ou dix, pas plus ! Tous, des jeunes gens
extrêmement chics. N'y est pas admis qui veut.
Chugnard prend ses renseignements et ses précautions avant d'accepter qui que ce soit. Il veut
être sûr de semer dans un terrain propice,
comme il dit, la graine de ce qu'il appelle son
système d'éducation à l'anglaise.

De nouveau le baron se tut longuement, et
Gisette de nouveau comprit ce silence, sans
grand'peine, d'ailleurs, cette fois. Évidemment
il était surpris qu'elle fût si bien et si à propos
informée touchant ce Chugnard dont elle ne lui
avait jamais parlé. Elle lui en donna aussitôt les
raisons, et le mit au courant de Chugnard, avec
son rapide et son habituel droit-au-fait.

Chugnard était un vieil ami qu'elle avait connu
pion au Quartier latin, et que depuis elle avait
toujours retrouvé de loin en loin, souvent aidé
parce qu'il n'avait pas de chance, et aidé de bon
cœur parce qu'il était digne d'intérêt et capable de
s'acquitter à l'occasion en rendant de précieux
services. Quels services ? A peu près de toutes
sortes ; car il n'était guère gêné par beaucoup
de scrupules et sa complaisance ne s'étonnait pas
de grand'chose.

— Une fois, dit Gisette, j'ai dû, pour des histoires à moi, séjourner dans une ville de province où j'avais besoin de paraître une femme mariée. Il m'a servi de mari. S'il l'avait fallu absolument, je crois bien qu'il m'eût épousée pour de bon.

Il était, d'ailleurs, d'excellent conseil en maintes choses, les placements d'argent, la rédaction des correspondances dangereuses, la remise en bon état des livres de commerce mal tenus, la procédure. Merveilleux, dans la procédure! Et cela, pour avoir été clerc, pendant huit mois, pas davantage, dans un obscur cabinet d'affaires géré par un ancien avoué. De même, pour s'y entendre comme personne aux placements d'argent, il lui avait suffi, tant il était intelligent, d'être quelque temps petit courriériste dans un journal financier. Et en tout, pareillement.

— Je vois, interrompit le baron ; c'est un assimilateur.

— Assimilateur si tu veux, répliqua Gisette. Moi je dis tout bêtement : un malin.

— Il est donc riche ? fit le baron.

— Dame, non, reprit Gisette ; mais ce n'est pas de sa faute, tu sais. Il a un défaut, voilà le chiendent, un gros défaut. Il est joueur. Et c'est bien pour ça, et pour ça seulement, qu'il est toujours resté dans la mélasse Car il y est encore, et y

mourra, malgré sa boîte, qui doit lui rapporter
pas mal, pourtant. Tout s'en va au claque, tout ;
et même dix mille balles qu'il me doit, dont
quatre que je lui ai données il n'y a pas plus de
trois semaines.

Elle ajouta en minaudant :

— J'ai peut-être eu tort, n'est-ce pas, et surtout
de ne pas te le dire? Mais, tu vois, je finis par te
dire tout. Et je n'ai pas eu tort, va, en somme, de
l'obliger. Malgré son sale défaut, c'est un homme
de ressources, et à qui on s'intéresse quand on le
connaît. Tu t'y intéresseras aussi. Tu en aurais
fait quelque chose, toi.

Elle conclut, d'un air grave :

— C'est une intelligence d'élite.

Et elle avait raison plus encore qu'elle ne le
croyait. Et si elle avait voulu dire au baron tout
ce qu'elle savait sur Chugnard, et si elle avait pu
surtout y joindre tout ce qu'elle ne savait pas, le
baron n'eût pas accueilli cette conclusion admi-
rative, comme il le fit, en allongeant sa grosse
lippe en une moue méprisante.

Chugnard était bien, en effet, une intelligence
d'élite. Certes, oui, et propre et prête aux besognes les plus imprévues et les plus difficiles,
quand il lui plaisait de s'y appliquer. Par malheur
il n'avait jamais eu la volonté tenace de s'appliquer avec suite, et par conséquent avec fruit,

à aucune. Il en était toujours empêché, et au bon moment, par son incorrigible et absorbant amour du jeu. Il avait poussé cet amour jusqu'à la manie, ayant eu l'idée fixe d'inventer des *martin-gales*. Dans le trou creusé par cette idée fixe s'étaient effondrées successivement plusieurs belles entreprises, commencées avec une étonnante audace, organisées avec une maîtrise qui en promettait le succès certain, et finissant toujours par s'écrouler, ainsi qu'il le disait plaisamment lui-même, en châteaux de cartes. Il avait de la sorte, notamment, après avoir eu l'entregent et trouvé le crédit nécessaires à les fonder, ruiné de gaîté de cœur une demi-douzaine d'ingénieuses affaires, dont la moindre eût assuré la fortune d'un moins habile que lui : une encyclopédie pédagogique illustrée publiée par livraisons ; une banque de prêt populaire ; une agence d'affiches ambulantes ; une société d'alimentation coopérative ; une association des propriétaires syndiqués pour l'assurance mutuelle contre la non-location des immeubles. Et quelques autres de même genre ; car il avait le génie du lancement. Mais il n'avait pas, en revanche, la patience d'attendre que ce qu'il avait lancé eût touché le but. Ou plutôt, ces affaires elles-mêmes, il ne pouvait se résigner à en considérer la réussite comme un but. Il n'y

voyait que le moyen de constituer l'énorme
capital dont il avait besoin pour mettre finalement en branle la machine de ses martingales.
Et, ce capital total n'étant jamais atteint assez tôt,
il en escomptait toujours d'avance l'espoir pour
risquer au moins une première tentative de la
martingale qu'il croyait cette fois être la bonne.
Et, patatras ! C'était, une fois de plus, l'écroule-
ment du fameux château de cartes.

Il était arrivé ainsi jusqu'à la quarantaine,
ayant usé la confiance des possibles bailleurs de
fonds, qui dès lors, selon sa propre expression,
l'avaient mis en réelle quarantaine.

Ce qu'il avait traduit par cette cascade de coq-
à-l'âne :

— Oui, la confiance en moi des bailleurs de
fonds, usée à fond, c'est le cas de le dire. Usée
jusqu'à la corde, la bonne volonté des gens de
sac !

Car il riait volontiers de son infortune, et plus
volontiers, en même temps, de l'infortune des
gogos qu'il avait ruinés, ayant (encore un de ses
mots) la ruine gaie.

— Surtout, ajoutait-il, celle des autres.

Mais la sienne aussi, vraiment. Déchu désormais de toute foi en son irréalisable martingale,
puisqu'il n'avait plus aucune espérance d'en
constituer l'initial capital nécessaire, il était

retombé sans amertume aux moins capiteuses et
presque fades joies du jeu ordinaire, aux petites
masses ou aux petites culottes misérables, prises
dans le banal au jour-le-jour des bas tripots. Il
y trouvait encore les chatouillantes délices dont
son vice ne pouvait se passer. Il sacrifiait à de
pauvres essais de martingales réduites tout ce que
lui rapportait le système d'éducation à l'anglaise de l'institution Chugnard.

Cela depuis dix ans, vivotant et jouotant
à la papa désormais, et avec la sensation qu'il
était un vieux général en retraite, s'amusant,
l'oreille fendue après de grandes campagnes,
à faire la petite guerre avec des soldats de
plomb.

Encore eût-il, à cette soi-disant petite guerre,
fondu sûrement jusqu'à ces derniers soldats de
plomb, s'il n'avait eu, pour grapiller sur sa bourse
de jeu de quoi soutenir tant bien que mal la
boîte, l'ange gardien qu'était sa femme.

— Un ange gardien pas beau, sans doute,
disait-il à elle-même, mais vraiment très gardien
et très ange.

Et pour cela (quoiqu'il la traitât souvent avec
la dernière violence, quand elle lui refusait
quelque argent prudemment mis en réserve),
pour cela, et même malgré ces refus, ou plutôt
à cause de ces refus (dont, revenu à lui, il était forcé

de reconnaître la sagesse), pour cela il avait fini par l'aimer. .

Il l'avait épousée, voilà dix ans, vieille fille impossible à marier tant elle était affreusement laide, restée douce et tendre néanmoins. Elle avait, en effet, par une monstrueuse anomalie, non pas séché en graine, comme font à l'ordinaire ses semblables, mais s'y était comme enflée et distendue, en une maturité de potiron prête à fondre au premier feu qui viendrait en faire une soupe mucilagineuse. Ce feu s'était allumé dans l'œil fiévreux du joueur en déveine, alors à la côte, et professeur d'anglais dans la pension Bance, qui avait pour patron le père de cette cucurbitacée. Le père Bance était mort sur ces entrefaites. La pension prospérait. La sentimentale citrouille en était l'héritière. De guerre lasse, ne pouvant plus dénicher ailleurs de quoi se remettre à cartonner un peu en grand, Chugnard s'était bravement *encitrouillé*. C'est en ces termes qu'il racontait son mariage.

La pension Bance et sa prospérité n'avaient pas fait vieux os, comme de juste, aux mains du martingalier. Et la pauvre Aménaïde (car elle s'appelait Aménaïde) avait failli maigrir en disputant à la dame de pique (encore une aimable plaisanterie de Chugnard) *les restes d'une pension qui tombe et d'une boîte qui s'éteint*. Sans perdre

3

cependant beaucoup plus de deux kilos, elle
avait réussi à sauver au moins l'honneur du nom
(le respectable nom du père Bance) gardé de la
faillite, et même un peu davantage. Car, si l'on
avait eu la honte de fermer à tout jamais la
vieille et glorieuse maison de la rue du Rocher
(N. B. *On conduit les élèves suivre les cours du
lycée Bonaparte*), et de s'exiler aux tristes Ternes,
on avait pu, quand même, en utilisant au mieux
les appréciables débris de la pension Bance, fonder et ouvrir, avec Aménaïde pour économe,
l'institution Chugnard.

Or, grâce à un tel économe, et grâce aussi, on
doit le proclamer, à l'ingénieuse idée de l'éducation à l'anglaise, l'institution Chugnard était
bien quelque chose, en somme, puisque huit ou
dix élèves y suffisaient à payer le loyer de deux
pavillons dans un jardin, à nourrir Aménaïde
qui mangeait beaucoup, à entretenir Chugnard
et son vice, et cela depuis tantôt dix ans. Sans
doute on y connaissait souvent les fins de mois
angoissées, les quittances de termes présentées
plusieurs fois, les protêts. Mais souvent aussi on
y faisait la fête joyeusement. Et enfin, tellement
quellement, on y vivait, on durait; et la maison,
comme avait affirmé si justement Gisette,
jouissait malgré tout d'une réputation excellente
et ne recevait que des jeunes gens chics; à preuve

qu'elle allait compter au nombre de ses pensionnaires Jean-Louis-Jacques-Robert-William de
Miérindel, dit Flamboche, propre neveu d'un
aussi important personnage que l'austère baron
de Miérindel, directeur-fondateur du grave journal *la Conscience.*

Une demande à cet effet fut, le jour même,
adressée à Chugnard par le baron, qui voulait
que tout se passât correctement et qui, en conséquence, pria Gisette de ne point intervenir.
Le lendemain, Chugnard répondit, non moins
correctement, que le nom du baron de Miérindel
le dispensait de tout renseignement à prendre,
et qu'il se faisait un devoir et un honneur
d'accepter les yeux fermés le pupille d'un tel tuteur. Il avait les yeux d'autant mieux fermés que
Gisette, avant que le baron l'eût priée de ne point
intervenir, avait eu soin d'avertir Chugnard,
sans lui en dire d'ailleurs plus long qu'il ne
fallait, mais en lui fournissant à point tous les
tuyaux nécessaires pour qu'il ne commît aucune *gaffe.*

Aussi bien, et même non averti, il se fût, de son
propre mouvement, *gardé* solidement *à carreau*
avec un homme comme M. de Miérindel, qu'il
connaissait de réputation. Jadis, au temps de
ses entreprises industrielles, il avait eu plusieurs
fois, par l'intermédiaire d'hommes de paille

agissant des deux parts, à se défendre contre d'âpres et mystérieux rançonnements opérés par l'administration de *la Conscience*. Depuis, dans le monde des joueurs, il avait souvent entendu parler des sévères campagnes menées par ce journal moralisateur contre tel ou tel cercle ; et il y était de notoriété, quoique sous le manteau, que ces vertueuses mercuriales servaient bel et bien à de fructueux chantages. Mais on y disait aussi que le Miérindel n'était pas homme à se laisser jamais pincer la main dans le sac et que sa respectabilité fortement établie bravait toutes les attaques. Se trouver en face d'un tel Gaspard et avoir à lui faire prendre des vessies pour des lanternes, c'était à Chugnard un vrai régal et une petite revanche ; il se promit de n'en pas rater l'occasion..

L'entrevue entre le baron et Chugnard, pour la présentation du nouvel élève, fut d'une correction admirable, et propre à pleinement satisfaire le grave directeur-fondateur de *la Conscience*. Quelqu'un qui eût pu y assister, connaissant les deux pèlerins (par exemple Gisette), en eût crevé de rire. Le pauvre Flamboche en creva seulement d'ennui, et se promit bien *de ne pas moisir long-temps dans une pareille boîte*, si toutes les heures y ressemblaient à la première heure assommante qu'on lui infligeait comme entrée de jeu.

Ce fut d'abord, par longues phrases, une dissertation en règle sur la pédagogie comparée, le baron déclarant vouloir s'instruire, auprès d'un homme aussi compétent que Chugnard, touchant les avantages des nouvelles méthodes, et Chugnard se prêtant avec une abondance mellillue aux explications les plus circonstanciées pour élucider à fond son système d'éducation à l'anglaise. En remarquable assimilateur qu'il était, bien réellement, Chugnard ne manqua pas de se mettre tout de suite, en effet, au diapason de l'éloquence miérindélique, et, comme il le pensait *in petto :*

— A filandreux, mon bonhomme, filandreux et demi ! Macaronisons ! Macaronisons !

Pour ne pas lâcher les calembredaines et les calembours qui lui venaient aux lèvres devant cet hippopotame onctueux, il empâtait à dessein ses discours des plus épaisses bouillies, et s'amusait intérieurement de les mâcher et remâcher, lui aussi, avec des grâces d'hippopotame.

Il fallait qu'il jouât cette comédie à miracle ; car le baron, pourtant si fin connaisseur en hypocrisie, s'y trompa. Il vit bien, sans doute, qu'il y avait là de l'affectation ; mais il la mit sur le compte de l'attitude professionnelle. Chugnard parlait, quoique taré d'un vice secret, et vraisemblablement pour mieux le cacher, en sérieux chef

3.

d'institution, et voilà tout! Il ne pouvait venir à
l'idée du baron que Chugnard parlait surtout en
ami de Gisette qui lui avait dit:

— N'aie pas l'air aussi malin que tu l'es. Je
me suis laissé aller à te traiter d'intelligence
d'élite. Ne me donne pas trop raison. On se mé-
fierait.

Et moins encore se doutait-il, le fin baron,
qu'il avait devant lui un homme jadis rançonné
par l'administration de *la Conscience*, et qui se
divertissait à rentrer un tout petit peu dans son
argent en se moquant de l'ancien rançonneur.

— Car, pensait le facétieux Chugnard, c'est
bien le moins que, après les beaux billets de
mille qu'il m'a soutirés autrefois indirectement,
je le paie aujourd'hui, directement et à son nez,
en monnaie de singe.

Par suite, il faisait bravement la bête, et, pour
ce, accentua de plus en plus, voyant que le
baron s'y prenait, son caractère de chef d'institution, et même de chef d'institution désirant
ostensiblement le paraître.

C'est ainsi qu'après la glaireuse dissertation
pédagogique, il insista pour que le baron voulût
bien inspecter par lui-même, en détail, comment
étaient mises en pratique les théories de l'éducation à l'anglaise, et il voulut lui faire passer
en revue, bon gré mal gré, les différents services

de l'institution. Il y procéda magistralement, avec un prudhommisme presque excessif, et de véritables boniments de marchand de soupe.

— Les cuisines, d'abord, si vous le permettez, monsieur le baron. Une nourriture saine est, à mon humble avis du moins, la base d'une saine éducation. *Mens sana...* je n'ai pas besoin d'achever la citation avec un humaniste comme monsieur le baron. Je ne puis toutefois pas ne point faire remarquer que c'est sous l'autorité et en quelque sorte sous l'invocation d'Horace que je me place pour commencer *de visu* ma démonstration, et conséquemment notre visite, par les cuisines.

Ce qu'il baptisait, d'un ton si pompeux, les cuisines, c'était une très petite pièce à l'entrée même du premier pavillon, et qu'un étroit et obscur corridor seulement séparait du parloir. En revanche, si elle était de dimensions ridicules pour *des cuisines*, la pièce était merveilleusement propre, on devait l'avouer. Le carrelage rouge, usé de nettoyage, le fourneau en fonte passé à la mine de plomb, les casseroles en fer-blanc fourbi comme celui de cuirasses, ou au cuivre miroitant de flamboiements roses, l'évier aussi poli qu'un vieux marbre, tout y témoignait d'un méticuleux et presque religieux entretien.

— Un temple, n'est-ce pas? murmura Chugnard en baissant dévotement la voix. Un véritable temple!

Le petit Flamboche, qui avait vu chez son père des pagodes chinoises en laque, ne put s'empêcher de s'écrier:

— Oh! oui, alors, on peut dire, et avec un fameux Bouddha!

Car au milieu de la pièce exiguë, et l'encombrant de son énormité, siégait, ou plutôt trônait, en train d'éplucher des légumes, la monstrueuse Aménaïde.

Chugnard faillit s'esclaffer de rire à la réflexion du petit drôle; mais il se contint, le baron ayant froncé le sourcil à cette incartade inconvenante. Et, se mordant la lèvre, le chef d'institution se contenta d'esquisser un vague sourire, qu'il fit le plus aimable du monde, en reprenant :

— Un temple, je le répète, et en voici la prêtresse, monsieur le baron, l'incomparable prêtresse, madame Chugnard, mon épouse.

Madame Chugnard s'était levée à grand'peine, saluant, troublée, devenue écarlate. Tout en rigolant, au fond, de voir la pauvre courge offrir cet étrange spectacle de prendre ainsi des joues de tomate, Chugnard ajouta gravement :

— C'est de l'éloge qu'elle rougit, monsieur le baron, c'est par modestie; ce n'est pas, comme vous pourriez le croire, d'être surprise en cette

humble et ménagère occupation. Cette humble
et ménagère occupation, elle s'en fait gloire, au
contraire, et je n'hésite pas à proclamer que
c'est en toute justice ; car une telle gloire est
proprement la gloire même de l'institution Chugnard, dont le primordial principe consiste à ne
pas souffrir que les élèves y reçoivent une nourriture apprêtée par des mains mercenaires, et
à vouloir que le soin de leur alimentation soit
confié uniquement aux talents culinaires, à la
fois merveilleux et maternels, de madame Chugnard en personne.

Puis, avant de refermer la porte, et avec une
lente solennité :

— Continuez, ma chère Aménaïde, continuez
à remplir votre haute et noble mission. Elle ne
peut que vous assurer l'estime des honnêtes gens,
des pères de famille, et des vrais appréciateurs
de l'éducation à l'anglaise.

Après cette visite aux cuisines, et un coup
d'œil dans la salle à manger, contiguë, très propre aussi et meublée avec le vieux meuble en
chêne du père Bance, on sortit dans le jardin qui
s'étendait tout en longueur entre le premier pavillon et le second.

C'était un ancien verger de petit rentier de
banlieue, un damier de carrés aux bordures de
buis, les murs flanqués de plates-bandes et garnis

d'espaliers, le sol planté régulièrement d'arbustes
rabougris dont beaucoup n'étaient plus que du
bois mort.

— Nous y faisons, dit bravement Chugnard,
un peu de botanique *in vivo*.

Au milieu fleurissait une corbeille de giroflées
galeuses et de dahlias flétris. Il la désigna du
doigt, avec un geste vaguement dédaigneux, et
en haussant légèrement les épaules comme un
homme sérieux obligé de prendre garde à une
chose futile.

— Le coin de madame Chugnard, murmura-
t-il, très vite. Les femmes, même les plus rigides,
ont toujours un brin de sentimentalisme !

Heureusement il retrouva aussitôt toute sa
fierté en montrant le portique de gymnastique,
et, à côté, une tonnelle maigrement garnie de
clématite loqueteuse.

— Les exercices du corps! dit-il à voix haute
et pleine. *Corpore sano !* J'achève la citation
malgré moi. Elle s'impose. Quant à la tonnelle,
une innovation, dont je tire, j'en conviens,
quelque vanité ! A la belle saison, on y fait la
classe en plein air, *sub dio*. C'est l'éducation à
l'anglaise devenue en quelque sorte, si j'ose
m'exprimer ainsi, athénienne. L'idée m'en a été
suggérée par le portique, à cause de l'école du
Portique, si célèbre chez les anciens, et dont je

n'ai pas à chanter les louanges davantage devant un philosophe aussi lumineusement averti que monsieur le baron.

Le baron commençait à suer, sous le soleil où le retenait Chugnard, *sub dio*. Il soufflait aussi, à zigzaguer par les allées sans ombre, entre les carrés du damier.

— Comme on respire bien ici, n'est-ce pas ? reprit Chugnard. L'air est excellent, grâce à la proximité du bois de Boulogne, où les élèves, je n'ai pas besoin de le dire, sont conduits en promenade chaque fois que la température attiédie... *favente Favonio...*

— Je suis un peu pressé, pardonnez-moi, interrompit le baron, et je crois qu'il me suffirait à présent d'une rapide visite aux chambres où logent les élèves, pour être tout à fait... Quoique, à vrai dire, je sois déjà amplement en mesure de juger combien votre mise en pratique me paraît adéquate aux belles théories que...

— Les classes, monsieur le baron, les classes ! interrompit à son tour Chugnard. Vous ne pouvez pas ne pas jeter un regard, fût-ce le plus furtif, aux classes, à cette organisation des classes dont je vous ai entretenu peut-être un peu trop longuement, des classes face à face, comme je les appelle, et qui me sont un légitime sujet d'orgueil, je ne cherche pas à le dissimuler, et il serait puéril de le faire avec un observateur aussi perspicace que monsieur le baron.

Voici ce que Chugnard appelait son organisation des classes face à face. Sur les neuf élèves qu'il avait en ce moment, trois, sans plus, consentaient à préparer tant bien que mal leur baccalauréat. Les autres s'y refusaient absolument. Et ces autres, pour le quart d'heure, étaient absents, *en ballade*. Vainement Chugnard les avait suppliés de rester, pour pouvoir montrer à la famille du nouvel élève que la maison était sérieuse. Ils avaient répondu que les trois piocheurs suffisaient à l'exhibition, et qu'eux-mêmes, n'ayant pas des têtes à donner une bonne idée de l'institution Chugnard, préféraient n'en pas donner l'idée du tout. Il avait fallu leur céder, un d'entre eux, le Valaque, mauvais bougre, déclarant qu'il *bousinerait* si on ne voulait pas le laisser sortir. Par bonheur les trois aspirants au bachot avaient eu la gentillesse de se prêter à sauver la situation. Un se tiendrait dans sa chambre, mise en ordre, à *potasser*. Et la classe serait faite pour de bon aux deux autres, à chacun par un professeur. Chugnard avait convoqué d'urgence, pour la journée entière, les deux seuls professeurs qu'il eût, un de lettres, un de sciences. C'est en quoi consistait la fameuse organisation, qu'il avait improvisée le matin même, des *classes face à face.*

— Je ne reviendrai pas, monsieur le baron, dit-il avant de pénétrer dans *le grand pavillon du travail* (comme il l'appelait), je ne reviendrai pas sur les incontestables avantages, que je vous ai si longuement développés, et que vous avez bien voulu apprécier à leur valeur, de ces leçons données directement *ab ore ad aurem.* Mais je tiens à ce que vous voyiez de vos yeux ce qu'il y a, dans ces leçons, de familier et de familial.

Et il ouvrit la première chambre, à droite en entrant dans le pavillon. C'était celle où *potassait* le solitaire.

— Ah! pardon, fit-il, pardon, mon cher enfant! Vous êtes plongé dans votre préparation. Ne vous dérangez pas!

Il referma la porte en chuintant un *chut* respectueux, et se mit à marcher sur les pointes, pour ne pas troubler le travailleur, qu'on avait entrevu, la tête entre ses mains, le nez dans un livre.

A travers la cloison, on entendait une voix pointue parler dans la seconde pièce. Chugnard posa mystérieusement son index sur ses lèvres froncées en cul de poule, et fit signe au baron et à Flamboche d'écouter. La voix pointue expliquait du grec.

— Œdipe roi ! chuchota Chugnard. L'immortel et si pur chef-d'œuvre de notre grand Sophocle !

Il se pencha vers le baron et lui glissa dans l'oreille :

— Remarquez qu'il est prononcé à la moderne, et non pas à la façon universitaire, selon les errements d'Érasme. Vous distinguez, n'est-ce pas ? C'est toute une révolution !

Et lui-même répétait, en iotacisant, en accentuant les *th* très fort :

Tinas pot'edras tas de mi thoadzété.

Polis d'omou mèn thimiamatôn guemi...

Et il ajoutait triomphalement :

— Le *th* anglais, observez bien ! Le même que le *th* grec ! Toujours et partout l'éducation à l'anglaise, en quelque sorte, si j'ose m'exprimer ainsi, athénienne.

Et il fit entrer le baron dans la classe de lettres. Rien d'une classe ! Pas de pupitre ! Pas de chaire ! Le maître et l'élève chacun dans un fauteuil, et ayant l'air d'amis qui causent, *face à face!*

Les deux causeurs en grec prononcé à la moderne s'étaient levés. Le jeune homme avait bonne façon, une tenue élégante, distinguée, et pas du tout l'allure d'un potache. Le maître, presque aussi jeune que l'élève, n'était pas d'une aussi correcte tournure, et semblait même un peu débraillé, malgré les efforts qu'il faisait pour tirer et rectifier les plis tirebouchonnants de son pantalon frangé du bas. Il avait d'ailleurs la mine chafouine, avec sa peau terreuse, sa maigre barbe en éventail, son museau de rat chaussé d'un binocle et ses yeux au regard convergent. Mais l'impression plutôt fâcheuse qu'il produisit sur le baron fut tout de suite et bien corrigée quand Chugnard le présenta en articulant avec emphase :

— Notre professeur d'humanités et de philosophie, monsieur Laffouace, licencié ès lettres, lauréat du concours général, ancien élève de l'École normale supérieure.

À ce titre, le baron s'inclina dans un salut de déférence, et ne dédaigna pas de dire au jeune mal culotté, qui reçut le compliment en gaillard conscient d'en être digne :

— Permettez-moi de vous féliciter, monsieur, et de vous exprimer combien j'ai de plaisir à trouver ici l'occasion de rendre, en votre personne, le juste tribut d'hommages que doivent toutes les intelligences cultivées à cette puissante école normale, pépinière de tant d'esprits distingués dans tous les genres.

Chugnard fut enchanté et sortit vite, sur cette bonne note, pour ne pas trop laisser au baron le temps de revenir à son impression du début. Il

avait un peu redouté la présentation du marmi-
teux et fouinard Laffouace, qui, tout normalien
qu'il était, *marquait* vraiment *mal*.

Par bonheur, au cas où cette présentation aurait tourné de travers, il avait, pour se rattraper,
celle du professeur de sciences. Il la gardait pour
la bonne bouche. Et c'est d'un air tout à fait
glorieux qu'il introduisit le baron dans la dernière pièce, meublée comme la classe de lettres,
avec un tableau noir en plus, et qu'il montra
devant ce tableau l'homme dont il venait de
dire tout bas au baron :

— La perle de mon établissement, monsieur
le baron, et de tous les établissements similaires,
je ne crains pas de le proclamer. Un savant qui
est à la fois un héros !

Cette perle, ce savant, ce héros, il n'en laissa
pas, d'ailleurs, approcher le baron de trop près,
craignant que le baron n'eût le nez fin. Car, à
moins de trois pas, un nez, même de finesse
moyenne, eût certainement constaté que le héros,
le savant, la perle, fleurait une violente odeur
d'absinthe. A distance, et la fenêtre étant grande
ouverte, on pouvait ne pas s'en apercevoir. Au
surplus, à tout hasard, et par excès de prudence,
Chugnard dit, en entrant :

— Sentez-vous, monsieur le baron, les balsamiques effluves de l'angélique qui montent du

jardin ? Les plantes médicinales, vous comprenez !
La botanique ! *In vivo !*

Après quoi, d'un geste large, et de loin, comme
on montre un sommet, il désigna le professeur
de sciences, qui vraiment, lui, *ne marquait pas
mal*, et au contraire portait beau, malgré des
yeux vitreux, un teint de plomb, et un gros pif
violacé. Ces yeux vitreux, en effet, regardaient franc
et droit. Ce teint de plomb était réchauffé par
l'argent de cheveux drus coupés en brosse. L'aubergine du pif se martialisait par une grosse
moustache aux pointes cirées de pommade
hongroise. Et l'allure générale de l'homme, haut,
large et carré, était crâne, dans sa redingote qui
lui cuirassait le buste et lui donnait l'air d'un
vieil officier en bourgeois.

Enfin, le baron y prit garde tout de suite,
la boutonnière de cette redingote à forme de
tunique était fleurie d'une rosette multicolore où
dominait le rouge.

Chugnard, au bout de son grand geste, dit
lentement :

— Notre professeur de sciences, mon colla-
borateur, mon ami, monsieur Brongnien, lieutenant démissionnaire de l'artillerie de marine,
ancien colonel instructeur d'état-major dans
l'armée de Sa Hautesse l'empereur du Maroc,
ancien élève de l'École polytechnique.

Le baron essaya de tourner un nouveau compliment en macaroni sur cette autre puissante école, pépinière aussi de tant d'esprits distingués dans tous les genres; mais il eut quelque peine, cette fois, à le dévider jusqu'au bout, tant il se sentait le cœur barbouillé par les balsamiques effluves de l'angélique. Et il se hâta de sortir, pensant que les effluves devaient s'exhaler moins vigoureusement en plein air, *sub dio*.

— Vous ne voulez pas visiter les chambres des élèves? fit Chugnard. Non, je vois que vous n'y tenez point. Vous êtes un peu las. Mille pardons! Excusez-moi, si je vous ai fatigué par une revue vraiment trop méticuleuse, et si j'y ai mis plus d'insistance qu'il ne convenait, une sorte de coquetterie, exigeante, j'en fais l'aveu. Mais c'est qu'on est fier d'avoir à se faire juger par un connaisseur aussi délicat et compétent que monsieur le baron, une des lumières de la presse et du parlement, un de ces cerveaux puissamment encyclopédiques...

Et parmi les volubiles ronrons de son verbiage, il ramenait le baron vers le pavillon d'entrée, fuyant les chambres d'élèves, ces chambres immontrables, au parquet jonché de mégots, aux dessus de cheminée poisseux et encombrés de bouteilles, aux murailles piquées de photographies féminines.

Car Gisette lui avait dit formellement :

— Il se doute de ce que c'est que ton éducation à l'anglaise, et ça lui va pour son neveu ; mais il ne faut pas que tu aies l'air de te douter qu'il s'en doute. Tout doit se passer correctement.

A quoi Chugnard, le toujours gai Chugnard, avait répondu :

— Sois tranquille ! J'aurai pour devise le mot de Danton, avec une variante : de la correction, de la correction et encore de la correction ! Je serai monsieur Pet-de-loup en personne.

Et il tenait parole jusqu'au bout, voulant maintenant recommencer dans le jardin la glorification du portique et de la tonnelle, et repromenant le baron par tous les zigzags sans ombre des allées aux bordures de buis, et risquant même une halte devant le coin de madame Chugnard, une halte botanique au sujet des giroflées galeuses et des dahlias flétris, une halte en plein soleil, *sub dio*, comme s'il ne pouvait résister au besoin professionnel d'enseigner à propos de tout, et d'expérimenter jusque sur le baron le système de l'éducation à l'anglaise. Et toujours avec des phrases interminables, et d'une politesse obséquieuse, l'éducation à l'anglaise se faisant de plus en plus, en quelque sorte, athénienne, au point que Chugnard avait des envies d'iotaciser en

français et de prononcer le *th* du mot théorie en
goddam matiné de grec.

Le pauvre petit Flamboche, ahuri, dormait en
marchant, et c'est dans un incoercible bâillement
qu'il dit adieu à son oncle et tuteur, au seuil du
parloir où le laissa le baron, qui lui-même se
sentait la tête engourdie par tant de soporifique
bavardage.

— Ah! mon bonhomme, pensait Chugnard,
tu ne veux pas qu'on ait l'air trop malin; et il te
faut du chef d'institution à la correction premier
choix. Eh bien! tu dois être satisfait. Et du diable
s'il te reprend jamais la fantaisie de jouer avec
moi à qui aura la salive la plus opiacée!

En vérité il avait presque passé la mesure et
exagéré la dose. Du moins Gisette le crut, quand
le baron en rentrant lui raconta la scène, et lui
avoua qu'il n'était pas bien sûr d'avoir eu raison
en s'en rapportant à elle pour le choix de l'institution Chugnard.

— Pourquoi donc? demanda-t-elle, en dissi-
mulant avec soin son inquiétude.

— Parce que, déclara le baron, cette intelligence prétendue d'élite n'est ni plus ni moins
qu'un parfait imbécile.

— En quoi? fit-elle.

— En ceci, répliqua finement le baron, qu'il
m'a pris moi-même pour un imbécile.

Mais, plus finement encore, elle rabibocha
aussitôt les choses en ripostant avec de flatteuses
inflexions de voix :

— Cela prouve simplement que tu es très fort,
voilà tout. Il a vu en toi ce que tu voulais précisément lui paraître, un tuteur consciencieux.
Il a essayé, le pauvre, de te mettre dedans. Et
c'est toi qui as su le ramasser, comme tu ramasses
toujours tout le monde.

Le baron fut bien forcé de reconnaître qu'en
somme elle n'avait pas tort; et, tout gonflé de ce
délicat hommage rendu à sa supériorité :

— Tiens, lui dit-il, c'est toi qui es une vraie
intelligence d'élite.

— Dame! répondit-elle gentiment, depuis six
ans déjà que nous sommes ensemble! Faut croire
que ça se gagne.

Si ce farceur de Chugnard avait été présent à
l'entretien, et surtout à ce qui s'ensuivit, il n'eût
pas manqué de s'écrier en cet endroit :

— Ce jour-là, comme dans l'immortel poème
de notre grand Dante, Paolo et Francesca ne
lurent pas plus avant.

Mais il pensait en ce moment à toute autre
chose qu'à l'immortel poème du grand Dante.
A moins qu'une bizarre association d'idées l'eût
conduit à Florence en passant par Turin; car il
était, juste à cette minute, en train de verser à

son nouvel élève, sous prétexte de le rafraîchir et de l'apprivoiser, un troisième verre glacé de vermouth di Torino.

De quoi Flamboche, tout en se laissant apprivoiser et rafraîchir, ne revenait pas encore, et croyait rêver. Car il s'était endormi dans le triste parloir, en proie au cauchemar le plus lugubre, se sentant comme étouffé sous une pluie tiède de phrases en cataplasmes, tandis qu'il pataugeait et se noyait dans un vaseux marécage où des giroflées galeuses et des dahlias flétris glapissaient du Sophocle prononcé en grec moderne. Et soudain il était sorti de ce cauchemar pour se retrouver trinquant avec l'assommant Prudhomme dè tout à l'heure transformé en joyeux bonhomme, et qui lui versait à boire. Et cela sans transition aucune, absolument comme dans un rêve! Chugnard, en effet, ayant deviné le gamin, et brusquant les choses, avait, dès le premier verre, jeté le masque en disant :

— Oui, mon petit, un verre de Torino! Ne vous époustouflez pas! Vous en verrez bien d'autres ici. C'est comme ça, l'institution Chugnard. Parfaitement! Je suis Chugnard, le vrai, le seul. Père bassin pour les parents! Père rigolo pour les élèves!

Et devant ce Chugnard alerte, gai, sautillant d'allure et de verbe, au visage maintenant détendu et comme se dégourdissant en vives grimaces, devant le solennel Pet-de-loup devenu si vite une sorte de vieux Scapin bon enfant, Flamboche avait eu tout d'abord envie de refermer les yeux pour ne pas laisser envoler son beau rêve. Il n'avait été convaincu de la réalité du tableau que par le toucher d'une main qui lui caressait doucement les cheveux, tandis qu'une voix tendre disait derrière lui d'un accent mélancolique :

— Tout de même, monsieur Chugnard, ce n'est pas bien. Il est si jeune et si gentil!

Flamboche s'était alors retourné, puis levé en sursaut, comme quelqu'un qui se réveillerait sous un roc surplombant prêt à l'écraser. En se retournant, ce qu'il avait rencontré du regard, et presque du front, c'était, penchée vers lui, l'énorme et croulante poitrine d'Aménaïde.

En même temps Flamboche entendait Chugnard dire à l'incomparable prêtresse du temple :

— Tu m'embêtes. Sers donc le vermouth! Et soigné, hein! comme tu sais.

Docilement Aménaïde avait obéi, et servi le vermouth, soigné, en effet, comme elle savait, paraît-il. Avec un soin que n'auraient pas eu, certes, des mains mercenaires! Elle avait fringué les verres d'une serviette blanche qu'elle portait sur le bras ainsi qu'un garçon de café. Elle avait versé d'abord une goutte de bitter angustora,

savamment dosé, puis lentement roulé jusqu'au
milieu des parois de cristal qu'il engluait de sa
poix noire. Deux cuillerées, ensuite, de glace
pilée. Enfin le vermouth, jeté d'un coup, pour
qu'il fût saisi tout entier à la fois par l'amertume
du bitter angustora.

— A la bonne heure! fit Chugnard. Dans les
règles! Selon tous les principes! Voilà ce qu'on
peut appeler un vermouth maternel.

Là-dessus Aménaïde était sortie, rougissante
du compliment; et Flamboche, maintenant tout
à fait réveillé, bien sûr qu'il ne rêvait point,
l'avait prouvé, et prouvé qu'il n'était pas une
bête, en disant à Chugnard :

— Alors, c'est ça l'éducation à l'anglaise ?

— Oui, avait répondu Chugnard, en clignant
de l'œil. C'est ça, et le reste.

Et l'éducation à l'anglaise avait commencé
pour Flamboche par l'absorption des trois vermouths italiens à l'américaine.

Au quatrième il était gris, tellement rafraîchi
qu'il en était à vau-l'eau, et tellement apprivoisé
que Chugnard en apprenait tout ce qu'il en pouvait apprendre, tout ce que l'enfant savait touchant
sa propre histoire, celle de son père et celle de
son oncle.

Au cinquième il se rendormait en parlant.
Chugnard le fit monter au premier étage, en le

soutenant dans l'escalier. Aménaïde, par la porte
de sa cuisine, qu'elle avait entr'ouverte, laissa
échapper encore un tendre et mélancolique :

— Si jeune ! Si gentil ! Je t'assure que ce n'est
pas bien, monsieur Chugnard.

Puis, un peu inquiète, elle reprit :

— Mais tu ne vas pas le mettre cuver ça dans
ma belle chambre, au moins ! Songe donc ! S'il
allait rendre !

Cette belle chambre était ce qui lui restait de
plus précieux parmi les choses arrachées au
naufrage de la pension Bance. C'était sa chambre
de jeune fille.

De l'âge de seize ans jusqu'à l'heure présente,
elle y avait vécu, sauf pendant les dix-huit jours
qu'avait duré sa lune de miel avec Chugnard.
Après ces dix-huit jours d'infidélité à son cher
nid (comme elle disait), elle y était rentrée sans
se plaindre, Chugnard ayant préféré *faire nid à
part.* Elle y avait retrouvé (comme elle disait
encore, car elle s'exprimait poétiquement) ses
rêves blancs et bleus qui toujours y battaient de
l'aile. Apparemment ils devaient être, ces pauvres
vieux rêves, goguenardait Chugnard, du blanc
des guipures, lequel avait diablement jauni, et
du bleu des damas, lequel avait tourné au vert
pisseux. N'importe ! ces guipures et ces damas,
elle les chérissait. Et aussi ces meubles, de style

Empire, dont la forme rigide et carrée (gouaillait encore Chugnard) allait si mal à son genre de beauté, plutôt molle et ronde ; ces meubles dans lesquels depuis longtemps d'ailleurs elle ne pouvait plus s'asseoir, sauf sur un canapé rectangulaire, à trois places. Et jusqu'à son petit lit, elle l'aimait, quoiqu'elle fût obligée, pour y tenir sans déborder, de le flanquer d'un coffre à bois supportant un oreiller hors-cadre où elle étalait un bras et un bon morceau d'épaule exilés du matelas.

Comment ne l'eût-elle pas adorée, cette chambre, si riche pour elle de tendres souvenirs ? Aux murailles étaient suspendus des vide-poches en galon soutaché que losangeait une garniture de perles en verroterie, des pelotes de soie aux bordures comme tuyautées et aux coins pomponnés de bouffettes en rubans, des tableaux de fleurs brodées au plumetis sur fond de tapisserie au petit point ; et le tout, ouvrage de ses mains ! Au-dessus de la commode, à la plus belle place, sous verre, dans un passe-partout fileté de noir et or, s'apothéosait un chef-d'œuvre qui avait été jadis l'orgueil de la pension Bance, une merveille d'art que les parents des élèves ne se lassaient jamais d'admirer au parloir de la pension Bance, un véritable objet de musée, proclamaient les connaisseurs, et digne d'être légué quelque jour

au Louvre par la pension Bance, mais qu'Aménaïde, en attendant, conservait avec religion
comme le plus glorieux ornement de la pension
Bance. C'était, faite par le père en personne du
père Bance lui-même, une reproduction de la
célèbre peinture *Marius sur les ruines de Car-
thage*, reproduction à la plume, non pas en
dessin, mais en écriture, toute par pleins et par
déliés, et à main levée, d'un trait, comme un
paraphe. Une chose unique dans la chambre
pouvait l'emporter, au cœur d'Aménaïde, sur le
chef-d'œuvre du grand aïeul ; mais elle avouait
en toute justice que son cœur, et non pas seulement son goût artistique, dictait cette préférence.
Il s'agissait, en effet, d'un paysage funèbre,
représentant une tombe sous un saule pleureur,
la croix de la tombe et les branches du saule
s'entrelaçant ingénieusement de façon à figurer
un chiffre de deux lettres et l'une de ces lettres
étant un i dont le point avait la forme d'une
colombe. Or ces deux lettres initialaient les
noms (l'un était Idalie) de la défunte madame
Bance, la mère adorée d'Aménaïde ; et c'est les
cheveux de *sa pauvre maman Dalie* qui avaient
servi à la confection de ce paysage funèbre.
L'irrespectueux Chugnard, dans ses plus sales
jours de déveine, avait beau dire méchamment
que ces reliques capillaires étaient couleur de

queue de vache sur laquelle il a beaucoup plu ;
Aménaïde les voyait de nuance dorée, ces chères
reliques. Et Chugnard lui-même, d'ailleurs, le
blasphémateur Chugnard, leur témoignait une
vague vénération, ainsi qu'au Marius en
paraphe, quand il était dans ses bons jours, et
surtout quand il savait Aménaïde en possession
de quelque argent caché qu'il désirait lui soustraire. Il manifestait alors de l'attendrissement
jusqu'envers la tablette de la cheminée.
qu'une nappe de guipure sur fond azur trans-
formait en table d'autel, l'autel consacré par
Aménaïde au culte de ses souvenirs matrimoniaux. Là reposaient, objets de ce culte, sacrés
objets qu'on ne dérangeait que pour les épous-
seter, un livre de messe relié en moire, une
bourse de quête en velours-crème froncé par un
cordon d'argent, un chapelet aux grains de nacre,
une broche d'ivoire où se becquetaient deux
oiseaux; une paire de gants blancs glacés dont
les coutures avaient peté sous l'effort de doigts
trop gros, un vieux daguerréotype colorié représentant le père et la mère Bance en jeunes époux
Louis-Philippe, et une photographie où Chugnard
en frac donnait le bras à une énorme Aménaïde
de mousseline bouffante. Entre la photographie
et le daguerréotype, au centre de l'autel, y
faisant tabernacle, bombait un globe, chenillé de

peluche bleue, sous lequel Aménaïde conservait
pieusement sa couronne et son bouquet de fleurs
d'oranger, au feuillage en papier pâli, dégommé,
se recroquevillant, aux boutons de cire maintenant
jaunes et informes. C'était l'image même, hélas !
de son bonheur matrimonial, de sa brève lune
de miel, si tôt tournée en cire rance ; mais pour
que sous la cire rance elle retrouvât le miel, il
suffisait que Chugnard fît les yeux de carpe en
coulant un regard câlin vers le globe. Il n'y
manquait pas à l'occasion. Et ainsi la sentimentale Aménaïde goûtait encore parfois l'illusion
d'être femme, dans cette chambre où battaient
toujours de l'aile ses rêves bleus et blancs de
jeune fille.

Chugnard était-il aujourd'hui dans un de ses
bons ou un de ses mauvais jours? Et dans le
second cas, n'allait-il pas prendre un malin
plaisir à profaner le sanctuaire en y introduisant
le jeune pochard? Très inquiète, Aménaïde
quitta sa cuisine et suivit le couple titubant dans
l'escalier.

— Pas dans ma belle chambre, n'est-ce pas ?
répétait-elle ! Je t'assure qu'il va rendre.

— Non, répondit Chugnard, pas dans ta belle
chambre, ne crains rien. Je ne commettrais pas
un pareil sacrilège, voyons !

Il avait dit « sacrilège ! » Il n'était pas dans un

5.

de ses mauvais jours! Elle ne craignait plus
pour le sanctuaire. Elle se laissa toute aller à son
bon naturel pitoyable envers le gamin.

— Pauvre petit! reprit-elle. Tu ne vas pas
le mettre non plus dans ta chambre à toi?
Ça sent trop la pipe. Ça lui tournerait tout
de suite le cœur, à cet enfant! Pourquoi ne
le mènes-tu pas au grand pavillon, dans sa
chambre?

— Parce que, répliqua péremptoirement Chugnard, je ne veux pas qu'il loge là-bas, avec les
autres. J'ai mon idée là-dessus.

Son idée, c'est que le neveu de M. de Miérindel
était un *chopin* à soigner tout particulièrement.
Il n'était pas sans avoir fait, depuis une heure,
de fructueuses réflexions sur tout ce qu'il y avait
de singulier en cette affaire : le choix de son
institution par M. de Miérindel, l'immixtion de
Gisette en ce choix plus qu'étrange, l'histoire
même de Flamboche. Et de tout cela il supposait
qu'il y aurait quelque chose à tirer. Sans savoir
encore quoi, et à tout hasard, il était au moins
sûr qu'il fallait traiter le nouvel élève en gibier
de marque. La première précaution à prendre
était de le mettre en chartre privée, et, donc, de
l'engluer d'abord aux câlineries toutes prêtes de
la tendre Aménaïde. C'est pourquoi lui-même y
prêta la main, et, prenant à son tour un ton de

compassion, fit avec elle assaut de choyante
tendresse et ajouta :

— Pauvre petit, oui, tu as raison! Il est si
gentil! Je tiens à ce qu'il soit l'objet de soins
tout à fait spéciaux. Il ne couchera pas là-bas,
mais ici, près de nous, près de toi. Parfaitement!
Dans la chambre qui touche à la tienne! La
chambre du prince!

Dans cette chambre, située au-dessus du parloir,
donnant sur la rue, et très vaste, et qui avait
été meublée à neuf et à la moderne voilà deux
ans, exprès pour et par ce pensionnaire de
marque, ils avaient logé pendant quatre mois un
prince authentique, en effet, un jeune prince
russe. Ces quatre mois avaient été, selon l'expression de Chugnard, pactoliens et roublardiques.
Le jeune Russe, originaire du Caucase, n'avait
malheureusement été (selon une autre expression
de Chugnard) qu'une brève et météorique occase.
Après avoir dépensé sans compter pendant ces
quatre mois de séjour à l'institution, il en avait
filé sans avertir, sans même faire réclamer les
meubles qui lui appartenaient. Bien des fois,
depuis ce départ, Chugnard avait eu envie, aux
heures de dèche, de bazarder le mobilier.
Toujours Aménaïde s'était arrangée pour empêcher la vente. Sage, elle disait :

— On ne sait pas ce qui peut arriver. Si

quelque jour il revenait! Et si, par hasard, il se
présentait un autre prince! Avec cette chambre-
là, on le séduirait tout de suite. C'est la seule
que nous ayons à montrer, vraiment belle et
digne de ce que devrait être la luxueuse institution Chugnard.

Chugnard cédait. D'autant que la menace de
bazardage était encore un de ses arguments pour
vaincre les économiques résistances d'Aménaïde,
quand elle s'obstinait à trop, comme il disait,
bas-de-lainer.

Et ainsi la chambre du prince était devenue
une autre façon de sanctuaire, moins religieux
toutefois, où Aménaïde exerçait simplement
son amour de l'entretien, de l'époussetage et des
housses.

— Oui, continua Chugnard, près de toi, je le
répète. Et tu pourras le choyer à ton aise, tant
que tu voudras, le chérubin, en vraie maman-
gâteau! Ce sera ton chouchou, je te le permets.
Et même ton chouchou, à la crème, là, es-tu
contente?

Certes elle était contente, la maternelle, réellement maternelle, Aménaïde. En même temps un
brin méfiante, de voir Chugnard si attentif à la
contenter et non seulement en parole, mais en
action, avec de délicates prévenances de monsieur range-tout, auxquelles il ne l'avait guère

habituée. En effet, avant d'installer l'enfant sur
le grand lit, voilà qu'il en retirait soigneusement
le couvre-pied en damas de soie, et qu'il déchaus-
sait Flamboche, et posait avec précaution les
bottines poussiéreuses sur le marbre de la table
à nuit, pour ne point risquer de salir la carpette.
Tant d'ordre prouvait presque trop de complaisance aux manies d'Aménaïde. Elle songea
aussitôt au premier trimestre de la pension, que
M. de Miérindel avait dû payer d'avance, suivant
l'usage, et que Chugnard sans doute allait sub-
tiliser, pendant qu'elle s'attendrissait à le trouver si aimable.

Elle ne s'était pas trompée. Tout en voulant
dorloter Flamboche comme un bon *chopin* à bien
faire valoir un jour, Chugnard mêlait à ces idées
d'avenir la présente idée que soupçonnait Aménaïde. C'était même, juste en ce moment, son
idée prédominante. La malheureuse femme n'en
douta plus, à le voir, avant même que Flamboche
fût endormi, prendre subrepticement son chapeau
pour sortir. Il avait filé sur la pointe des pieds,
comme s'il craignait de la troubler en sa besogne
de maman-berceuse. Elle le rejoignit dans la
pièce voisine, et lui dit à brûle-pourpoint, espérant ainsi le décontenancer :

— Laisse l'argent à la maison, laisse-le, c'est
plus prudent.

— Quel argent? fit-il d'un air étonné.

— Les deux mille francs du trimestre, répliqua-t-elle vivement.

Et, comme il affectait de plus en plus de ne pas comprendre, elle reprit avec des sanglots dans la voix :

— Pourquoi veux-tu mentir, monsieur Chugnard? Ce n'est pas digne de toi, voyons! Et puis, tu sais bien que nous n'avons plus le sou et que c'est dans quatre jours la fin du mois. Rien que pour arroser un peu les créanciers, pour nous refaire quelque crédit, il faut au moins mille francs. Sois raisonnable! Donne-moi les mille francs nécessaires. Pas plus de mille! Je ne te demande pas plus. Mais, ça, il me le faut absolument, c'est pour nous une question de vie ou de mort. Donne-le moi, dis, ce billet de mille, je t'en supplie. La moitié de ce que tu as. Garde l'autre moitié, si tu veux. Tu vois, je ne suis pas mère Bougon, je te laisse mille francs, mille beaux francs à porter là-bas. Mais au moins, les autres mille...

Et elle tâchait de le retenir par la manche, s'accrochait à lui, pendant qu'il se débattait pour filer vite, et balbutiait :

— Quelle moitié?... Quels autres mille?... Qu'est-ce que tu me chantes avec ton là-bas? Je vais faire une course et je reviens pour dîner.

— Non, non, continuait-elle, tu ne reviendras pas pour dîner, j'en suis sûre. Tu vas aller retrouver le Valaque, dîner au cabaret avec sa bande, et après vous irez là-bas, oui là-bas, je ne sais pas où, mais tu le sais bien, toi ; et tu n'en reviendras que demain matin, avec la fièvre, avec ta mauvaise figure, et volé, volé, volé, comme on t'y vole toujours. Car ce sont des Grecs, monsieur Chugnard, tu me l'as dit cent fois toi-même, ce sont des Grecs.

Il essaya de rompre les chiens par une mauvaise plaisanterie, et goguenarda, déjà en bas de l'escalier :

— Allons, Aménaïde, tu bafouilles. Il faut s'entendre pourtant : si je vais avec le Valaque, ce n'est pas avec des Grecs.

Elle voulut le rattraper, se lança éperdûment par les marches, dégringola, roula sur le derrière et voulut profiter de sa chute pour apitoyer Chugnard :

— Ah ! mon Dieu ! mon Dieu ! Je me suis cassé quelque chose dans l'estomac. Ne t'en va pas, monsieur Chugnard ! Ne me laisse pas mourir comme ça, comme un chien, dans l'escalier. Un verre d'eau, je t'en prie ! Un verre d'eau avec du vulnéraire !

Il la contempla, écroulée le long de la rampe, pâle, la main au cœur, faillit revenir, la croyant

blessée et malade pour de bon ; puis, convaincu
et voulant être convaincu qu'elle ne s'était fait
aucun mal, il rigola en disant :

— Va donc ! Tu n'as rien du tout de cassé ni
dans l'estomac ni ailleurs. Tu es trop bien rem-
bourrée pour ça. Grosse farceuse ! Tu fais bien
la blague.

Elle fondit en larmes et gémit :

— Rien qu'un pauvre billet de cent francs,
monsieur Chugnard ! Rien qu'un, au moins pour
faire aller la pot-bouille. Je te jure, monsieur
Chugnard, je te jure, qu'un pauvre petit billet
de cent francs.....

Mais monsieur Chugnard n'était jamais à court
de bonnes raisons, et il le prouva par cette
réponse catégorique, qu'il jeta en adieu avant
de faire claquer la porte :

— Zut ! je n'ai pas de monnaie.

Le dîner ne fut pas gai, ce soir-là, à l'institution Chugnard. Le patron et les six élèves en
ballade n'y assistaient point. La grande table
semblait vide, avec les sept couverts sans leurs
convives. Le garçon avait le matin même rendu
son tablier parce qu'on lui devait encore la quinzaine dernière (car on le payait par quinzaine,
il l'exigeait), et il servait en domestique faisant
ses huit jours, d'un air maussade, impoli. Les
trois piocheurs rageaient, furieux d'être mal

servis et de n'avoir pas suivi les copains absents.
D'ailleurs le repas était mauvais. La triste Aménaïde, toute à son chagrin, n'avait pas eu le
courage de déployer ses admirables talents de
cordon bleu, qui lui eussent été nécessaires plus
que jamais, aujourd'hui, pour donner à son menu
de restes et de ratatouille la saveur et l'ordonnance d'un vrai dîner. Elle-même y présidait
mélancoliquement, les yeux rouges, sans appétit,
n'ayant pas seulement, pour se rapapillotter, son
ordinaire consolation de mangeaille ; car elle
était la première à trouver sa cuisine infâme, à y
goûter du bout des lèvres avec mépris ; elle avait
honte de tels rogatons racornis nageant lamentablement dans des sauces ratées ; et elle avait baissé
le nez comme si elle voulait cacher tout son
visage dans son quintuple menton, quand le
potasseur s'était levé de table en lui lançant
cet outrage mérité :

— Ah ! non, c'est épatant ce que ça devient
gargotte, ici !

A quoi les deux autres élèves avaient fait cho-
rus par un :

— Ma foi, oui, on crève de faim.

Ce qui avait offert au garçon l'occasion de se
venger et de mettre le comble à l'outrage avec
ces simples mots :

— Si ces messieurs veulent bien me donner

quarante sous, j'irai jusqu'au Muller de l'avenue
de Wagram, leur chercher un supplément de
choucroute garnie.

Là-dessus Aménaïde quitta la table, n'y pouvant plus tenir, prête à éclater en sanglots dont
elle ne voulait pas donner le spectacle.

Par bonheur pour la bonne opinion qu'il avait
de l'institution Chugnard, Flamboche n'était pas
présent à ce dîner. Il s'était endormi à cuver ses
vermouths, en se murmurant :

— Quelle chic boîte !

Et il se réveilla sur le tournant de huit heures
du soir pour retrouver à son chevet la bonne
dame qui lui avait tantôt caressé les cheveux si
doucement, puis si soigneusement apprêté ces
fameux vermouths baptisés à juste titre, par
Chugnard, de vermouths maternels. Il la retrouvait lisant un roman à couverture rose.

— C'est du George Sand, lui dit-elle, voyant
qu'il regardait le livre.

— J'aime rudement mieux, répondit-il, du
Gustave Aymard.

— J'en ai aussi, fit-elle ; et vous en prêterai,
mon cher enfant. Mais d'abord, n'est-ce pas, vous
allez manger un peu.

Et un quart d'heure plus tard, elle lui apportait et lui servait, dans la chambre du prince,
oui, monsieur, à même la belle table en mar-

quetterie, sur une serviette toute propre en guise
de nappe, un bol d'excellent consommé (du
bouillon de la veille) avec des rôties, deux œufs
à la coque, et un pot de gelée de coings.

. — Faite par moi, mon jeune chérubin.

Ces façons quelque peu familières ne choquè-
rent point Flamboche, pourtant peu liant de sa
nature. Il ne trouva pas non plus grotesque
d'être appelé chérubin par cette grosse dondon.
Elle l'eût embrassé, qu'il se fût laissé faire,
comme par quelque vieille servante le dorlotant
depuis son enfance. Elle en avait toute la bonté,
toute la douceur soumise. Il la regarda en souriant, et elle sourit de même.

— Vous êtes très mignon, fit-elle.

Il répondit gaîment :

— Vous aussi.

Et tous deux cette fois éclatèrent de rire, en
camarades.

Elle lui avait, pendant qu'il dormait, déballé
ses deux malles, rangé ses vêtements et ses
chaussures dans un placard, son linge dans
l'armoire à glace en bois de rose, ses objets de
toilette sur les tablettes de marbre du grand
lavabo. Elle lui montra où était placée chaque
chose, lui apprit que *le petit endroit* se trouvait
sur le carré (la porte vitrée, au fond), lui con-
seilla de se recoucher tout de suite après avoir

mangé, avant le commencement de sa digestion,
et lui laissa, pour attendre le retour du sommeil
sans trop s'ennuyer, une pile de romans.

— Un vrai choix, dit-elle. De quoi vous régaler! Du George Sand, du Gustave Aymard, et
aussi de l'Eugène Sue.

Et Flamboche, son léger et fin repas savouré,
son lit refait, la bonne dame partie, se coucha
dans sa jolie chambre, avec tous ces amusants
bouquins à lire, en rêvassant aux gâteries de la
brave maman Bouddha, comme il l'appelait, à
son consommé, à sa gelée de coings, à sa biblio-
thèque, aux vermouths maternels aussi, à tant de
joies que lui promettait l'institution Chugnard.
en se répétant que c'était décidément une très
chic boîte, tout à fait *bath* et *urf*, et en procla-
mant que son gros paquet de tuteur et oncle,
malgré qu'il eût une sale gueule austère, était
quand même *un chic type de l'avoir collé dans
une si chic boîte.*

Ce fut de mieux en mieux le lendemain et les
jours suivants. Toutes les promesses de l'institution Chugnard étaient tenues pour Flamboche
et au delà.

Le lendemain, en effet, Chugnard était rentré
après une nuit de veine comme il n'en connaissait plus depuis longtemps.

— Six mille balles de bénéf! Six mille balles,

ma vieille Naïde! avait-il dit en revenant à cinq heures du matin. Et toi qui voulais m'empêcher d'aller au bonheur hier ! Tu vois bien que mes amis ne sont pas des Grecs!

Et du coup, généreux comme la plupart des joueurs, il avait partagé en deux parts son capital de huit mille francs et en avait donné une à la caisse de l'institution.

— Tiens, monsieur l'économe, voilà de quoi leur boucher l'œil, à nos créanciers ; et en le leur bouchant, de quoi nous en faire, à nous, ouvrir un nouveau !

On avait déjeuné et dîné au champagne, avec homard, truffes et sorbets. Le garçon, payé de ses gages en retard et d'une quinzaine à l'avance, plus une gratification de deux louis, s'était confondu en excuses à la patronne. La patronne avait pardonné magnanimement. Elle s'était ensuite ruée en cuisine. Le potasseur avait dû reconnaître qu'on ne gobichonnait pas mieux au café Anglais. Le Valaque s'était soûlé comme un polonais. Les deux professeurs invités avaient trouvé sous leur serviette chacun trois mois d'appointements. La perle, le savant, le héros, en avait pleuré de joie, à la pensée des cataractes d'absinthe qu'il se ferait verser chez le liquoriste, et son aubergine en était, de violette, devenue multicolore, au point que Chugnard avait dit :

. 6.

— Il a sa rosette au bout du nez.

L'ex-normalien avait baffré comme pour une semaine, en goinfre maigre, tout en bassinant les convives de ces réflexions répétées à chaque instant :

— Moi, je suis un gourmet, un connaisseur. La chair délicate, raffinée, il n'y a que ça de vrai. Il faut manger élégamment, en dilettante, en sceptique presque, comme on cause, enfin, si j'ose dire, manger distingué, mondain, à la parisienne, quoi !

Et il s'empiffrait, se léchait les doigts jusqu'au coude, pataud de province, frais émoulu des gros feyots de collège, et qui n'avait étudié le manger distingué et mondain qu'aux banquets de Saint-Charlemagne.

Quant à Chugnard, il rayonnait, rigolait, calembourait et calembredenait, pétaradant de blagues et de coq-à-l'âne qui amusaient jusqu'à la sentimentale et poétique Aménaïde, et qui l'obligeaient à penser :

— Sans doute, défunt mon pauvre père, le grave et honorable monsieur Bance, doit estimer là-haut qu'il a un singulier successeur en monsieur Chugnard ; mais quel esprit, tout de même, mon époux ! Quelle nature ! Ah ! Quelle riche nature !

Et elle trouvait, en ce moment, que les farces

de monsieur Chugnard étaient, dans leur genre, des chefs-d'œuvre aussi chefs-d'œuvre, certes, que le chef-d'œuvre de l'aïeul en personne, le fameux chef-d'œuvre, véritable objet de musée, légendaire orgueil de la pension Bonco.

La fête continua ainsi, ou à peu près, toute la semaine. Chugnard, décidément, n'avait plus la guigne. Il avait un peu perdu, puis regagné. Tout compte fait, il se maintenait en bénéfice. Il se remettait à martingaler, avec espoir et foi. Il découchait toutes les nuits, mais était charmant tous les jours. Surtout avec Flamboche.

— C'est ce petit-là, disait-il, c'est lui, qui m'a ramené la veine.

Il le croyait, superstitieux comme tous les joueurs, et ne savait qu'inventer pour en témoigner à l'enfant sa reconnaissance. Il l'avait présenté et affectueusement recommandé aux autres élèves, surtout au terrible Valaque qui faisait la loi dans la maison. Il l'y laissait, d'ailleurs, aussi peu que possible, à la maison. Il le conduisait, pendant la journée, au bois de Boulogne, monter à cheval ou canoter. Le soir, il l'envoyait au théâtre avec Aménaïde ravie. Il l'avait abonné à un cabinet de lecture. Il lui apporta des cigarettes de tabac turc, lui permit toutes les liqueurs. Il ne l'obligeait à aucun travail. En fait de leçons, il ne lui en proposa que

de photographie, parce que c'était amusant, et
que l'ex-polytechnicien pouvait en donner. Pour
l'ex-normalien, il l'en exempta complètement, au
grand déplaisir de Laffouace.

— Mais, affirmait-il, Laffouace est un rasoir,
et, qui pis est, un rasoir-marteau, je veux dire
un qui tape.

Or il ne voulait absolument pas que Flamboche fût *tapé*, il l'avait déclaré net et ferme à
Laffouace.

— C'est, avait pensé Laffouace, pour pouvoir
le mieux *taper* lui-même.

Chugnard, en effet, était sujet à caution, et
avait assez l'habitude, aux heures de guigne tout
à fait noire, de quêter honteusement à ses
élèves *une petite mise*. Le Valaque en savait
quelque chose, et c'est comme prêteur souvent
exploité qu'il avait pris tant d'empire dans la
maison. Mais, cette fois, Laffouace se trompait
en croyant que Chugnard cherchait à se réserver
le simple *tapage* de Flamboche. Connaissant à
peu près l'histoire du petit, s'étant informé de la
fortune qui lui devait revenir plus tard, ayant
subtilement subodoré des dessous intéressants
aux relations présentes et futures du pupille et du
tuteur, Chugnard était trop malin pour ne voir
là qu'une ordinaire vache à lait bonne à en
traire quelques louis de raccroc.

— Il vaut mieux que ça, s'était-il dit.

Et, en y réfléchissant, le vieux lanceur d'affaires s'était réveillé du long et désespéré renoncement où il languissait depuis dix années. N'était-ce pas une affaire admirable, ce jeune homme, millionnaire bientôt, plus tard héritier possible du richissime baron de Miérindel, et dont on lui livrait l'âme et le cœur à pétrir? Pourquoi ne pas tenter la chance de pétrir cette âme et ce cœur en forme d'âme conquise et de cœur séduit, où Chugnard retrouverait un jour le désormais introuvable bailleur de fonds nécessaire à un nouvel essor de ses rêves martingaliques? Sans doute le résultat final n'était pas à brève échéance ; il faudrait l'attendre et le faire mûrir patiemment, ne pas couper le blé en herbe. ne pas agir en sauvage qui tranche le palmier à sa base pour manger tout de suite le chou palmiste ; mais Chugnard se promettait d'en avoir le durable courage, maintenant qu'il se sentait assagi par l'âge, et instruit par tant d'anciennes et désastreuses expériences. Oui, certes. il songeait à se réserver Flamboche ; non pas, toutefois, de la façon mesquine supposée par Laffouace, par ce bigle au regard convergent qui n'y voyait pas plus loin que le bout de son nez. Lui, Chugnard, c'est à l'horizon et de haut qu'il regardait, et c'est tout un merveilleux avenir qu'il voyait

éclore là-bas et plus tard, s'il savait ici et dès à
présent capter l'affection de l'adolescent et en
accaparer la confiance.

— Et je le saurai, parbleu ! s'affirma-t-il avec
orgueil. J'ai fait plus difficile.

Sa fière assurance n'allait pas, quand même,
sans quelque inquiétude. Le vrai difficile n'était
pas d'envoûter Flamboche, proie si jeune, si peu
armée, sans grande résistance à prévoir. Le dur,
c'était de le faire à l'insu de Gisette et du baron.
Car, en essayant cette conquête, Chugnard se
doutait bien qu'il marchait à leur encontre, et
qu'on lui barrerait le chemin dès qu'on s'apercevrait seulement de ses intentions à cet égard.
Entrer en lutte avec eux, ouvertement, il n'en
avait pas les moyens, du moins pour le quart
d'heure. Y tâcher sournoisement, voilà tout ce
qu'il pouvait, et alors en manœuvrant serré devant
des jouteurs de cette force.

A son inquiétude s'ajoutaient aussi de vagues
remords. Il avait pour Gisette un attachement
réel et vif, de la reconnaissance, une sorte d'admiration. Ne point la servir strictement, même sans
songer à la desservir, n'était-ce pas déjà une vilaine ingratitude ? Et l'ingratitude ici ne tour-
nait-elle pas à une véritable félonie, puisqu'il
s'apprêtait, au lieu de lui être utile, à lui devenir
hostile ? Chugnard n'était point aussi dénué de

scrupules que l'imaginait Gisette, ni qu'il le
croyait lui-même. A preuve, ces remords anti-
cipés. En revanche, il était, dans ses examens
de conscience, le plus retors des logiciens. Il discuta ces remords et leur imposa silence en toute
sincérité.

A coup sûr, dans ses brèves instructions,
Gisette lui avait donné pour consigne formelle de
laisser Flamboche *se galvauder*, se corrompre,
le plus tôt et le plus à fond possible. Elle n'avait
pas dissimulé, bien au contraire, que le baron y
tenait, en dépit des apparences, et qu'elle-même
y tenait plus encore. Mais elle s'était gardée
d'expliquer à Chugnard le vrai pourquoi de cette
consigne. Il s'irritait et souffrait de cette in-
jurieuse méfiance.

— Dame ! On a aussi son petit amour-propre,
n'est-ce pas.

Très probablement, certainement même, pris
pour confident sans restriction, il eût obéi sans
arrière-pensée, se considérant comme engagé à
ne point trahir des complices. Mais puisqu'on
n'avait pas jugé à propos de le mettre en tiers
dans la combinaison, quelle qu'elle fût, puisqu'on
ne lui faisait pas cet honneur, puisqu'on l'employait uniquement à titre de vulgaire instrument
passif, il s'estimait en droit de prouver qu'on
avait eu tort, d'être perspicace, d'éventer la

combinaison, et même d'y substituer sa combinaison à lui en ayant l'air de se prêter à l'autre.
Tant pis si le résultat final, tournant à son seul
avantage, devait un jour tromper les prévisions
et les espérances dont on lui avait caché le secret!
Tant pis pour ceux qui l'avaient blessé en ne lui
témoignant pas une foi pleine et entière!

Chugnard, on le voit, avait une conscience à
sa façon, et savait raisonner avec elle. C'est ainsi
qu'au jeu, par exemple, il n'eût jamais consenti
à tricher, aimant le dieu Hasard d'un amour
trop profond et trop religieux pour commettre
envers lui un sacrilège ; mais il ne se faisait pas
faute de duper les tricheurs. C'était même une
de ses plus grandes et plus pures joies. Flairait-
il, au baccara, une *séquence* préparée contre
sa main, il la *débringuait en ne tirant pas aux
premières bûches*, puis supputait la suite probable de la portée, y rentrait par une nouvelle
faute volontaire et la reprenait en sous-œuvre
pour son propre compte. La galerie, et souvent
le Grec lui-même, n'y voyaient que du feu. On
attribuait à une étourderie, suivie d'une gaffe,
ce qui était un miracle d'ingénieux et hardi calcul. Eh bien ! un tour de ce genre, ni plus ni
moins, voilà ce que Chugnard voulait tenter ici
contre le baron et contre sa bienfaitrice Gisette.
Que ce tour fût parfaitement légitime et qu'il n'y

eût pas à en concevoir le moindre remords, Chugnard en fut vite et en demeura tout à fait convaincu.

— Au reste, pensait-il en dernier ressort, si le tour n'était pas parfaitement légitime, il aurait bien tort, et ce serait dommage au point de vue de l'art. Il est si joli!

Sa conscience ainsi en bonne posture, et tranquillisée à tout hasard par son goût esthétique. Chugnard s'employa de son mieux à le filer, ce tour, avec une impeccable maitrise.

Tout d'abord, continuant la série des noces. il donna en plein dans la *séquence* préparée par Gisette, et sembla n'avoir à cœur que de la contenter et de justifier aux yeux du baron le choix de l'institution Chugnard. Quand Flamboche, en effet, arriva chez son tuteur à ses premières sorties du dimanche, il avait les yeux caves et la mine chiffonnée à souhait. Les repas en godailles. précédés de vermouths maternels et parfois même de légères absinthes, et suivis de griseries au champagne, les soirées passées au théâtre, les matinées vachées au lit à lire des romans, voire les promenades à cheval et les séances d'escrime, qui, sous prétexte de ravigoter l'enfant, l'éreintaient par une excessive dépense musculaire, tout avait savamment concouru à lui *maquiller* (selon les expressions de Chugnard traduisant en vo-

· 7

cables cyniques les vœux secrets du baron) *la gueule d'un petit salopiot en train de s'en fourrer jusque-là*. Le baron fut satisfait, presque trop satisfait, au point qu'il dit à Gisette :

— Chugnard marche peut-être bien vite en besogne.

— Dame ! répondit-elle gaîment, il ne marche pas, il trotte... à l'anglaise.

— Pourvu, reprit le baron, que les apparences restent sauves ! Tout est là.

— Comment veux-tu qu'elles ne le restent pas ? répliqua Gisette. Je connais mon Chugnard, sois tranquille. Le solennel monsieur qu'il s'est montré à toi, il en garde toujours l'air pour ses élèves. C'est en cachette de lui qu'ils font la noce, ou du moins ils croient que c'est en cachette de lui. Son truc consiste à fermer les yeux et à laisser faire la besogne par des subalternes qui s'imaginent aussi le tromper. De mon temps, les trois pensionnaires qui fréquentaient ma maison le jeudi y étaient amenés par le pion chargé de les conduire en promenade. Chugnard le savait fort bien, puisque c'est lui qui avait semé de mes cartes dans la chambre d'un des élèves. Seulement, en cas de malheur, il était censé...

— Oui, interrompit doucement le baron, de la grosse et simple hypocrisie, je vois ça. L'enfance de l'art !

Il ne se doutait pas, ni Gisette elle-même, que depuis longtemps Chugnard avait passé cette période, et n'en était plus à cette enfance de l'art, et trouvait mille fois préférable d'être cyniquement le complice de ses élèves, dont il se faisait ainsi de sûrs alliés pour duper les parents.

Et la preuve qu'il n'avait pas tort, c'est que le baron en personne, et jusqu'à Gisette, étaient dupés bellement en l'occurrence, puisqu'ils se forgeaient de la sorte un Chugnard qui n'était point du tout le véritable.

Le véritable Chugnard était, au surplus, il faut l'avouer, malaisé à connaître non seulement pour Gisette et le baron, mais même pour Chugnard. Ce singulier homme, en effet, à part son caractéristique amour du jeu et sa manie martingalière, offrait peu de prise à un net signalement psychologique. Sa vulgaire jovialité, toute en calembredaines et en calembours, cachait, on l'a vu déjà, un esprit très fin, très retors, et à la fois capable de hautes et puissantes conceptions. Chimérique dans ses combinaisons de tapis vert, il portait dans tout le reste une raison ferme et positive. D'une irrémédiable faiblesse envers sa passion, il retrouvait ailleurs une rare force de volonté, précise pour la lutte, résistante aux pires déboires, inattaquable à tous les autres vices, dédaigneuse du péril, énergiquement et

incessamment tendue, et néanmoins souple et
agile, et, par dessus tout et quand même, toujours gaie. Peut-être, à l'analyse, eût-on fini par
croire que cette gaîté constituait le fond de sa
nature. Et encore se fût-on trompé ; car, bien
que cette gaîté ne fût nullement feinte, et s'épa-
nouît en fleurs de gros rire sincère et franc,
elle avait pour sève intime et pour terreau nour-
ricier un amer et noir mépris des hommes. Et
cependant, sous ce faux fond de gaîté à fond de
réelle tristesse, un suprême tréfond se substratait
encore, que personne au monde ne soupçonnait,
que Chugnard ignorait tout le premier, et même
dont la révélation inattendue lui eût désopilé la
rate comme une bonne farce, à moins qu'elle ne
l'eût indigné comme un outrage. Cet inconnu,
mystérieux, incroyable et presque inimaginable
tréfond du fin fond de Chugnard, c'est que Chugnard était tendre.

Certes, il n'avait guère eu l'occasion de le
montrer, ni de l'apprendre, dans sa tumultueuse
et combattive existence.

Avec le seul être qui eût pu jusqu'à présent
lui en fournir l'occasion, avec la pauvre Aménaïde, il avait clairement conscience de n'avoir
jamais agi que par égoïsme. Ne l'avait-il pas
épousée en la trouvant laide, ridicule, et *pour
le sac*, pas davantage? Ne l'avait-il pas grugée,

ruinée, sans merci? N'était-ce pas de la comédie,
de la plus intéressée, de la plus cruelle, quand
il lui soutirait quelque argent de cachette en
roulant des yeux de carpe vers le globe aux
souvenirs matrimoniaux? Elle-même, hélas! la
n.i.e sentimentale, ne s'y trompait plus, tout
en s'y laissant prendre. Et lui, une fois le coup
fait, ne se gênait pas pour en goguenarder cyniquement devant elle.

Et néanmoins, cette laide, cette ridicule, cette
sacrifiée, qu'il immolait sans pitié ni cesse, en
la bafouant, elle lui était chère. Il n'eût pas
toléré qu'un autre que lui la fît souffrir. Même,
quand elle avait trop souffert par lui, il s'ingéniait à panser les blessures dont il était cause.
Malade, il la soignait. Attristée, il la consolait
en la régayant. Et sans autre intérêt, alors, que
de la voir consolée, redevenue souriante. Il se
disait bien :

— Ce que j'en fais, c'est parce qu'elle est encore plus hideuse quand elle pleure.

Et si, par hasard, il était forcé de s'avouer que
peut-être il éprouvait une sorte de vague affection pour elle, il se hâtait d'en conclure :

— Oui, sans doute, l'affection que le bourreau
a pour sa victime !

Et il se complaisait dans cette idée, se représentant comme un tourmenteur féroce et jouis-

seur qui veut faire durer son plaisir et qui le
raffine en ménageant des répits à une savante
torture.

Mais, qu'il le voulût ou non, et en dépit de
ces mauvais paralogismes où il se calomniait
sans le savoir, et malgré tout, et malgré lui-
même enfin, il aimait Aménaïde, et tendrement.
Il le fallait bien, puisque parfois, lorsqu'il la
consolait en câlineries menteuses, un véridique
petit sanglot le prenait à la gorge, tandis que
dans ses yeux secs de joueur, dans ses yeux au
froid et dur métal, montait une tiède larme qui
les mouillait soudain d'une douceur inaccoutumée et furtive.

Pour Gisette aussi, vraiment, il avait eu de la
tendresse. Et là, il en avait été presque d'accord.
C'était jadis, au Quartier Latin. Chassé d'un
lycée, sans le sou après ses derniers habits ven-
dus, quasi loqueteux, tombé au dernier degré de
la misère, il crevait de famine et n'avait point
de domicile. Elle l'avait logé, nourri, vêtu. Non
pas en amant; mais, ce qui était mieux, et d'une
charité moins explicable, en ami. Elle le trouvait rigolo; pas d'autre raison! De ce temps, il
lui gardait reconnaissance affectueuse. Mais il
avait, pensait-il, acquitté sa dette par beaucoup
de services rendus, et quelques-uns compromet-
tants. Et depuis, restés camarades, souvent alliés

en de louches affaires, ils n'avaient jamais renoué
de cœur à cœur comme jadis. Elle s'était même
plutôt détachée de lui, lui demandant conseil et
aide à l'occasion, lui payant généreusement l'aide
et le conseil, mais faisant son chemin de son côté
pendant qu'il allait du sien, et ainsi tous deux
ne marchant pas de concert la main dans la
main, ainsi qu'il l'avait espéré parfois. La vieille
affection, peu à peu usée de la sorte, couvait
néanmoins encore, et il eût probablement suffi,
pour la rallumer, que Gisette le voulût. Mais elle
était loin d'y songer, ayant trouvé dans le baron
le vrai mâle qu'il lui fallait. Elle n'y eût seulement pas cru, le cas échéant, pas plus d'ailleurs
que Chugnard ne croyait avoir pour elle ce dernier tison de tendresse.

Ainsi, entre cette tendresse-là qu'il savait pertinemment bien éteinte, et sa tendresse, qu'il
ignorait et eût niée, envers Aménaïde. Chugnard
ne pouvait ni avoir montré ni avoir appris qu'il
était tendre.

Et cependant il l'était, et il allait le montrer
et l'apprendre, à sa profonde stupéfaction, avec
Flamboche.

— C'est ce petit-là, avait-il dit, qui m'a ramené
la veine.

C'est ce petit-là aussi qui devait lui rendre (ou
plutôt lui donner, puisqu'il n'avait jamais éprouvé

rien de ce genre) la conscience d'avoir un cœur
et la joie de le sentir battre à d'autres émotions
qu'à celles du jeu.

Bien entendu, il fut loin de s'en apercevoir
tout de suite, et ainsi ne s'en méfia point. Ses
gâteries pour Flamboche, habile politique, pensait-il, pas autre chose! Son désir d'être aimé
par l'enfant, et les témoignages qu'il lui en pro-
diguait, astucieuses manœuvres, calcul à longue
portée, machiavélique rouerie! Qu'il s'y mêlât
un tantinet de réelle affection, impossible d'en
douter; mais la nature de cette affection n'avait
pas de quoi, tout compte fait, inquiéter l'égoïsme
de Chugnard.

— Il m'est cher, se disait-il, à la façon d'un
fétiche, parce qu'il me porte bonheur.

Et, le croyant, il se laissait aller sans crainte
à un sentiment qui lui semblait aussi peu gros
de conséquences que le culte superstitieux de
n'importe quel autre fétiche, comme, par exemple,
d'un sou troué. Or, c'était ici ou jamais le cas
de le constater, Flamboche *valait mieux que ça.*

La naïve et simple Aménaïde ne s'y était pas
trompée, elle qui ne cherchait pas malice à grand'
chose; tout de suite, et tout bêtement, elle avait
cédé au charme de ce petit homme, vraiment
fait, pensait-elle, pour être adoré et pour qu'on
se dévouât à lui.

Non pas que Flamboche fût beau, ni même fort agréable à première vue, ni doué seulement d'une de ces physionomies à la souffreteuse attirance, et qui semblent vous dire :

— J'aime à être aimé.

Il repoussait plutôt, tout d'abord, la sympathie, par ses allures à la fois chétives et hautaines, ayant l'aspect d'un être faible qui ne veut pas être plaint, et prêt à se montrer méprisant pour n'être pas méprisé. Gringalet, maigriot, de buste étroit, et mal en chair, il affectait de se tenir très droit, et les épaules très ouvertes, comme pour protester contre sa taille exiguë et son manque d'ampleur. Nerveux, batailleur et extrêmement brave, il tenait à ce qu'on n'en doutât pas, malgré ses apparences frêles. Il devait cette attitude aux conseils de son père, qui ne s'était jamais lassé de lui répéter, en toute occasion, et presque pour unique morale :

— Sois crâne, et parais-le. Il vaut mieux faire envie que pitié. Porte toujours la tête haute et le cœur en avant. Si ton corps s'y refuse, tu peux l'y forcer.

Et il lui redressait le menton, lui faisait rentrer les omoplates, bomber le torse, cambrer les reins, en ajoutant, devant ces pauvres pectoraux qui laissaient saillir les côtes :

— Tu n'auras peut-être pas beaucoup de viande

pour poitriner. Ça ne fait rien, petit. Poitrine
avec ton âme.

Le gamin avait pris ainsi l'habitude de se
carrer et de se gonfler à tout propos comme un
soldat à la parade. Et son verbe se carrait et se
gonflait de même, autoritaire, orgueilleux, irrespectueux, volontiers insolent, en éclats de voix
et en éclats de rire qui ne ménageaient rien, ni
personne.

— Il a parfois, disait Aménaïde, quelque chose
d'un jeune sauvage.

Il l'avait surtout dans ses yeux, à la prunelle
petite, d'un gris pâle, au regard tout ensemble
mobile et qui appuyait longuement. Les clartés
aiguës de ce regard s'aiguisaient encore en dar-
dant entre des cils courts, raides et presque
blancs, qui semblaient en aviver le fil.

Il ne fallait pas moins que la hardiesse et la
pointe toujours menaçante de ce regard, pour
imposer silence aux envies de se moquer qu'on
avait tout d'abord devant ce bout d'homme
si fièrement campé dans son impertinence, et
surtout devant son visage d'une laideur plutôt
comique, mince du bas, anguleux, au nez pincé
et busqué, au teint en fromage à la crème
brouillé de taches de son, au front proéminent,
trop large, trop haut, coiffé d'un flamboyant et
roux toupet de clown.

Pas beaucoup plus qu'avec son aspect physique, le premier contact avec son moral ne prévenait guère en faveur de l'enfant. On le devinait à la fois violent et paresseux, curieux et inattentif, rancunier aux plus légères offenses et facilement ingrat aux plus obligeants services qu'il considérait comme lui étant dus. Gâté, élevé à la diable, il présentait tous les dehors d'un mauvais sujet. Son esprit alerte, original, primesautier, semblait lui avoir été fourni précisément par cette éducation à bâtons rompus, de bric et de broc, entre son braque de père, sa démente de mère, et les déséquilibrés de toute sorte qui devaient former l'ordinaire compagnie de tels excentriques. Mais rien, sous ce bizarre vernis d'esprit, n'annonçait un fond de sérieuse intelligence, en appétit de quoi que ce fût, lettres, sciences ou arts. Il n'avait presque aucune instruction, ni ne désirait en acquérir aucune. Il interrogeait sur les faits seulement, et n'en voulait connaître que le bref pourquoi, tout de suite, sans plus s'inquiéter de relier ces faits à quelque idée. Il ne montrait de goût vif que pour les exercices du corps, l'escrime, le cheval. Il ne trouvait amusants, au théâtre, que les mélodrames, et, comme livres, que les romans d'aventures. Encore, dans les mélodrames et dans les romans, était-il presque insensible aux parties amoureuses,

sinon lorsqu'il en sortait quelque péripétie de
brutale action. Et par là, ainsi d'ailleurs que par
sa très manifeste répugnance à s'abandonner, à
s'attacher, à se laisser plaindre, à être reconnaissant, il prouvait, de reste, que son cœur n'avait
pas été mieux cultivé, et ne tenait pas plus à être
cultivé que son intelligence.

Rien d'étonnant à ce qu'une victime-née
comme Aménaïde dût le juger aussitôt, et absolument, fait pour être adoré et pour qu'on se
dévouât à lui. Rien d'étonnant non plus à ce qu'un
égoïste cuirassé comme Chugnard dût se croire
parfaitement à l'abri, lui, de toute adoration
dangereuse et de tout dévouement autre que
simulé envers (comme il disait) un petit bougre
de cet acabit. Ce qui est pour surprendre chez
ce très sagace observateur, c'est qu'il n'eût pas
flairé, ainsi que l'avait aussitôt senti à plein nez
la simple Aménaïde, le charme intime en puissance dans un tel être, charme pareil au vague
parfum, presque imperceptible, mais inoubliable
quand on l'a perçu, de certaines fleurs bourrues,
hérissées, épineuses, comme, par exemple, le
chardon bleu des grèves. Peut-être aussi qu'il y
fut sensible, et du premier coup, autant qu'Aménaïde elle-même, mais dédaigna d'y attacher
importance, tant cela lui parut peu de chose ; si
bien qu'à cueillir le chardon bleu il n'éprouva

méfiance aucune, et se figura n'en aimer que la
bizarre forme et la couleur étrange, sans se
douter qu'il en humait jusqu'au fond de l'âme
la subtile et prenante odeur.

Un jour qu'il cherchait (en se demandant,
d'ailleurs, pourquoi cet inutile souci complètement désintéressé) à catéchiser Flamboche sur
les avantages de l'instruction, à lui faire honte
de sa paresse intellectuelle, et à lui inculquer le
goût du travail, le gamin lui riposta :

— A quoi ça sert-il de savoir ce que vous
pourriez m'apprendre? Les sciences n'empêchent
pas Brongnien d'être un pochard, ni les lettres
Laffouace d'être un jean-foutre. Et vous, qui
m'avez l'air de tout connaître, vous n'en êtes pas
moins un sacré joueur.

— C'est vrai, avoua Chugnard.

— Eh bien! reprit Flamboche, ce qui m'em-
pêchera d'être un pochard, un joueur ou un jean-
foutre, je n'ai pas besoin de l'apprendre, puisque
je le sais.

— Et qu'est-ce que c'est? demanda le maître
transformé en curieux élève.

— Ce que c'est? répondit l'enfant, le front tendu
et les poings serrés. C'est tout bêtement de le
vouloir, parbleu!

— Pourtant! objecta Chugnard, si ça vous
amusait de boire, de jouer, d'être rosse?

— Je le ferais si ça m'amusait, répliqua Flamboche ; mais ça ne m'amuserait pas de le faire malgré moi.

Une autre fois, comme Flamboche avait peiné, presque brutalisé Aménaïde, méchamment, sans nulle raison supposable, Chugnard l'en grondait, lui disant que c'était stupide de faire ainsi du mal gratuit.

— Qui vous prouve, ricana le petit, que ce soit gratuit? Je ne suis pas si bête que ça, voyons! Je l'aime, moi, la maman Bouddha, mais jamais tant que lorsque j'ai des torts envers elle. Et c'est alors aussi qu'elle m'aime le mieux.

Cela, d'ailleurs, dit sans la moindre prétention à une psychologie quelconque, et simplement en pratique constateur de faits qui utilisait ses constatations.

Cette vue nette des choses donnait à Flamboche une très rare aptitude à vite et bien définir les gens, avec un tour d'expression, au reste, presque toujours caricatural, et souvent calembouresque, et qui par cela même plaisait singulièrement à Chugnard. C'est ainsi qu'il avait sobriqueté Aménaïde maman Bouddha, et, encore plus irrévérencieusement, la fée Ratatrouille. Il disait du professeur de mathématiques:

— Il se soûle par a + b et il est raide comme deux et deux font quatre.

Le Valaque, gros, gras, au teint huileux, aux
noirs cheveux lisses, à la raide et rare moustache, aussi épais d'esprit que de corps, et qui
s'appelait Lautarescù, il l'avait rebaptisé :

— L'otarie, ce cul!

A propos de Laffouace, il ne tarissait pas, n'en
prononçait jamais le nom autrement que Laffoi-
rasse, lui trouvait le nez pareil à un cure-dent,
le regard en tire-bouchons, les oreilles en
écailles d'huîtres, la barbe en balai de quelque
part, et, dans sa haine méprisante contre lui,
allait parfois jusqu'à des images presque incom-
préhensibles, à Chugnard lui-même, et dont
Chugnard goûtait cependant comme un régal
les lointaines mais néanmoins très significatives
analogies, telles que :

— Tête de souris avec un derrière de rat
d'égout !

— Il doit avoir été engendré dans un abcès.

— Il se mangerait les dents si elles étaient en
vrai chocolat.

— Oui, un licencié ès lettres... anonymes !

— Sa voix louche comme ses yeux.

— C'est une âme qui pue de la gueule.

Il avait, en revanche, à l'occasion, d'inattendues
caresses de langage, d'autant plus douces qu'on
y était moins préparé.

Un soir, la malheureuse Aménaïde, presque

baItue par Chugnard, pleurait et se lamentait,
gémissant :

— Mon Dieu ! mon Dieu ! Je suis donc seule
au monde, toute seule, toute seule !

Il s'était approché d'elle, lui avait pris la
main, et. simplement, mais câlinement, avait
murmuré :

— Ce n'est pas gentil pour moi ce que vous
dites là.

Quand il l'avait offensée plus que de raison et
trop sans raison, il avait des façons à lui de
revenir et de se faire tout pardonner, grâce à des
mots de ce genre :

— Eh bien ! oui, là, je suis un petit mufle ! C'est
parce que vous me gâtez. C'était comme ça aussi
avec maman.

De ces mots-là, il savait en trouver même pour
Chugnard, qui pourtant s'offrait moins qu'Aménaïde à en inspirer. Une fois que Flamboche était
en train de s'amuser en exerçant eux dépens de
Laffouace sa verve de portraitiste à l'emporte-
pièce, Chugnard lui demanda brusquement :

— Et moi, monsieur la mauvaise langue, comment diable me dépeignez-vous, quand je n'y
suis pas?

Connaissant la franchise impudente du jeune
homme, il s'attendait à quelque verte épigramme ;
et, loin de s'en fâcher, il eût été le premier à

en rire de bon cœur, car il ne se dissimulait point
qu'il y prêtait autant et plus que personne. Sans
aucune prétention à la beauté plastique, et
moins encore peut-être à la beauté morale, il se fût
lui-même, le cas échéant, bravement pris comme
plastron de ses propres et pires plaisanteries.
Les stigmates de son incorrigible vice, ses fan-
tasques humeurs de joueur en veine ou en
déveine, les allures solennelles et basses tout
ensemble que lui imposait parfois son métier de
marchand de soupe, le contraste de ces allures
hypocritement sérieuses avec sa naturelle et
grosse jovialité, sa conduite avec Aménaïde, son
infâme complaisance envers les élèves, il y avait
là de quoi mordre à pleines dents, pour un autre,
puisqu'il y mordait en personne, à l'occasion,
dans ses cyniques examens de conscience. Quant
à sa tournure et à sa binette, on en avait tant fait
de gorges-chaudes, qu'il se demandait seulement
s'il était encore possible d'en tirer quelque drô-
lerie nouvelle, capable de l'étonner et de l'amuser.
Il en connaissait tous les ridicules : son corps
long et maigre, surmonté d'une tête trop grosse
et chauve, et qui évoquait irrésistiblement la
comparaison avec un bilboquet ; ses jambes et
ses bras pareils à des pattes de faucheux ; ses
mains toujours à demi-closes, aux paumes en
l'air et que tracassaient sans cesse et fébrile-

8.

ment les doigts crochus, ce qui donnait à ces
mains l'aspect de deux crabes retournés sur
le dos ; son énorme crâne facilement perlé de
sueur ; ses vastes oreilles à l'intérieur velu ; son
collier de barbe en crins grisonnants ; ses joues
peaussues et tiraillées de tics ; sa bouche en
bourse froncée de rides ; ses petits yeux dont les
prunelles ressemblaient à des centimes neufs ;
son teint couleur de billon aussi, mais, lui, en
billon de vieux sous crasseux et vert-de-grisés ;
et enfin son nez invraisemblable, d'abord écrasé
à la racine, parti (comme il disait) pour être
camard, puis ayant réfléchi en route et s'étant
décidé à devenir aquilin, puis ayant réfléchi de
nouveau et voulu redevenir rond du bout, si bien
que finalement il s'achevait à la fois en bosse et
en boule, donnant l'idée d'un perroquet dont le
bec serait musclé dans une noix.

Par quelle brève et suggestive et imprévue
image Flamboche le malin allait-il traduire et
symboliser tant de cocasseries ? Chugnard s'en
délectait à l'avance, tandis que le petit le contemplait longuement, hésitant contre son habi
tude, et les sourcils barrés d'attention, ou peut-
être de dépit à ne pouvoir trouver de prime-saut
la formule qu'on lui demandait.

— Alors, quoi ? insista Chugnard. Vous restez
court, vous ! Avez-vous peur de m'embêter ?

Vous savez bien que non. Tapez donc ! Allez !
Ne vous gênez pas ! Mettez dans le mille. nom
d'un chien ! Pas possible que ma trombine ne
vous dise rien, cependant !

— Elle m'en dit trop, répliqua Flamboche.

— Allez-y quand même, reprit Chugnard. Si
vous n'avez pas assez d'une définition, donnez-en
plusieurs, comme pour Laffouace. Voyons, j'ai
l'air de quoi ?

Flamboche parla enfin, d'une voix extrêmement lente et grave :

— Vous avez l'air de quelqu'un que je ne veux
pas blaguer, voilà tout.

— Et pourquoi ça ! fit Chugnard, stupéfait de
la phrase et plus encore du ton.

Flamboche répondit, les lèvres légèrement
tremblantes :

— Parce que vous avez je ne sais quoi qui me
fait penser à mon père.

Puis il se sauva en jetant un brusque éclat
de rire et après avoir fait à Chugnard un grand
pied de nez.

Mais Chugnard ne fut dupe ni du pied de nez,
ni du rire. Le pied de nez n'était qu'une mauvaise gaminerie par quoi Flamboche voulait
donner le change sur la réelle émotion qu'il
avait éprouvée un moment, et dont il avait
regret, craignant de s'être livré. Le rire avait été

plus sincère, légitimement éveillé par l'anormal
et le presque monstrueux d'une aussi saugrenue
comparaison entre un Chugnard et le superbe
aventurier qu'avait été Jacques de Miérindel.
Flamboche avait souvent dépeint son père à
Chugnard, et de traits qu'ennoblissait encore
l'exaltation du souvenir. Être mis en parallèle,
lui, Chugnard, fichu comme il l'était, avec un
tel homme, tel que le représentait Flamboche,
cela suffisait de reste à faire pouffer au premier
abord, non seulement le petit, mais Chugnard
lui-même. N'empêche que la comparaison avait
passé par l'esprit de l'enfant, malgré tout ce
qu'elle offrait d'insensé en apparence, et qu'en
lui passant par l'esprit elle lui avait aussi troublé
le cœur. Impossible d'en douter en se rappelant
ses pénibles hésitations, sa retenue, sa voix
lente au ton grave, et surtout ses lèvres tremblantes quand il avait enfin cédé à son émotion
et lâché la phrase extraordinaire. Et l'éclat de
rire ne signifiait donc rien, et moins encore la
farce du pied de nez. Le vrai, c'est que Flamboche, sous toutes les misères physiques et morales de Chugnard, avait senti vivre on ne sait
quoi de grand, de fort, de beau, lui évoquant
son père, et qu'il aimait cet on ne sait quoi, et
qu'il n'avait pu se garder de le témoigner à
Chugnard, quoiqu'il eût aussitôt jugé une telle

affection comme déraisonnable, ridicule, et
presque honteuse. Mais la façon même dont il
l'avait laissé voir, et dont ensuite il avait essayé
de s'en défendre, cette délicatesse dans l'expression, puis cette pudeur de remords farouche si
bizarrement manifestée par une grimace vulgaire
exprès pour rompre le charme, c'était de quoi
rendre d'autant plus précieux à Chugnard le témoignage qu'il avait reçu et de quoi lui en faire
goûter à fond tout le rare et cher et délicieux
privilège.

Ce lent travail de tendresse réciproque où ils
se prenaient l'un l'autre moitié figue moitié
raisin, comme ils se le cachaient à eux-mêmes,
ils le cachaient à plus forte raison à autrui, et
personne ainsi autour d'eux ne pouvait en avoir
vent. Les compagnons de Flamboche, tous plus
âgés que lui, le considéraient volontiers et le
traitaient en enfant, ne s'étonnant pas qu'il fût le
chouchou de la maison. Laffouace, qui se croyait
perspicace, continuait à ne soupçonner chez
Chugnard que de mesquines manœuvres de
tapage, d'ailleurs soigneusement dissimulées.
Détesté par Flamboche et le détestant, il se fût
bien gardé de le protéger contre ces manœuvres,
puisqu'il n'avait aucun espoir d'y supplanter le
patron. Au reste, même s'il y eût eu quelque intérêt et la moindre chance, il ne s'y fût point

aventuré. Il était, pour oser de telles compéti-
tions, trop étroitement dans la dépendance de
Chugnard, qui le tenait à la gorge, au collier, en
chien couchant, grâce à une sale histoire dont il
sera parlé en son lieu. Quant à supposer entre
Chugnard et Flamboche quoi que ce fût de simplement et noblement affectueux, il ne le pouvait
pas, si perspicace qu'il se crût, étant lui-même
trop incapable d'un pareil sentiment pour le distinguer chez les autres.

Seule, Aménaïde perçut la grandissante amitié
qui attachait de plus en plus Chugnard et
Flamboche. D'abord, parce qu'elle-même adorait
chaque jour davantage le bizarre enfant, et sentait en être aimée un peu, et ainsi en était obscu-
rément jalouse. Elle avait craint, les premiers
temps, que ce cœur fût détourné d'elle. Mais
bientôt elle s'était convaincue que les choses
allaient justement d'un train contraire, et même
au delà de ses plus chers désirs. Bien loin que le
cœur de Flamboche lui fût pris par Chugnard,
il semblait que le cœur de Chugnard lui fût
ramené par Flamboche. Peut-être fallait-il
attribuer l'humeur singulièrement radoucie du
joueur à sa veine maintenant assez constante
et régulière, et dont il faisait plus que jamais
honneur à son fétiche. Peut-être aussi sa passion
du jeu s'affaiblissait-elle de toute la force que

prenait sa nouvelle passion d'amitié. Toujours
est-il qu'il tenait dorénavant son vice mieux en
bride, y cédait moins souvent, par séances plus
espacées et plus sages. Il avait cessé d'être le
terrible bourreau d'argent qui naguère désespérait la pauvre femme, lui arrachait les maigres
ressources dernières pour aller au claquedent
comme l'ivrogne va au vin et le luxurieux aux
filles, en risque-tout, en fou pris par son accès, et
qui n'entend plus rien à rien. Elle n'avait plus à
subir aujourd'hui de ces affreuses scènes où elle
représentait vainement la maison sans le sou, le
crédit fermé, la ruine certaine, la faillite et la
misère pour demain. L'entretien de la bourse de
jeu ne saignant plus à blanc la caisse de l'économat, Aména de joignait les deux bouts, avait
éteint les grosses dettes, constituait des réserves,
et ne désespérait pas de voir renaître les beaux
jours de prospérité connus jadis à la florissante
pension Bance. Et pour elle ainsi que pour Chugnard, le véritable auteur de tout ce bonheur
revenu, c'était Flamboche. Aussi l'aimait-elle de
plus en plus, et sans arrière-pensée, elle, ni dis-
simulation, ni retenue ou crainte de se laisser trop
séduire, mais de plein cœur, au contraire, et en
tout abandon. Comme elle l'avouait à Chugnard
lui-même, au risque de lui paraître, une fois de
surcroît, ridiculement sentimentale et poétique :

— On dirait que cet enfant nous a été envoyé
par le ciel pour nous tenir lieu de celui que nous
n'avons pas eu, hélas! Et il me semble positivement qu'en lui je communie avec toi, monsieur
Chugnard.

Le plus drôle, c'est qu'une telle phrase, à laquelle il eût naguère chanté pouilles en quelque
grosse plaisanterie, monsieur Chugnard pouvait
aujourd'hui l'entendre sans même sourire.

Il faut ajouter que, le jour où la lui dit Aménaïde, Flamboche était déjà depuis près d'un an
à l'institution, et qu'ainsi Chugnard trouva tout
naturel de n'avoir rien à répondre sinon :

— C'est vrai, tout de même! Il est comme
de la famille. Oui, tu as raison, notre enfant !
Quelque chose comme notre enfant !

Puis, tout mélancolique, et dans un amer
sourire, il reprit :

— Oh! mais non, non ! Tu me fais dire des
bêtises avec toi, vieille maman romance! Ce
serait trop beau.

Et il voulut siffloter, pour ne pas à lui-même
se paraître ému ; mais il ne put pas. Ses lèvres
se contractaient en tremblant.

— Bon, bon, dit Aménaïde, appelle-moi vieille
maman romance et fais le merle. Tu as tout de
même du cœur, va, monsieur Chugnard, et tu
es content d'en avoir.

— Oui, répondit-il, s'étant ressaisi et tâchant
misérablement de gouailler, oui, je suis content
d'en avoir, du cœur, mais à l'écarté, quand c'est
de l'atout.

Que les choses en fussent arrivées à ce point,
insensiblement et à son insu, on a tâché de l'expliquer. Mais il peut paraître moins explicable
que le baron et Gisette n'en eussent jamais eu,
ces malins, le moindre soupçon. Rien de plus
simple, cependant !

D'abord, Gisette n'avait contre Chugnard aucune méfiance, ni, si elle s'était méfiée, aucun
moyen de contrôle. Elle s'en rapportait à lui et
était forcée de ne s'en rapporter qu'à lui ou aux
constatations du baron, puisqu'elle-même ne
voyait jamais Flamboche. Il n'y avait donc, pour
la tromper, elle, qu'à tromper le baron. Or le baron, rassuré par elle qui avait confiance en Chugnard, n'était pas difficile à tromper. Ils étaient
tous deux dans un cercle vicieux où Chugnard,
comme il se disait, les menait en bateau en rond
à la queue leu-leu.

M. de Miérindel, très occupé de ses multiples
et compliquées affaires, n'était en relations avec
son neveu qu'aux sorties du dimanche. Encore,
ces visites le gênant plutôt, s'était-il très volontiers déshabitué de cette fréquentation hebdo-
madaire, pour laquelle Flamboche manifesta

9

vite, et franchement, peu de goût. Le baron
n'avait guère à lui offrir, en effet (sa gravité et sa
situation l'y obligeaient envers son pupille), que
des distractions austères, conférences, visites à
des musées, matinées classiques. Après y avoir
bâillé ferme, sans se plaindre pendant quelque
temps, par politesse, le petit indépendant au
franc parler ne s'était pas gêné pour dire un
beau jour :

— Vous savez, mon oncle, vous êtes bien
gentil ; mais ça m'embête, les plaisirs sérieux.
Une grande promenade à cheval ou une partie
de canotage ferait joliment mieux mon affaire.

Le baron, tenant avant tout, pour le moment,
à ne pas être pris en grippe par son neveu, avait
répondu :

— Soit, mon cher enfant! A votre choix! Loin
de moi le désir de changer vos jours de congé
en journées ennuyeuses! Au surplus, les délas-
sements sportifs ne sont pas pour m'être anti-
pathiques, et si vous préférez vous y livrer le
dimanche sous la surveillance et avec l'agrément
du digne monsieur Chugnard, voilà qui est entendu. Je ne demande qu'à vous faire plaisir.
Venez seulement de temps à autre déjeuner ou
dîner avec votre vieil oncle, qui sera toujours
bien aise de vous voir et de se rajeunir à votre
jeunesse.

Flamboche avait pensé de plus en plus :

— Quel chic type !

Mais, n'ayant pas l'hypocrisie de la reconnaissance, il ne s'était pas astreint longtemps à la
corvée d'aller rajeunir son vieil oncle, qu'il
trouvait *chic type* surtout de loin. Ses visites
s'étaient, de la sorte, vite espacées, se bor-
nant bientôt à un déjeuner mensuel, auquel
il venait uniquement par devoir, et que toujours il abrégeait sous prétexte de quelque
partie de *délassement sportif*, comme avait dit
l'oncle.

— On a rendez-vous à une heure précise, vous
comprenez ! Je ne peux pas faire attendre les
camarades.

Le baron acquiesçait, admettait tout, la rareté
des visites, la brièveté du déjeuner. Il était, d'ailleurs, aussi généreux que complaisant, faisait des
cadeaux agréables, une cravache à pommeau
d'or, une paire d'éperons à la chevalière, en
argent, une périssoire de palissandre, des pis-
tolets de tir, un merveilleux appareil de photographie. Et jamais d'enquête embarrassante
sur le travail, ni la conduite *à la boîte !* Rien
qu'une vague question, sans trop insister, et
comme par acquit de conscience :

— Et ces études ? Elles marchent bien, n'est-ce
pas ? Monsieur Chugnard n'est pas trop exigeant ?

Ses bulletins ont, d'ailleurs, de quoi, je l'avoue, me satisfaire.

Chugnard, en effet, envoyait religieusement des bulletins trimestriels, auxquels le baron avait déclaré tenir d'une façon très expresse. Ces bulletins étaient remplis de notes détaillées, de minutieuses observations, touchant les occupations matérielles et intellectuelles, les progrès, le caractère de l'élève, le tout rédigé en un style dont Chugnard s'amusait avec Flamboche, et qu'il appelait le genre filandroso-lapidaire. Il savait bien, lui, le finaud, que le baron n'était point dupe de ces frimes, et plus d'une fois il avait eu envie d'en instruire Flamboche, rien ne l'irritant comme d'entendre le jeune homme lui répéter sans cesse :

— Non, ce qu'il y coupe, mon tuteur, dans le pont des bulletins ! Vrai, je le croyais plus malin que ça. Enfin, le principal, c'est qu'il est bon zig. Pas à dire, avec sa gueule d'homme austère, c'est un chic type !

Chugnard avait alors une sorte de remords envers Flamboche, à lui laisser ces fausses idées sur la prétendue bonté du baron. En même temps il craignait que l'accoutumance à ces fausses idées ne les rendît plus tard difficiles à détruire, et n'eût à la longue pour résultat un réel attachement du neveu à l'oncle. Heureuse-

ment la rareté et la brièveté des visites garantis-
saient un peu contre une semblable inquiétude.
Il restait que Chugnard, en ne détrompant pas
le jeune homme, et tout intérêt personnel mis
à part, se sentait coupable de ne point lui ouvrir
les yeux et d'être ainsi, contre lui, de complicité, sans le vouloir, avec le baron. Mais il n'osait
pas agir autrement. L'instant ne lui en semblait
pas venu. Éclairer Flamboche, c'était courir le
risque de quelque parole imprudente, lâchée
tout à trac par ce Saint-Jean-Bouche d'or, et qui
suffirait à éclairer en retour le baron sur la véritable et secrète conduite de Chugnard. Mis en
éveil, le tuteur retirerait son pupille de l'institution, et alors, adieu tous les beaux rêves si
bien en train de se réaliser, et adieu aussi la
douceur de cette mutuelle et singulière affection,
dont Chugnard s'avouait maintenant la tendresse
et le charme, et dont la rupture possible était
devenue, au fond, la cause de ses plus vives et
plus alarmantes angoisses.

Il en redoubla de précautions contre le baron
et surtout contre Gisette, et se vengeant sur eux
des remords et des transes dont il souffrait, il
apporta des raffinements et une joie d'artiste à
les *rouler*. Sa consigne était de pourrir Flamboche tout en sauvant les apparences, et son
mot d'ordre aurait pu se traduire :

9.

— La corruption sous la correction.

Il en prit tout juste et absolument le contre-
pied. Il se fit le plus correct, bien mieux même,
le plus zélé, le plus vertueux, le plus attentive-
ment sévère des Mentors, et avec toutes les apparences d'un corrupteur, et, ces apparences, non
seulement aux yeux du baron et de Gisette,
mais aux yeux de Flamboche en personne. Il
mit à profit les bonnes résolutions que lui avait
manifestées le jeune homme, son culte de la
volonté, son horreur des vices qui la réduisent
en servage, sa fierté à être fort physiquement et
moralement, sa passion des sports, tout ce qui
pouvait le garder d'être un précoce viveur usé
avant d'avoir vécu. Cependant il lui lâchait la
bride quand il le fallait, ou plutôt n'avait jamais
l'air de le tenir en bride, et même parfois, non
content de le lâcher à quelque occasion de crapule, de jeu, de débauche, l'y excitait, mais
toujours en choisissant ingénieusement les conditions les plus propres à inspirer le dégoût du
vice goûté.

Il s'arrangeait, d'ailleurs, pour que ces expériences servissent à double fin, et, en défendant
Flamboche de la corruption, dussent le montrer,
au baron et à Gisette, précisément en train de se
corrompre. Ainsi, les quelques nuits de buverie
et de noce où il entraîna Flamboche, se trou-

vèrent, comme par un effet du hasard, des nuits
de samedi à dimanche, au lendemain desquelles
Chugnard disait :

— Allons, bon, pas de chance ! Voilà que vous
avez mal aux cheveux et c'est aujourd'hui le jour
de votre déjeuner chez votre oncle. Si, si, je
vous assure.

Puis, comme à une soudaine inspiration, et
ravi au lieu d'avoir l'air ennuyé, il reprenait
en rigolant :

— Mais, qu'est-ce que je dis? Pas de chance?
Au contraire ! Veine ! Archiveine ! Que ce soit
votre jour de boulottage avunculaire et soporifique, ça tombe justement très bien. Vous êtes
trop vanné pour une partie de cheval ou de
canot. Ça finirait de vous éreinter. Le sage petit
déjeuner de famille, en tête à tête avec votre
brave homme de tuteur, rien de tel pour vous
reposer. Et puis, vous avez une mine, à la
bonne heure ! Du pur papier mâché ! Les yeux
au fond de la tête ! Une vraie hure de potasseur,
de surmené. Allez-y pour moi, voyons, cher
ami, pour prouver *de visu* comme on pioche à
l'institution Chugnard.

Et Flamboche y allait, exhibant à son tuteur
une face blême, creuse, tirée, aux paupières
rouges, aux lèvres sèches, une de ces faces qui
forçaient le baron à reconnaître que l'institution

Chugnard n'était point de celles, décidément, qui *jouissent d'une réputation usurpée.*

Quant à Gisette, comme Chugnard était désormais bien résolu à la trahir absolument, sans rémission, scrupules ni remords d'aucune sorte, il s'y était pris en coupant au plus court, et en inventant une manigance qui pût d'un coup et à tout jamais lui assurer la confiance de Gisette inébranlablement. Ce fut, selon son expression avec lui-même, un de ses plus beaux *tirages à cinq.* Il en était fier, et il y avait de quoi, comme on va en juger.

Il était entendu entre eux que, de temps en temps, au reçu d'un télégramme à mots convenus, Chugnard la trouvait à un rendez-vous choisi une fois pour toutes, et que là, en fiacre, elle lui donnait ses instructions, auxquelles il obéirait toujours strictement, sans demander pourquoi ni à quelles fins, en âme damnée. Il s'était accoutumé à y venir comme un policier au rapport, et à n'interroger jamais. Or, un jour (ils allaient se séparer et la voiture avait fait halte-déjà). c'est lui qui interrogea, brusquement, ainsi:

— Dis donc, Gisette, quand me désigneras-tu la femme? Tu t'en es inquiétée, n'est-ce pas?

Et il ajouta, l'air grave :

— Tu comprends, c'est une responsabilité dont je ne veux pas me charger, moi. Les passades de

rencontre, bon! J'en fais mon affaire. Mais un
collage est à craindre, malgré toutes mes précautions. Il vaudrait mieux le préparer, l'arranger, ne pas s'en rapporter au hasard. J'ai pensé
que tu tiendrais à maquiller la chose toi-même,
selon tes idées, en y employant quelqu'un de ton
choix. Je serais plus tranquille.

Certes, il n'ignorait point que Gisette, depuis sa
liquidation du « Plumes et Fleurs », avait complètement cessé toute fréquentation dans le
monde d'où elle était sortie. Et elle savait qu'il ne
l'ignorait point. Il osait donc la supposer capable
d'avoir conservé quelques obscures et secrètes
relations avec ce monde, et de vouloir en profiter
pour confier Flamboche à des mains sûres ?
C'était hardi, et surtout qu'il n'eût pas craint de
la blesser en passant si à brûle-pourpoint de la
supposition à la proposition. Mais, surprise, elle
ne songea pas à se fâcher. Elle vit là, dans Chugnard, la preuve de ce qu'elle lui demandait le
plus expressément, la preuve d'une servilité tout
à fait passive, et d'une absolue abnégation
d'amour-propre, rare et flatteuse pour elle chez
cet homme qu'elle considérait à juste titre comme
une intelligence d'élite. Elle lui en fut reconnaissante. C'est bien sur quoi il avait compté. Et il
fut payé de son audace par cette réponse :

— Je ne connais plus et je ne veux plus con-

naître personne d'autrefois, non, personne, toi
seul excepté. Agis donc en conséquence, et
remplace-moi entièrement pour le choix à faire,
s'il y a lieu. Je te donne carte blanche. Va, tu en
es digne.

Le compliment fut détaché sur un ton de supériorité satisfaite si foncièrement comique en son
sérieux, que Chugnard faillit en pouffer de rire.
Il se contenta de sourire, comme d'aise, et ravi
d'être apprécié. Une vraie et forte joie, au fond,
l'emplissait, à l'idée que désormais il était maître
de la situation, puisqu'il avait su définitivement
et absolument tourner le seul obstacle qui pût,
calculait-il, l'empêcher de mener à bonne fin
le complet accaparement de Flamboche. Cet
obstacle, c'était la perspicacité méfiante de
Gisette; et voilà que Gisette avait maintenant
les yeux bouchés au point de le traiter, lui Chugnard, en pauvre et vulgaire sous-œuvre à qui,
pour un peu, elle eût osé dire (pensait-il) *napo-
léoniquement* :

— Soldat, je suis content de toi.

Enchanté de l'avoir ainsi mise en défaut, il
lui en voulait, en même temps, du sans-gêne
dédaigneux qu'elle lui manifestait par suite, et il
n'en devint que plus âpre en son dessein de conquérir Flamboche et de le protéger contre elle
et le baron. C'est du moins la raison qu'il se

donna pour redoubler d'affection envers le jeune
homme, tout en continuant à se duper là-dessus
de cette réflexion, qu'il croyait être celle de
derrière la tête :

— Dame! ce que je soigne, en somme, ce n'est
pas lui, c'est mon espoir, c'est la possibilité de
mes revanches, c'est la résurrection de ma martingale, c'est moi-même. Hardi, Chugnard,
hardi! Défends ta peau, mon vieux!

Il ne se doutait guère qu'il allait avoir à la
défendre, non pas contre ces puissants adversaires
que seuls il avait en vue, mais contre un bas
ennemi auquel il ne s'était pas avisé de prendre
garde, contre Laffouace.

La chose arriva pendant la seconde année du
séjour de Flamboche à l'institution. Et elle
arriva en coup de foudre, en un de ces inattendus
coups de foudre qui éclatent parfois l'été au cours
d'une journée toute de lumière et de joie. On
était, en effet, au plein du bonheur. L'amitié
entre Chugnard et son cher élève fleurissait à
l'aise et à l'abri de toute crainte. La confiance
du baron et de Gisette était absolue. Adroitement
mis en garde contre son tuteur, bien que Chugnard n'eût rien lâché de trop compromettant,
Flamboche avait passé un mois et demi de
vacances avec M. de Miérimlel, à Vichy, puis à
Aix-les-Bains, puis à Dieppe, et cela en tête à

tête, et sans malencontre, sans que le baron lui
eût tiré le moindre ver du nez. Loin de là ! Le
pupille s'étant peu amusé en compagnie de son
tuteur, et le tuteur ayant trouvé cela fort
naturel, et comme lui-même avait été gêné par
cette cohabitation qui le privait trop de Gisette,
on avait abrégé les vacances, à leur agrément
mutuel, et il avait été convenu que l'an prochain Flamboche les prendrait avec Chugnard
pour Mentor. C'était au mieux. C'était le rêve.
Tout marchait donc à souhait. Les deux amis et
la brave Aménaïde se délectaient par avance.
Chugnard rayonnait. Et brutalement, au plus
fort de sa félicité, dans le plus beau de sa journée
toute de lumière et de joie, ce fut le coup de
foudre inattendu. Il avait paré à tout, croyait-il.
Hélas ! il n'avait pas paré à Laffouace.

Non pas qu'il eût commis à propos de Laffouace la faute que Gisette avait commise à propos
de lui-même, en lui attribuant moins d'importance et de malfaisance qu'il ne fallait. Il connaissait de reste quelle bête venimeuse était
l'ex-normalien, et combien on devait le tenir à
l'œil. Mais, précisément, il le tenait, mieux qu'à
l'œil, et bel et bien muselé, pensait-il, et voici
comme.

Pendant les vacances qui avaient suivi sa
seconde année à l'École normale, Laffouace, en

préceptorat dans un château, y avait volé un
billet de banque ; puis, les gens s'étant aperçus
du vol, il s'était arrangé, par des insinuations
astucieuses, pour en faire accuser une fillette,
servante dans la maison ; mais le père de la
fillette, brave garde-chasse, sûr de la probité de
son enfant, et ayant des soupçons contre l'accu-
sateur, l'avait, sous menace de mort, forcé à
l'aveu signé de son vol, à l'aveu écrit. On
n'avait point poussé l'affaire en justice, le coupable ayant protesté de son repentir, imploré la
pitié, et accepté de se châtier lui-même en donnant
sa démission de l'École normale. Seulement ce
châtiment-là n'avait pas satisfait la légitime rancune du garde-chasse. Il s'était, lui, pour venger
sa fille, attaché à la piste de Laffouace, en lui
déclarant qu'il ne le laisserait se caser nulle part,
qu'il présenterait partout l'aveu écrit et signé,
et qu'il voulait voir le gueux crever de faim.
Crevant de faim, en effet, le misérable avait pris
le parti, en entrant à l'institution Chugnard, de
confesser lui-même son *malheur*, comme il disait.
Il savait l'interlope de la maison, pensait qu'on
l'y accueillerait en dépit, ou plutôt à cause, de ses
fâcheux antécédents. Et il avait pensé juste. Fort
de la confession, et plus fort encore après avoir
vu l'aveu écrit et signé qu'avait apporté le garde-
chasse, Chugnard avait engagé Laffouace comme

professeur de lettres, en expliquant au garde-chasse ébahi qu'il fallait user de miséricorde envers un pauvre diable qui voulait venir à rési-piscence. En réalité, il avait tout de suite jaugé le vilain bonhomme sur sa mine, et n'avait pas craint de l'employer, quelque dangereux qu'en fût le risque, puisqu'il possédait de quoi s'en servir à son entière discrétion. Et c'est bien pour-quoi, l'estimant ce qu'il valait, fourbe, vil, hai-neux, envieux, capable de tout, il le jugeait quand même incapable d'oser entrer en lutte contre lui, Chugnard, si invinciblement armé et sûr de l'écraser au premier coup.

Par malheur, Chugnard, tout en se jugeant dur, était bon garçon et avait à sa manière, jus-que dans sa dureté, de la délicatesse. Il ne faisait pas trop sentir à Laffouace qu'il l'avait en son pou-voir. Il était comme un peu honteux de ce pou-voir, si aisément établi sur une tacite menace de chantage. Il éprouvait une sorte de pitié à l'en-droit de ce lamentable bougre, ainsi réduit en domesticité infâme, et qui, certes, n'avait guère de quoi éveiller sa sympathie, mais qui, néanmoins, méritait mieux qu'une telle chiourme dans l'obs-cure misère, avec l'ineffaçable marque à l'épaule de cet aveu écrit et signé. Il admirait toute force, et souffrait d'en voir quelqu'une comprimée, inutile, rendue nulle par un caprice du hasard.

Grâce à la malchance de cette faute, commise voilà trois ans, Laffouace était donc condamné à mourir comme les melons, la graine dans le ventre! N'était-ce pas dommage? Une graine de poison, à coup sûr, qui avortait là! Mais d'un poison qui eût pu germer violemment, et richement s'épanouir en belles fleurs de scélératesse! Il était d'une intelligence si aiguë, si déliée, le matin, si brillante de facettes assimilatrices! Une assurance de cuistre, sans doute, et une vanité de bête à concours! Mais, en revanche, quelle superbe absence de tout vain scrupule, quelle pleine et absolue méchanceté, quelle abondance de fiel toujours prêt à gicler sur tout! Et dire que de pareils trésors se gaspilleraient en petits ragots, en menues vilenies, en un flux perdu de pauvres malheureuses jean-foutreries s'épanchant de bouche à oreille! Dire que cette âme qui puait de la gueule, selon la si juste expression de Flamboche, ses voisins immédiats seraient seuls à en respirer l'haleine, tandis qu'elle était faite pour empester tout Paris!

— Car, vous savez, mon petit Laffouace, lui répétait souvent Chugnard, vous manquez votre vocation en restant professeur. Vous auriez dû être journaliste.

— Mais, répondait Laffouace, soyez tranquille, je le serai.

— Hélas ! répliquait Chugnard, pas tant que vous aurez au derrière votre sacré garde-chasse et son petit papier. Vous n'ignorez pas que, partout où vous voudrez écrire, l'animal vous fera fermer les portes en exhibant cet échantillon de votre style.

— Fichtre ! ripostai. Laffouace en riant, vous avez de la presse une si bonne opinion que ça !

— Vous voyez bien que non, goguenardait Chugnard, puisque je vous trouve tout à fait digne d'en être.

— Alors, reprenait Laffouace en se mordant la lèvre, je ne comprends plus. Si la presse est ce que vous dites, comment m'y refuserait-on pour si peu de chose ?

Mais il faut croire que Chugnard pensait décidément de la presse pis que pendre, et même davantage, et en tous cas plus encore que n'en pensait Laffouace lui-même ; car il concluait :

— Écoutez bien, pauvret. Je vous parle sans rire et en ami. Oui, vous avez tout ce qu'il faut pour être un journaliste de premier ordre. Oui, la presse est composée, en majorité, de telle façon, qu'une peccadille comme la vôtre ne devrait pas pouvoir vous en interdire l'entrée. Elle compte quelques honnêtes gens, pour sûr. Il y en a partout, des honnêtes gens, même au bagne. Mais elle est, surtout, à fond de coquins.

Des coquins que vous êtes de taille à égaler un
jour, je n'en doute pas. Des coquins, toutefois,
au prix desquels vous n'êtes encore, avec votre
aveu écrit et signé, qu'un tout petit garçon.
Donc, en bonne logique et en toute justice, vous
auriez droit à y prendre votre place, parmi ces
coquins. Seulement ces coquins-là, ce qui fait
leur force, c'est qu'ils passent pour d'honnêtes
gens et qu'ils ne manquent pas une occasion de
se donner pour tels. Et la meilleure occasion
qu'ils en puissent trouver, c'est d'exécuter de
temps à autre un foutriquet de coquin comme
vous seriez, patent, avéré, *confitentem reum*.
Essayez, pour voir, de vous faufiler dans leurs
rangs, avec le papier du garde-chasse, et vous
m'en direz des nouvelles! Les plus tarés seront
ceux qui vous crieront le mieux raca. Votre
papier deviendra la serviette à torcher les plus
sales visages. Et dans le flot des crachats sous lesquels on noiera votre impudence, on débarbouil-
lera toute la sacro-sainte corporation.

Et il s'emballait, déclamait, non pas payé,
ajoutait-il, mais ayant payé pour savoir ce que
vaut la presse. En quoi il faisait allusion à tant
de pots-de-vin qu'il avait versés pour le lancement
de ses nombreuses entreprises, pots-de-vin qui les
avaient ruinées, affirmait-il en oubliant qu'il
avait aidé à la ruine par ses foucades de joueur.

10.

— Ce qui n'empêche pas, disait-il pour finir, que je l'admire, cette chienne de presse, la plus grande puissance de nos jours, comme ils s'en vantent dans leurs clichés ; et ils ont raison. Et c'est bien pourquoi je regrette tant, pour elle et pour vous, que vous ne puissiez pas en faire partie. C'est vraiment du bon mal perdu.

Et, très sincèrement, en effet, il le regrettait, un peu par compassion pour Laffouace, et beaucoup par amour de l'art.

— L'art de nuire, sans doute, ajoutait-il. Mais c'en est un, quand même, et vous y seriez passé maître. Et c'est embêtant, pour un vieux dilettante comme moi, de voir une belle vipère comme vous user son venin à mordre le vide.

Laffouace, d'ailleurs, ne lui savait aucun gré de cette pitié, où sa bile, au contraire, se recuisait d'autant. Il en voulait même à Chugnard, toute réflexion faite, plus qu'au garde-chasse en personne. Il lui en voulait surtout d'avoir trop victorieusement raison dans ses regrets. Il avait comme le sentiment que l'entrée dans la presse lui était interdite, non pas tant par sa propre faute, mais plus encore par l'irréfutable argumentation de Chugnard. Il ne pouvait apprécier ce qu'il y avait de réelle sympathie pour lui, malgré tout, chez ce singulier homme qui, en fin de compte, le nourrissait, l'avait tiré de la

noire misère, et qui en outre le plaignait et
même l'admirait. Ces condoléances et cette prétendue admiration lui semblaient une âcre
ironie savamment distillée à plaisir pour lui
rendre plus amer son pain d'infâme servitude.
Et ainsi toute l'horreur de cette servitude, toutes
ses tortures d'irrémédiable impuissance, toutes
ses rages de mauvaise bête en cage et usant son
venin à mordre le vide, toute sa vanité misérablement réduite à se ronger les poings dans de
sales ténèbres dont il ne pourrait jamais s'éva-
der, tout se tournait en rancune condensée
contre Chugnard.

Il faut ajouter que, très subtilement, Laffouace
pensait toujours à l'éventualité de prendre barre
quelque jour sur son geôlier, dont il se trouvait
être devenu, d'autre part, le complice. Chugnard,
en effet, le tenant d'un lien si infrangible, se
servait de lui, naturellement, sans le ménager
en rien, l'employait aux plus ignobles besognes
des plus viles complaisances envers les élèves.
Brongnien le pochard, abruti et vague, n'était
qu'un comparse dans la maison. C'est Laffouace
l'intelligent, le déluré, qui était chargé des basses
commissions exécutées soi-disant à l'insu de
Chugnard, afin que certaines apparences eussent
quand même l'air d'être sauvegardées, au cas
d'un trop gros accident risquant d'éclater en

scandale possible. Laffouace était, de la sorte,
dans le secret de beaucoup d'ignominies, dont
il espérait tirer, à l'occurrence, de quoi faire tête
et prendre enfin une position défensive contre
son patron. Mais l'occurrence, jusqu'à présent,
ne s'était point présentée, grâce aux précautions
dont s'entourait prudemment Chugnard dans le
choix des élèves. Patient, Laffouace attendait,
se disant, pour se consoler:

— J'emmagasine de menus faits, comme un
héros à la Stendhal.

Et, très littératurier, il se délectait à l'imagination d'être une façon de Julien Sorel.

— Plus fort, ajoutait-il orgueilleusement, et
moins empêtré de psychologie.

Chugnard se serait gaussé à l'entendre. Et il
aurait eu tort. Car c'est dans cette imagination
et cet orgueil que Laffouace, pauvre esprit en
somme malgré ses brillantes qualités, trouva
cependant l'ingénieuse et romanesque combinaison qui devait l'extraire de sa crotte.

Après avoir longtemps et sottement cru que
Chugnard se réservait et chouchoutait Flamboche
à l'unique fin de le *taper* pour l'entretien de sa
bourse de jeu, il s'avisa un beau jour de chercher
à ces manœuvres une autre cause, et bouta le
nez sur la vraie, ou du moins sur celle qui avait
été la vraie au début. Il se représenta un Chugnard

en train de peloter et de se préparer en Flamboche le futur banquier de renaissantes espérances
industrielles. C'était un *tapage* autrement malin
que celui dont il avait eu d'abord le soupçon.
C'était un *tapage* à longue portée, à grosse
échéance, savamment et patiemment attendue. Il
fut stupéfait de n'y avoir pas songé plus tôt. Il s'en
traita même d'imbécile, lui qui ne se faisait guère
de ces mauvais compliments. Mais il n'en eut que
plus d'âpreté à rattraper le temps perdu ; et dans
la fièvre de l'improvisation, il partit de sa nouvelle idée, si lumineuse et si féconde, et en
déduisit tout un plan de machination à triple
détente possible contre Flamboche, et Chugnard
et le baron de Miérindel.

Sans la conviction très arrêtée, qu'il avait,
d'être une sorte de Julien Sorel, un héros à la
Stendhal, jamais il n'eût osé concevoir comme
réalisable ce plan, qui d'ailleurs ressemblait bien
moins à un scenario stendhalien qu'à l'imbro-
glio de quelque insane feuilleton mélodrama-
tique. Mais, se figurant posséder un réel et su-
périeur génie d'intrigue, il prit dans une telle
assurance l'assurance même du génie et l'audace
d'aller droit à son but à travers et contre toutes
les raisons qui eussent certainement empêché
d'agir un gredin moins vaniteux, et par conséquent moins aveuglé que lui.

S'étant adroitement renseigné, il avait appris
à peu près les situations respectives de Flamboche et du baron, et tout de suite, avec son flair
de canaille subodorant d'abord la canaillerie, il
avait deviné les intentions probables du tuteur,
sans lesquelles ne s'expliquait point que l'austère
et très bien informé M. de Miérindel eût choisi
pour son neveu précisément l'institution Chugnard. Or, d'autre part, il avait maintenant la
certitude, aisément acquise rien qu'à ouvrir les
yeux, que Flamboche, loin d'être abandonné,
comme le reste des élèves, à toutes les commo-
dités du vice, en était soigneusement, quoique
fort secrètement, préservé par ce Tartufe à l'envers
qu'était ainsi Chugnard en s'arrangeant pour ne
pas le paraître. Conclusion : le baron était trahi
par Chugnard. Eh bien ! il fallait, ou se faire
admettre de force dans le complot de Chugnard
contre le baron, ou révéler au baron le complot,
ou tenter de leur enlever à tous deux le fructueux
Flamboche. Tout mûrement réfléchi, Laffouace
eut la témérité de se croire de taille à risquer
successivement les trois choses, en gardant pour
le dernier recours, et vraisemblablement pour
le meilleur, en désespoir de cause, la révélation
au baron. Un autre, aussi gredin, mais moins
infatué de ses facultés machiavéliques, eût sauté
d'abord sur ce moyen suprême. Le génie de

Laffouace le jugea trop simple, et donna la préférence au plan plus compliqué, et combien plus
flatteur pour son orgueil, de la machination à
triple détente.

— Ah! fichtre, oui, se disait-il, plus fort,
diablement plus fort que Julien Sorel! Et sans
compter qu'au bout de la combinaison il y aura,
comme joli rabiot, de quoi faire un fameux
roman à clef!

Car il entrevoyait déjà, toujours en germina-
tion de scélératesse, la possibilité, pour le cas
où il aurait trahi et Flamboche et Chugnard au
profit du baron, de finir par trahir le baron lui-
même à son propre profit. N'était-ce pas en ces
carambolages de félonies que consistait le beau
et le rare de sa combinaison, et ce dont jouissait
le plus délicieusement sa basse et haineuse vanité
de sagoin, toute empoisonnée de cabotinisme et
de littérature?

Tellement empoisonnée de littérature et de
cabotinisme, que sa toute géniale combinaison
faillit en avorter dans l'œuf. Il ne sut pas, en
effet, résister au prurit de commencer dès maintenant le fameux roman à clef, *de chic* et sans
autres documents que des suppositions fabriquées
au gré de ses espérances; et les joies antici-
pées dont ces espérances le gonflaient, il ne
craignit pas de les laisser voir à Chugnard.

C'était de quoi tout ruiner. Mais sans doute il y
a pour le toupet des grâces d'état ; et ce qui
aurait pu compromettre son jeu lui devint au
contraire un triomphant atout. Le dénouement
en fut brusqué en coup d'audace, et, malgré
l'extrême et prudente finesse de Chugnard,
l'avantage resta à la grosse et brutale témérité
de Laffouace. La scène eut des dessous et des
retours curieux.

— Qu'est-ce que vous avez donc depuis quelque temps? lui demanda un jour le patron. Vous
vous redressez comme un pou sur une gale.

— Ce que j'ai ! répondit fièrement Laffouace.
C'est que je fais un livre qui sera le Sésame-
ouvre-toi de mon avenir.

Et il cligna de l'œil, en malin qui ne veut pas
en dire davantage, et qui n'est pas fâché qu'on
devine cependant monts et merveilles. Or, étant
donné Chugnard, une telle attitude n'était pas
d'un malin, mais d'un niais. Il n'en fallait pas
plus pour mettre en éveil le vieux routier. A la
façon dont il regarda soudain Laffouace, d'un
coup droit allant à fond d'âme, le pseudo-Sorel
eut d'abord peur d'avoir commis une faute. Mais
il n'était pas homme à s'avouer sa niaiserie. Loin
de là, il se jugea crâne d'avoir si vite entamé la
lutte, et estima que la bonne tactique à suivre
désormais consistait à continuer en crâneric et à

redoubler. Et l'événement devait prouver qu'il avait raison.

— Eh bien! quoi! reprit-il, pourquoi me dévisagez-vous de la sorte, avec des regards en balles, à me casser mes verres de lunettes! Vous voulez voir ce qu'il y a derrière, hein, vieux sondeur? Soyez satisfait, je vais vous le dire. Vous me prenez pour un imbécile qui vient de montrer un bout de son jeu. Détrompez-vous; je suis un audacieux prêt à mettre cartes sur table parce qu'il est sûr de gagner. Voyez plutôt.

Et, nettement, impudemment, sans réticences, avec la conscience d'être un grand et beau coquin aux superbes allures, quelque chose comme un Talleyrand qui se démasque, comme un Sixte-Quint qui jette ses béquilles, il dit :

— Vous pensiez me tenir, n'est-ce pas, monsieur Chugnard? Eh bien! c'est moi qui vous tiens. Vous n'allez pas en mener large.

Puis, trouvant qu'il avait débuté un peu trop dramatiquement, et qu'il devait se montrer plus coquet, plus raffiné, d'une canaillerie plus élégante, il sourit et reprit sur un ton tout à la fois de précise exposition et de persiflage sous-entendu, en affectant une grâce de chat qui joue avec un oiseau qu'il plume :

— Voici quel est le sujet de mon livre. Un tuteur, dénué de scrupules, mais tenant à conser-

11

ver tous les dehors d'une honorabilité solidement
établie, veut dépouiller son pupille, qui est riche.
Pour cela, il est nécessaire que le jeune homme
devienne un mauvais sujet qu'on puisse faire
interdire. A cette fin, le jeune homme est confié
aux soins intelligents d'un complice chargé de
cette éducation à rebours. Mais le complice
trompe le tuteur. Sera-t-il seul à le tromper, ou
bien acceptera-t-il la collaboration d'un puissant
esprit qui a éventé le complot, et qui offre d'y
entrer ? Tel est le premier nœud de mon action.
Si le complice traître refuse, le puissant esprit
est obligé de faire alliance avec le tuteur. Si, au
contraire, et cela me paraît inévitable, la collaboration s'impose, un avenir digne de ses facultés
s'ouvre au puissant esprit. Ici est le second nœud
de mon action. Il va de soi, en effet, que le puissant esprit ne propose pas gratis sa collaboration
indispensable. Sans parler de la part qui lui
reviendra, comme de juste, dans le butin final,
il exige dès à présent, en guise de garantie, la
possession d'un certain papier. Le complice
traître est un homme d'affaires extrêmement
retors, fécond en expédients, et devra, par des
moyens à lui, quels qu'ils soient, récupérer le
susdit document et le remettre à son associé.
C'est une condition absolue, essentielle, *sine quâ
non*. Avec ce papier, le puissant esprit retrouve

toute sa liberté d'évolution, tout l'emploi de ses brillantes capacités, et, en attendant le moment de fonder un journal avec la fortune du pupille, il consent à travailler de son mieux pour arracher cette fortune au tuteur. Comment s'y prendra-t-on? Comment, surtout, le très subtil homme d'affaires et d'expédients arrivera-t-il à s'emparer du papier? Ces parties de mon livre sont encore en blanc. A vous, mon cher monsieur Chugnard, de les remplir! Qu'en pensez-vous?

Tout en parlant, Laffouace s'était grisé de sa salive, régalé de son impudence, et il se trouvait admirable de spirituelle désinvolture. Il voyait déjà la scène écrite tout au long dans le futur roman, et il se disait :

— Ce sera tapé.

Son amour propre d'auteur souffrait même un peu, de ne pas constater chez Chugnard tous les foudroyants effets qu'il se promettait d'une pareille scène, dont il aurait dû, pensait-il, savourer l'enorgueillissant spectacle. Dans le chapitre en imagination, il se figurait un Chugnard d'abord penaud, puis atterré, à bas, humble, demandant grâce, et finissant par s'écrier en un élan d'irrésistible enthousiasme :

— Bravo, Laffouace! Vous êtes mon maître. Vous êtes un maître.

Au lieu de ce vaincu, il contemplait un Chugnard très tranquille, vaguement souriant, qui le laissait distiller ses phrases les plus menaçantes sans les souligner de la moindre terreur, et qui même semblait s'amuser de le voir pirouetter sur le talon rouge de ses impertinences, et cela en dilettante tout à fait désintéressé de l'affaire. Il en fut dépité, en blêmit de vanité déconfite. Chugnard s'en aperçut et en jouit malicieusement, d'une double jouissance ; d'abord parce qu'il lui était agréable de rabrouer l'outrecuidance de ce bas misérable ; puis, et surtout, parce qu'il comptait mettre à profit cette déconfiture de vanité pour tourner l'attaque. Il n'était pas, en effet, sans éprouver, au fond, l'inquiétude qu'il dissimulait si bien. La clairvoyance de Laffouace était dangereuse. N'y aurait-il pas moyen de lui persuader qu'elle se trompait, en ayant l'air de ne pas y croire ; et, afin de lui donner ce change, le plus sûr n'était-il pas d'affecter une complète indifférence à la réalité des menaces, et de les considérer uniquement comme du boniment littéraire ? A tout hasard, et ne trouvant rien de mieux à faire pour le moment, Chugnard résolut de risquer cette manœuvre.

— Tout ça, mon petit, lui dit-il, c'est de la copie perdue. Le développement n'est pas mal. On reconnaît que vous avez été fort en discours français. Mais un discours de rhétorique et un

roman, cela fait deux. Il ne tient pas debout,
votre roman ! Les bonshommes sont des fan-
toches. Pas intéressants pour un sou ! Ainsi.
votre principal personnage, le puissant esprit.
ce n'est qu'un serin.

Laffouace tressauta, piqué au vif, et voulut se
récrier ; mais Chugnard continuait, toujours
très calme :

— Parfaitement, un serin ! Peut-être sa conduite pourrait-elle se supporter au théâtre, en
une scène dont le faux disparaîtrait sous les
brillants d'une tirade comme celle que vous
venez de me servir. Mais ça n'a ni queue ni tête,
ni vraisemblance, ni rien de rien, dans un livre,
dans un roman qui a la prétention d'être l'image
de la vie par le menu, les dessous, l'intime!
J'ai l'air de vous faire un cours, à vous, le normalien. C'est bête. Cependant, quoi ! Il le faut. Je
vous assure que dans la vie, les choses ne vont
pas de la sorte. On n'agit pas avec des hypothèses, des bourdes. On agit avec des faits. Où
sont vos faits? Je n'en vois qu'un : votre papier.
Et celui-là, mon pauvre garçon, il est capital, et
il est contre vous.

Constatant que Laffouace paraissait décontenancé, il prit un aspect encore plus bonhomme
et, abordant le fond même de la question sans
toutefois avoir l'air de la traiter, il reprit, comme

11.

s'il n'y avait positivement en jeu que la discussion
d'un scenario :

— Tenez, monsieur le romancier, admettons
un instant que toutes vos inventions soient la vérité, le tuteur qui..., le complice que... et cætera
pantoufle! Bon! Vous mettez donc au complice le
marché à la main. Il refuse. Il vous flanque à la
porte. Il écrit au garde-chasse d'aller montrer son
document au tuteur. Et alors, quoi? Sortons de
votre roman et rentrons dans la réalité, pour être
plus clairs. Qu'arrive-t-il? Le tuteur, c'est M. de
Miérindel. Pouvez-vous espérer raisonnablement
qu'il consente à faire alliance avec vous, lui qui
est un professionnel de l'honorabilité? A supposer même qu'il soit le gredin de votre roman-
feuilleton, le croyez-vous assez naïf pour s'em-
barrasser d'un gredin aussi compromettant que
vous? S'il était réellement ce gredin, voyons,
que ferait-il? Réfléchissez. Il se servirait de
votre renseignement, mais *gratis*. Voilà tout. Et
vous seriez sur le pavé, chassé de la seule boîte
où vous avez trouvé du pain, petit ingrat, et
vous retomberiez dans la noire mélasse pour
jamais, avec votre garde-chasse aux trousses,
tandis qu'ici vous vous moquiez de lui. Eh bien!
à votre saleté, que vous jugez admirable, n'est-
ce pas, et dont vous vous promettez le Pérou,
qu'est-ce que vous auriez gagné, hein?

Laffouace était humilié de cette argumentation
dont il ne pouvait pas ne pas approuver la
justesse. Il était furieux qu'on l'en humiliât avec
ce ton dégagé, bonhomme et méprisant. Gogue-
nardé comme auteur puéril, on le blaguait aussi
comme intrigant maladroit. Il voulut du moins
affirmer et faire reconnaître sa supériorité
comme méchante bête, qu'il fallait redouter
parce qu'elle était prête à tout. Et sa vraiment
profonde et essentielle mauvaiseté s'épanouit
dans cette réponse, où en même temps son amour-
propre de littérateur se satisfaisait par un cliquetis
de mots qui faisaient *mot* :

.— Ce que j'y aurais gagné? Mais, parbleu!
j'y aurais gagné de vous perdre.

A la contraction de la bouche lançant ce mot,
et au venimeux regard qui en guettait l'effet,
Chugnard comprit qu'il y avait là, sous le cabotinisme et la littérature, l'explosion même,
sincère et féroce, d'une rage aveugle et qui, à
l'occasion, ne reculerait pas devant la stupidité
d'une telle malfaisance. Oui, Laffouace était
capable, poussé à bout, affolé de scélératesse,
dans un accès haineux, de se jeter bêtement à
l'abîme pour y entraîner quelqu'un. Il ne fallait
pas le désespérer. Il était même nécessaire, et
urgent, de plier devant lui, au moins pour le
quart d'heure. Et dès lors il devenait habile de

le faire le plus complètement possible. La certitude de la totale victoire remportée ici endor-
mirait le vainqueur comme dans une Capoue.
Pendant qu'il s'y arrêterait, on aurait tout loisir
de chercher par où le battre plus tard. Mais
avant tout, et pour le réduire, en attendant, à
une immobile sécurité, il fallait lui donner la
soûlante et engourdissante sensation du triomphe
et lui en verser le vin à pleins bords.

Certes, sans l'éventualité imminente de Laffouace exaspéré, risquant le tout pour le tout, et
visiblement prêt à instruire le baron, sans ce
péril subit et inévitable autrement, Chugnard
ne se fût pas résigné à une pareille bassesse.
L'idée seule lui en donnait la nausée, et il en eut,
toute métaphore à part, un véritable et douloureux haut-le-cœur. Ce n'est pas une niaise vanité
qui souffrait en lui, de cette affreuse humiliation ;
c'était la légitime fierté d'un être d'essence supérieure, en somme, obligé de traiter en tout-puissant maître un tel abominable goujat. Et à coup
sûr, s'il n'y eût eu en jeu que son intérêt, même ses
rêves de martingalier, il eût tout sacrifié plutôt
que de se ravaler à ce point et de boire cette
honte. Mais il s'agissait de sauver son cher Flamboche, de ne point l'abandonner à l'ennemi, de
ne point renoncer à l'espoir et aux douceurs de
cette tendre affection ; et cela valait bien le plus

dur sacrifice. Chugnard le consomma héroïque-
ment, et but sa honte jusqu'à la lie. Il eut l'élan
d'enthousiasme admiratif qu'avait tant convoité
Laffouace. Il s'écria :

— Décidément, vous êtes fort. Je vous rends
les armes. Il le faut. Assez parlé par allégories.
Traitons !

Laffouace triomphait. Il fut insolent, répondit
que c'était tout traité, qu'il avait dicté ses conditions, qu'il n'en rabattrait rien, et que son
roman tenait parfaitement debout et se réaliserait
dans la vie (il insistait sur les mots) tel qu'il
l'avait conçu dans son imagination, et qu'il n'y
avait pas un iota à y changer, et qu'il l'écrirait
d'avance, tellement il était sûr de le conduire
où, quand et comme il voulait, et que c'était à
prendre ou à laisser, et qu'il entendait être non
pas un comparse, mais bel et bien le chef du
complot. Chugnard baissait le nez, et le laissait
rodomonter à l'aise, sachant que de la sorte il
le flattait, et très résolu à subir tout ce qu'il
faudrait subir pour empêcher le coup de tête
d'une révélation à M. de Miérindel. Cette sou-
mission de Chugnard délectait Laffouace et finit
par l'amadouer. A son tour il crut devoir
prendre l'air bonhomme.

—. N'est-ce pas, fit-il, c'est convenu, mon
vieux ? Flamboche est à nous deux maintenant.

Soyez sans crainte, père peinard. Je vous en laisserai votre morceau. Je ne suis pas si mauvais bougre que j'en ai l'air. A preuve, tenez! Vous avez essayé de me mettre dedans. Eh bien! je ne vous en veux pas. Non! Parole! Même, je vous admire : vous avez joué serré. Très malin, mon cher Chugnard! Tous mes compliments! A nous deux, je vous le jure, nous arriverons à quelque chose.

Et il se bouffissait de satisfaction, se gargarisait d'importance, portait beau et grand, autant que le lui permettaient ses allures rabougries et sa mine de putois malade, tandis que le pauvre et très humble Chugnard se faisait tout petit, tout penaud, tout vaincu, et sans amertume, puisque c'était pour Flamboche.

Hélas! il allait avoir à supporter bien d'autres avanies. Au pouvoir d'un tel maître, si peu scrupuleux et si assoiffé de revanches, il commençait un véritable chemin de croix.

Il fut d'abord en proie à des exigences d'argent. Les appointements de Laffouace durent être portés à mille francs par mois. Et encore se trouvait-il modéré de se contenter à si bon compte.

— Mais, disait ce famélique d'hier et ce traîne-cul-les-housettes de toujours, cinquante louis par mois, c'est mon chiffre. Je ne peux pas faire à moins.

Comme il était fou d'avouer ce chiffre à la raisonnable Aménaïde, ou bien qu'il eût fallu lui en
donner les motifs, Chugnard dut, pour y fournir,
se résigner à puiser dans sa bourse de jeu. Quand
il était en perte, il se trouvait obligé de recourir
aux scènes d'autrefois, qui maintenant lui cau-
saient d'autant plus de répugnance, qu'il saignait
ainsi la caisse de l'économat non plus à son propre
profit, mais au profit de sa sangsue, ainsi qu'il
disait. Quand il était en gain, il souffrait d'une
vraie souffrance physique, que tous les joueurs
comprendront, à partager ce gain avec Laffouace.
Ceux qui aiment les cartes ont une sorte de respect superstitieux pour le bénéfice qu'ils en
tirent. S'il leur est agréable de le dilapider en
fantaisies, en cadeaux, en fêtes, il leur est pénible et ils ont souvent la conviction que cela leur
porte malheur, de l'employer à certains usages
tels que, par exemple, acquitter une note, se li-
bérer d'un créancier, rendre service à quelqu'un
dont la seule présence est considérée comme
une assurance de guigne. Ces trois lamentables
emplois de son gain faisaient précisément horreur à Chugnard, et il y était forcé cependant,
quand il devait compter sur son bonheur au jeu
pour payer les appointements de Laffouace. Mais
quoi ? Qu'y faire ?

— Cinquante louis par mois, n'est-ce pas le

strict *minimum* indispensable à un jeune gentilhomme de lettres?

Ainsi l'avait décrété, d'un ton suffisant et catégorique, le petit cuistre au pantalon tirebou-
chonnant, à la redingote de croque-mort, au
faux col en celluloïd, qui maintenant paradait
dans un complet de façon anglaise, commandé
chez le tailleur du Valaque.

— Parce que, affirmait ce nouveau Brummel,
il n'y a que les étrangers pour avoir la vraie
élégance parisienne.

A quoi Flamboche, entendant un jour cette
profession de foi, répliqua :

— C'est pourtant vrai! Ainsi, par exemple, les
singes de chez Corvi.

Cette très innocente plaisanterie, bien peu
blessante à côté de tant d'autres dont Flamboche
avait accoutumé de larder Laffouace, servit de
prétexte à une scène qui fut pour Chugnard une
des plus cruelles stations de son douloureux
chemin de croix.

Ordinairement, quand Flamboche blaguait de
la sorte et même quand c'était beaucoup plus à enlever le morceau, Laffouace avalait le compliment
sans riposter. Deux ou trois fois, au début, où il
avait essayé de rendre la monnaie de la pièce, il
s'était fait vertement remettre en place, et n'avait
plus recommencé, lisant fort bien dans les yeux

de Flamboche qu'il était détesté, et qu'entre eux
deux ce jeu de raquette à volant de mots risquait
de tourner vite en jeu de gifles, dont il serait sans
nul doute le mauvais marchand. Lâche, devant
ce petit nerveux aux allures batailleuses, il avait
préféré prendre le sage parti de se taire, et même
de sourire avec des mines complaisantes, en
homme spirituel qui sait déguster l'esprit, fût-ce
à ses dépens. Cette fois, il ne sourit point, ni ne
se tut, n'osa pas néanmoins se mettre en garde
de réplique directe à Flamboche, mais regimba
quand même et s'en prit à Chugnard, en lui
disant aigrement et impérieusement :

— Je crois vous avoir averti déjà, mon cher
monsieur Chugnard, que je n'étais plus disposé
à tolérer ces façons d'être envers moi. Et je
vous rappelle, n'est-ce pas, que vous m'aviez
formellement promis de les défendre à monsieur
de Miérindel.

L'accentuation qu'il mit sur le mot *défendre* fut
telle que Flamboche en eut au visage une flamme
de colère et bondit vers lui. Mais il s'arrêta soudain, à l'aspect gêné, malheureux et triste de
Chugnard. Il eut la nette et pénible perception
que le pauvre homme, pour quelque raison secrète,
mais toute-puissante, était forcé de supporter
cette inattendue et humiliante autorité de
Laffouace ; et il craignit, en se laissant aller à

12

sa colère, de susciter une nouvelle occasion
d'humiliation à son ami. De grosses larmes lui
vinrent aux yeux, tout ensemble de pitié et de
rage contenue. Et lui aussi, par affection tendre.
il consomma son sacrifice. Au pleutre qu'il eût
jeté à plat ventre rien qu'en levant la main sur
lui, il dit le plus froidement qu'il put, en regardant le pauvre Chugnard pour se donner le courage d'être calme :

— C'est moi qui ai tort, j'en conviens. Monsieur
Chugnard m'a fait part, en effet, de votre désir.
Je m'y conformerai dorénavant.

Après quoi, il tourna le dos et s'en alla, prêt à
éclater en sanglots, tant il lui en avait coûté
de prononcer ces simples paroles, dont, le soir
même, il devait dire à Chugnard :

— Il me semblait, en les prononçant, mâcher
de l'huile et de la boue.

— Hélas! répondit Chugnard, pendant que
vous les prononciez, j'en mangeais et j'en buvais,
moi, de la boue, et à pleine gueule, et pire encore
que de la boue.

Le jeune homme le regarda profondément, et.
lui serrant les mains d'une chaude étreinte :

— Pourquoi, lui dit-il, mon cher ami, pourquoi ne m'avez-vous pas prévenu qu'il y avait
entre Laffouace et vous quelque chose l'autorisant à vous traiter de la sorte?

Les dents serrées, après un silence, et en lâchant les mains de Chugnard, il ajouta :

— Et m'obligeant, moi, à le supporter !

— Ah ! cela surtout, répondit vivement Chugnard, pardonnez-le-moi. C'est d'ailleurs ce qui m'a été le plus dur. Vous voir, un noble petit être comme vous, si brave, si fier, vous contraindre à de la politesse envers ce pied-plat, ce saligaud, ce sacré...

— Je ne l'ai fait que pour vous, interrompit Flamboche.

— Parbleu ! répliqua Chugnard, c'est bien de quoi je m'en veux.

— Punissez-vous-en, reprit gravement le jeune homme, par la confession de ce qu'il y a entre Laffouace et vous.

C'était dit d'un ton si mâle et en même temps si affectueux, et qui supprimait si bien toute différence d'âge, que Chugnard se sentit prêt à l'aveu. Mais il en eut remords à l'avance. Fallait-il donc, si tôt et déjà, initier ce noble petit être, comme il disait en toute justesse, aux vilaines et ténébreuses ignominies dont il était le centre ? Oh ! non ! non ! Pas déjà. Pas sitôt. Il serait toujours temps plus tard ! Et le plus tard possible vaudrait le mieux.

— Hélas ! répondit Chugnard, je ne peux pas vous en instruire, mon cher enfant. Pas encore,

du moins. Je vous en prie, ne m'interrogez pas.
Un jour, je vous le jure, vous le saurez. Tout ce
que j'ai à vous dire, et du fond du cœur, c'est que
je suis heureux de souffrir ce que je souffre,
puisque je le souffre pour...

De nouveau, il fut sur le point de se trahir.
Ce lui eût été un tel soulagement! Il en avait
besoin, en vérité. Et il avait conscience qu'il le
méritait un peu. Mais encore un coup il se ressaisit, jugeant qu'il serait lâche d'achever. Et, au
lieu de dire, comme il l'avait sur les lèvres, qu'il
était heureux de souffrir pour Flamboche, il eut
le courage de ce beau mensonge :

—... pour... Aménaïde.

Flamboche s'y laissa prendre, le crut, et toute
sa bonté s'écria :

— Eh bien! vous avez raison, père Chugnard.
Elle en est digne. Et moi aussi je souffrirai pour
elle, s'il le faut, et de bon cœur. C'est une brave
femme.

Avec plus d'effusion encore il se jeta dans les
bras de Chugnard, et ajouta :

— Et vous êtes un brave homme!

Ce soir-là, Chugnard devait aller jouer; il en
avait prévenu Aménaïde, en empruntant cinq
cents francs à la caisse, bien basse pourtant et
qui n'avait pas besoin de cette saignée. Quand
l'heure fut venue de se rendre au tripot, il n'y

alla point, remit dans la caisse les cinq cents
francs, à la stupéfaction d'Aménaïde ; et comme
elle lui demandait, timidement inquiète, s'il était
malade :

—Non, répondit-il, au contraire ! Je ne me suis
jamais mieux porté.

Et il se coucha tout joyeux, la tête comme
prise, il ne savait pourquoi, d'une légère et
douce ivresse, dans laquelle il ne cessait de se
répéter avec un vague sourire :

— Non ! Mais est-ce drôle, quand même, est-ce
drôle, que moi, Chugnard, je puisse être appelé
un brave homme ! Car il n'y a pas à dire et à
faire le malin. Le petit a raison. Je crois que
j'en, suis un.

Une telle constatation, agréable à ce moment,
ne fut pas sans le fâcher et le tourmenter un
peu au réveil, quand il en envisagea de sens rassis les conséquences.

— Brave homme, pensa-t-il, c'est-à-dire, en
tout et toujours, le dindon de la farce. Eh ! eh !
Halte-là !

Mais il se rassura vite à se promettre de n'être
brave homme qu'avec et pour Flamboche seulement, et de se rattraper ferme et d'autant sur
le dos des autres.

C'est sur le dos de Laffouace, en particulier,
qu'il eût été joyeux et pressé de le faire. Mal-

12.

heureusement, l'heure n'y était pas propice.
Bien loin de là ! Laffouace, impitoyable, le
tenait, semblait jouir à le martyriser et s'y montrait même ingénieux.

Ainsi, s'étant très bien rendu compte de l'effort
qu'il avait fallu à Flamboche pour lui être poli,
et s'étant régalé en gourmet de cette politesse à
quoi il était peu habitué, il y avait pris goût et
s'était juré de transformer ce régal extraordinaire en pain quotidien. D'une façon simple, au
reste ! En exigeant d'être nourri à l'institution,
ce qui le faisait deux fois par jour le commensal
de Flamboche.

— Et, bien entendu, avait-il ordonné à Chugnard, recommandez-lui expressément d'être
avec moi comme on doit être avec un monsieur
qu'on respecte. Qu'il ne m'aime pas, je m'en
moque. Mais qu'il me traite en gentleman, n'est-
ce pas ? Ou sans ça, vous savez, gare !

Condescendant au désir de Chugnard qui lui
soumit, tout honteux, cette exigence nouvelle,
Flamboche en prit son parti gaîment, d'ailleurs.
Il bornait son respect au silence, et avait l'air de
ne point se douter que Laffouace fût là, sinon
pour le saluer, à l'entrée et à la sortie. Mais la
seule mise en présence de ces deux êtres faisait
souffrir Chugnard. Laffouace le sentait bien et
s'en délectait. Les saluts de Flamboche, si froi-

dement cérémonieux, lui étaient agréables aussi.
Enfin la méchante gale ayant observé qu'il les
ennuyait l'un et l'autre quand il taquinait Aménaïde, il se plut à le faire, critiquant à tout
propos la cuisine, la déclarant trop bourgeoise,
se donnant des manières de connaisseur et de
fine gueule. Il est vrai qu'un jour, il fut remisé
là-dessus par la bonne Aménaïde elle-même, si
peu mordante cependant, mais qu'il avait fini
par exaspérer de ses injustes et prétentieuses
récriminations.

— Taisez-vous donc, lui dit-elle, si vous trouvez
un mauvais goût à mes plats, c'est que vous l'avez
dans la bouche.

Et toute la table de rire; car personne ne
l'aimait. Il s'en plaignit ensuite à Chugnard, et
voulut que la consigne fût donnée à toute l'institution, comme à Flamboche, de ne pas le
tourner en ridicule.

— Ah! dame! répondit Chugnard, vous en
demandez trop aussi. On ne vous attaque pas.
Mais n'attaquez pas non plus, que diable! Ou
alors, tant pis pour vous si on riposte!

— Bien! répliqua aigrement Laffouace, je vois
ce que c'est. Vous vous révoltez. Vous manquez
à notre contrat. Vous voulez me pousser à bout,
n'est-ce pas? Je sais ce qui me reste à faire.

— Mais je ne manque à rien du tout, gémis-

sait Chugnard. Voyons, raisonnez. Vous êtes
vraiment inique.

— Soit! ripostait Laffouace, d'un ton dégagé.
Inique, si vous voulez! Et inique cynique, qui
plus est. C'est comme ça.

Car ainsi agissait-il en tout, mettant toujours
au vent sa menace comme raison suprême. Et
toujours devait céder Chugnard, même aux fantaisies les plus insanes, telles que celle-là, par
exemple, par laquelle il lui fallut passer, de ra-
mener toute sa maison en débandade à une sorte
de discipline révérencieuse envers *mossieu* Laffouace. Il eut, pour y arriver tant bien que mal, à
supplier les élèves, et à subir les pires rebuffades
de son créancier le terrible Valaque. C'était
l'obligation, pour lui, de descendre à de vils
mensonges, comme de dire :

— Laffouace a mis des capitaux dans l'institution. Il est à présent un peu mon associé. J'ai
des ménagements à prendre avec lui. Soyez
gentils pour lui. C'est l'être pour moi. Il s'agit
de ma situation. Je vous revaudrai ça.

Et on n'attendait pas l'instant promis où il le
revaudrait. On voulait être payé tout de suite,
en surcroîts de complaisances. La boîte, où l'on
avait jusqu'à présent, malgré tout, sauvé les
apparences, tournait au bastringue d'un garni.
Le Valaque, un soir qu'il était ivre-mort, fit un

chambard pour que le garçon allât lui chercher
des femmes à la brasserie de l'avenue de l'Alma.
Il fallut qu'Aménaïde scandalisée interposât son
autorité d'honnête matrone, qu'on voulait ainsi
hanger en matrulle.

— C'est abominable, monsieur Chugnard,
disait-elle, c'est la fin de tout. Ce Lautarescù est
une brute, la dernière des brutes. Il a essayé de
me prendre la taille et de m'embrasser, oui,
moi! Où allons-nous? Jusqu'où laisseras-tu enfin,
monsieur Chugnard, dégénérer la pension Bance,
l'honorable pension Bance?

Jusqu'où? Il se le demandait lui-même. Mais
qu'y pouvait-il? Avant tout, il s'agissait de satisfaire Laffouace, de ne point l'irriter. Et il se
montrait si aisément irritable! Ne prétendait-il
pas, parfois, en ses accès de mauvaise humeur,
que Chugnard le *faisait aller*, ne cherchait qu'à
gagner du temps? Commé c'était, au fond, l'exacte
vérité, Chugnard était bien condamné à rendor-
mir sans cesse cette clairvoyance toujours en
éveil, et, pour ce, à ne jamais marchander sur les
moyens d'y parvenir.

C'est ainsi qu'il avait dû contenter encore ce
nouveau et fou désir de Laffouace:

— Présentez-moi donc à un de vos cercles,
cher ami. J'ai envie de jouer. Je me sens la
veine. Avouez que je l'ai, et qu'il serait dommage

de la laisser en friche. Je suis sûr qu'il y a en moi l'étoffe d'un roi du tapis vert. D'ailleurs, c'est un vice élégant. Il m'ira comme un gant. Puis, j'ai de l'estomac.

De l'estomac! Parbleu! Sans doute il en aurait! Avec l'argent de Chugnard, hélas!

— Et me voilà son banquier, alors, moi, son entreteneur de mains, à ce galfâtre! Et ma pauvre bourse de jeu, mes jolies combinaisons, mes études préparatoires aux martingales définitives, mes expériences de grand cartonnier, tout cela sera mis sens dessous dessus pour donner à ce décrassé d'hier la joie de se croire un vice élégant!

Des nombreuses tortures infligées à Chugnard, ce ne fut pas une des moins cruelles. Et il ne put cependant s'y soustraire. Il présenta en effet Laffouace à un de ses tripots, à celui, naturellement, où se faisait la partie la moins grosse. Tout de même, il connut le chagrin de l'y voir perdre, perdre son brave argent, à lui, Chugnard; et il connut aussi la rage, presque plus violente encore que ce chagrin, de l'y voir gagner, être en veine, oui, être en veine, lui, ce paltoquet, et tailler des banques en se donnant des airs de grand seigneur qui ne compte pas, et qui s'encanaille avec de petites gens. Et quelquefois Laffouace, en bénéfice, s'offrait alors le chic de

plaindre Chugnard à la guigne, de le blaguer et
de lui être insolemment charitable, en lui jetant
de loin un louis à la volée avec un dédaigneux
et protecteur :

— Eh bien ! mon pauvre vieux, vous êtes rati-
boisé. Tenez, pontez donc ! Vrai, vous me
faites de la peine.

Ces nuits de réussite, d'ailleurs, n'étaient
jamais, comme il en va d'ordinaire dans les
tripots, que de rares et décevantes déceptions, et
se payaient, et au delà, par de plus coutumières
et de complètes déconfitures, où Laffouace montrait son fameux *estomac* en *prenant la grande
culotte*. Ses appointements rincés, il tirait,
comme de juste, à boulets rouges sur la bourse
de jeu de Chugnard, et sur son crédit auprès des
croupiers, et jusque sur la caisse d'économat
d'Aménaïde, sans pitié, sans remords. Si bien
que maintenant Chugnard n'avait plus même,
la plupart du temps, le cœur à cartonner, ne le
faisant plus que pour *arroser* les mains de
Laffouace. Et le meilleur de ses combinaisons,
de son ingéniosité, de sa roublardise au dehors
comme à la maison, se dépensait et s'usait misérablement à contracter de douloureux emprunts,
à renouveler des billets chargés de frais, à fli-
buster Aménaïde, à duper les fournisseurs, à
tâcher d'apitoyer encore cette brute de Lauta-

rescù, et le tout pour que Laffouace pùt continuer à éblouir les modestes pontes de leur petit
bistringuot par quelque bref et magistral:

— Quinze louis en banque !

Car c'était à peu près le fort maximum qu'on y
fît, et cela s'y appelait *cracher gros*. Chugnard,
qui avait jadis fréquenté, et qui fréquentait
encore à l'occasion, des claquedents à belles
parties, trouvait extrêmement comique, voilà
seulement trois mois, ce *cracher gros*. Il n'en riait
plus aujourd'hui. De quinze louis en quinze
louis, et malgré les intermittences de veine
qu'avait Laffouace, cet humble et grotesque
cracher gros coûtait cher maintenant. A grand'
peine Chugnard y pouvait-il subvenir. Qu'on
juge de sa fureur, le jour où Laffouace lui déclara en faisant glorieusement jabot:

— C'est un cercle de va-nu-pieds, dites-moi,
notre cercle. Présentez-moi donc à quelque autre,
de plus haute allure. Je me sens à l'étroit dans
celui-ci. Vous comprenez, cher, quand on a mon
estomac !

Pour le coup, Chugnard se révolta. Il était à
bout de ressources. Il s'expliqua net et ferme, et
que non seulement il se refusait à présenter
Laffouace dans un cercle plus dispendieux, mais
qu'il était même obligé d'arrêter les frais du
« quinze louis en banque », et qu'il en avait assez,

et qu'on l'acculait à la faillite, et que c'était imbécile de tuer ainsi la poule aux œufs d'or, et qu'à son tour, exaspéré, désespéré, il préférait risquer le paquet d'une dénonciation à M. de Miérindel, et qu'on verrait bien ce qui en résulterait, après tout.

— Au reste, ajouta-t-il (car, dans son emportement, il ne perdait pas le nord), vous me mettez, en me ruinant, dans l'impossibilité absolue de remplir la première et la plus importante clause de notre contrat : la reprise de votre papier. Comment voulez-vous, en effet, que je me le procure et vous le restitue, votre passeport de filou ? Oui, comment ? Pas en volant le garde-chasse, n'est-ce pas ? Ni en l'assassinant, je pense ? Vous avez compté pour ça sur mon habileté en affaires, sur mes trouvailles d'expédients. Eh bien ! je me suis mis en campagne. Il n'y a qu'un expédient : acheter. Les affaires, les plus sales comme les autres, et plus encore que les autres, ça se fait avec de l'argent. Où puis-je en dénicher ? Vous me mangez tout. Avec ce que vous avez galvaudé à tenir des banques de mazette (parfaitement, de mazette), j'aurais eu de quoi vous la rendre, votre sacrée prose qui vous condamne à la crotte éternelle. Au lieu de ça !... Non, tenez, zut ! Débarbouillez-vous ! Faites ce que vous voudrez ! Allez conter votre roman à monsieur de Miérindel. Perdez-moi et perdez-vous, si ça vous amuse! Je m'en fous, je m'en fous et je m'en contre-fous!

Et il laissa Laffouace ahuri, à la fois sous l'explosion d'une colère aussi peu attendue, et sous l'écrasante nécessité de prendre un parti aussi définitif.

Il y avait certes du sincère dans cette violente explosion, et Chugnard y avait de bon cœur expectoré un peu de toute la bile qu'il amassait depuis quelques mois. Mais, en même temps, il y avait du joué et du bien joué. Il s'y donnait revanche du jour où Laffouace, poussé à bout, l'avait terrorisé de la menace si près d'être mise à exécution. Il le terrorisait à son tour, en le menaçant de cette brusque éventualité:

— Finie, la vie de cocagne!

Il pensait, en effet, très justement, qu'aujourd'hui Laffouace, après avoir joui tout à l'aise des fruits savoureux de son chantage, ne consentirait pas à s'en priver par un stupide coup de tête. C'était à craindre naguère, cet accès de mauvaiseté enragée jusqu'à la folie et prête au mal pour le mal. La méchante bête ne devait plus avoir le venin si épais, si condensé, si âpre, fort à empoisonner elle-même. Elle s'était radoucie dans la douceur d'être heureuse. A une bataille suprême, mortelle pour son adversaire, mais qui

pouvait et devait l'être pour elle aussi, elle préfé-
rerait sans doute continuer de se goberger dans
une paix délectable, fût-ce au prix d'une réduc-
tion imposée à ses exigences. C'est en prévision
de ce résultat que Chugnard avait eu la longue
.: pénible patience de subir tant d'avanies. Et il
avait l'exquise sensation d'avoir préparé là une
belle martingale.

S'il n'avait pas joué plus tôt la dernière carte
de cette explosion de colère et de ce marché mis
à la main, c'est qu'il avait voulu, d'abord, laisser
Laffouace s'engluer à fond dans ses nouvelles
et chères habitudes de bien-être, et c'est qu'il
tenait, ensuite, à ne pas agir sans être absolument paré contre toute chance périlleuse, même
contre un retour, quelque improbable qu'il fût,
d'un accès de rage affolée risquant le coup de
tête d'autrefois. Cette certitude, d'être absolument
paré, il l'avait toujours attendue, et toujours en
vain, en se désolant de ne savoir comment en
faire naître l'occasion. Or, voici que cette occasion,
si longtemps crue chimérique, elle lui était
offerte par un heureux hasard qui dépassait
toutes ses espérances. En ce moment, et depuis
la veille, pas plus (on voit que, l'occasion donnée,
il avait sauté dessus vivement), il tenait sa parade. En ce moment, même au cas où Laffouace
prendrait *ab irato* le parti de la dénonciation à

M. de Miérindel, il se trouvait que les circonstances la lui rendaient matériellement impossible.
M. de Miérindel, en effet, venait de quitter Paris,
après avoir informé son neveu, par lettre, qu'il
partait en mission politique et d'affaires, pour
une destination devant rester secrète, qu'il n'en
reviendrait guère avant l'automne, c'est-à-dire à
la fin des vacances prochaines, et qu'il le priait
en conséquence de passer toutes ces vacances sans
le voir, ni même lui écrire, et d'ailleurs, ainsi
que c'était convenu, en la compagnie et sous la
digne garde et dans un lieu au choix de l'honorable M. Chugnard. Si donc Laffouace se décidait
à la dénonciation, il rencontrerait visage de
bois. Cela lui donnerait le temps de la réflexion.
Le coup de tête n'était pas à redouter.

Il ne se produisit pas, au surplus ; et Chugnard
n'eut pas besoin de la parade que lui avait
fournie un bienheureux hasard. Les sagaces prévisions de sa psychologie de Laffouace en ren-
dirent la précaution inutile. Le haineux, mais
prudent et lâche animal, avait en effet, maintenant, beaucoup trop de bonnes choses à perdre
pour les sacrifier au gratuit plaisir de perdre
Chugnard. Il battit en retraite, et, dès le jour
même, sans seulement essayer de dissimuler sa
déroute. Car une heure, pas davantage, après la
sortie exaspérée de sa victime en révolte, il revint

se soumettre, bassement penaud, dans une hâte
et une inquiétude qui semblaient dire, et crier
presque :

— Pourvu que sa colère ne l'ait pas poussé à
quelque extrémité !

C'est lui qui avait eu peur d'un coup de tête.
d'une dépêche au garde-chasse, d'une visite préventive de Chugnard à M. de Miérindel. Son premier mot en arrivant fut :

— Eh bien ! cher ami, êtes-vous calmé? Vous
n'avez pas fait de bêtise, au moins ?

Chugnard répondit froidement. et en le tenant
à distance :

— Ce n'est pas dans mes habitudes. à moi,
monsieur.

Et Laffouace, l'arrogant Laffouace d'hier, de
tout à l'heure, laissa humblement retomber sa
main qu'on n'avait pas prise.

Chugnard se sentait comme au baccara, en
train de *filer un neuf*.

— Monsieur, reprit-il, les vacances com-
mencent dans quinze jours. J'ai besoin de les
employer à une entreprise qui me permette de
boucher les trous faits dans mon budget par vos
inepties. Je ne pourrai m'occuper qu'ensuite.
quand j'en aurai le loisir et les moyens, de
votre affaire. Êtes-vous disposé à ne plus m'en
ennuyer jusque-là ?

13.

— Très volontiers, cher ami, répliqua Laffouace, que tant d'assurance calme épouvantait.
Mon affaire n'a rien qui presse, en somme. Elle
est entre vos mains. Cela me suffit. Je sais tout
ce que vous avez fait déjà, et tout ce que vous
ne manquerez pas de faire encore...

La vérité est que Chugnard n'avait rien fait du
tout, ni rien pu faire, sinon une visite de son-
dage au garde-chasse, visite malheureuse qui le
dispensait d'en vouloir tenter une seconde ; car
le bonhomme lui avait durement et péremptoirement répondu :

— Ni pour or ni pour argent je ne lâcherai le
papier de cette canaille. Il a voulu faire con-
damner mon enfant comme voleuse. Je veux
qu'il paie ça en crevant dans sa faute, ainsi
qu'un blaireau enfumé dans son terrier. Vous
qui l'empêchez de mourir de faim, et qui m'empêchez de le punir, et qui osez me proposer de
m'acheter ça, vous ne valez pas mieux que lui.
Ouste ! Videz-moi le plancher ! Voulez-vous que
je vous apprenne ce que vous êtes ? Crapule et
compagnie, voilà !

Bien entendu, Chugnard n'avait pas rapporté
ce catégorique discours à Laffouace. Il lui avait,
au contraire, parlé d'arrangements possibles, de
prix débattu, et s'était fait fort d'arriver un jour
à la transaction promise. Il coupa court aux

compliments actuels de Laffouace, et l'interrompit en continuant :

— Bien! Bien! Ne me passez pas tant de
pommade, et concluons ! Donc, votre affaire,
dans deux mois et demi ! D'ici là, je ne tiens pas
à vous voir, et je ne veux plus, ni ne peux plus,
au reste, vous entretenir comme une danseuse.
J'ai à votre disposition un billet de cinq cents
francs. C'est peu pour aller jusqu'en octobre, me
direz-vous sans doute, et surtout quand on est
un jeune gentilhomme de lettres. Mais je suis
dans le cas de la plus belle fille du monde, vous
savez. Et puis, vous restreindrez vos goûts. Vous
vous mettrez un peu au vert. Ça vous fera du
bien. Est-ce convenu ? Acceptez-vous ?

— Mon Dieu!... murmura Laffouace, essayant
de prendre un air triste pour apitoyer, je vous
avouerai que j'éprouve quelque peine à me résoudre....

— Oh! fit sèchement Chugnard, pas de chi-
potage, n'est-ce pas ! Oui ou non, ça vous va-
t-il? Voici le billet. Dépêchez-vous. Si vous n'en
voulez pas, bonsoir !

Laffouace sauta sur le billet, l'empocha vite,
comme s'il craignait de le voir s'évanouir. Puis,
rageusement, toute sa haine lui étant soudain
remontée en bouffée au cerveau et le soûlant,
dans la rage d'être ainsi traité, dans la conscience

de sa lâche platitude, dans l'impuissance de rien
répondre, tant sa gorge se serrait, dans le désespoir de perdre momentanément tant de jouissances dont il s'était fait une habitude, il eut aux
yeux deux larmes âcres et brûlantes.

— Prenez garde, mon cher Laffouace, lui dit
railleusement Chugnard, et retenez-vous un peu :
vous allez faire péter vos verres de lunette. Vous
pleurez du fiel.

Il avait en cet instant la très ferme et très judi-
cieuse conviction que, plus il montrerait de
hauteur insouciante, plus son ennemi en serait
démonté. Il n'eût même pas été fâché que Laffouace, poussé à bout, courût chez M. de Miérindel
et s'y cassât le nez, et acquît ainsi la pleine certitude d'être. au moins pour le présent et pour
quelque temps, tout à fait désarmé, à merci et
sans recours. Aussi ne se refusa-t-il pas l'ironique
et cruel plaisir d'ajouter en souriant, pendant
qu'il ouvrait la porte au vaincu, filant tristement
la queue basse :

— Et n'oubliez pas cette scène-là dans votre
roman, hein! mon petit! Je crois que ce sera une
des meilleures.

Il se reprocha quand même, après le départ
de Laffouace, d'avoir peut-être insisté un peu
trop, et de s'être laissé aller à faire, lui aussi, de
la littérature. Puis, à la réflexion :

— Bah ! pensa-t-il, tant pis ! L'occasion
s'offrait trop belle, de l'écorcher au seul point
par où il puisse souffrir, dans son amour-propre
d'auteur.

C'était là, d'ailleurs, une petite compensation
à laquelle il avait bien droit, en paiement de
tant de tortures morales que lui avait infligées
la domination de Laffouace. Et il fallait vraiment toute sa foncière bonne humeur, au surplus, pour qu'il trouvât quelque ragoût à s'en
distraire, parmi les effrayants embarras maté-
riels, très probablement inextricables, où le laissaient en fin de compte les exigences de son
tyran et les suprêmes expédients employés à y
faire face. Billets protestés, après des renouvel-
ments à frais énormes, emprunts usuraires,
dettes chez tous les fournisseurs, dettes aux
croupiers, affichage d'insolvabilité dans un cercle,
crédit bouché dans les autres, tels étaient les résultats de la campagne menée par le *vice élégant*
de Laffouace pour prouver son *estomac*, et par
les martingales de Chugnard pour courir après
l'argent perdu et surtout après une veine maintenant en fuite depuis son association forcée
avec ce *fétiche-à-rebours*.

En remettant, promettant, *haricotant* à celui-
ci de quoi faire patienter celui-là, Chugnard
avait pu obtenir, comme dernier délai d'arrange-

ment général, la fin de l'année scolaire, date certaine, affirmait-il, d'une *grosse rentrée de fonds*.
Mais il savait fort bien qu'il n'en avait aucune en
vue, et qu'il n'avait donc fait que reculer pour
mieux sauter. L'unique rentrée de fonds à laquelle il eût songé, c'était une *banque* heureuse,
folle, absurde ; et il n'en avait plus seulement le
chimérique espoir aujourd'hui. Dans quinze
jours, à moins d'un miracle, la ruine inévitable
arriverait. Comme il le disait en plaisantant (car
il avait le cœur de plaisanter encore) à la désolée
Aménaïde :

— Jamais la situation financière de la précaire
institution Chugnard n'a été moins financière, ni
même moins situation.

Tout en se désolant, Aménaïde, elle, ne pouvait cependant croire à cette ruine inévitable.
Tant de fois elle avait vu l'institution Chugnard
toucher au cap de la faillite, et n'y pas sombrer
néanmoins, et toujours le doubler, qu'elle comptait sur le salut, cette fois encore. Le miracle
nécessaire serait opéré ! Chugnard en trouverait
le moyen ! Elle avait foi en lui !

— Tu as bien tort, répliquait Chugnard. Moi,
je n'ai plus foi en moi. J'ai cessé d'avoir la main
aux miracles. Même au jeu, je suis sûr de ne
pouvoir plus en faire, jamais. Les cartes m'en
veulent.

—Pourquoi donc cela? demandait naïvement
Aménaïde.

Mais il ne le lui dit point; car la pensée qu'il
aurait eu à exprimer, il en éprouvait comme une
honte; et pourtant il la pensait, et, supertitieux,
en subissait la secrète et invicible hantise.

— Pourquoi les cartes m'en veulent? eût-il dû
répondre. Parce que je suis devenu un brave
homme.

Aménaïde n'y eût rien compris, n'est-ce pas ?
A quoi bon alors le lui dire? Et lui-même y
comprenait-il quelque chose en somme? Non plus.
Il en était convaincu pourtant. Et le pire, pour
son intérêt (il se l'avouait, d'ailleurs, sans en
souffrir, et, au contraire, avec jouissance), le pire,
c'est que la cause de ce fatal et désormais certain
enguignonnement le lui rendait agréable, et qu'il
était heureux de se savoir malheureux au jeu
pour cette déraisonnable raison d'être un brave
homme.

Et de là lui venait sa bonne humeur présente,
si franche, si pure, devant et malgré la ruine
inévitable. En temps ordinaire, aux pires tour-
nants de dèche, il avait coutume aussi de blaguer,
certes, et plus d'une fois il lui était arrivé de
terrifier comiquement Aménaïde avec des facé-
ties de ce genre :

— Allons, ma grosse Mirabeau-tonneau, le

moment est venu pour moi de faire mon Mira-
beau-tonnerre, et de l'apprendre (frémis, frémis!)
que la banqueroute, la hideuse banqueroute, est
à nos portes !

Mais alors il semblait se fouailler lui-même
de sa blague comme les félins se fouettent de
leur queue afin de s'exciter à la lutte. Aujour-
d'hui, sa gaîté n'avait rien de fébrile. Elle
était sereine et douce. Et, à part sa très innocente plaisanterie sur la situation financière de
la précaire institution Chugnard, c'est d'un ton
calme et d'un air sérieux qu'il dit :

— Non, ma bonne maman Naïde, ne compte
plus sur un miracle. Il faut nous y résigner :
l'institution Chugnard n'a plus que quinze jours
à vivre. Ne songeons qu'à mettre en sûreté ta
chambre de jeune fille, à laquelle tu tiens. Le
reste, je m'en fiche, bonsoir !

Elle fut attendrie un instant de cette idée pré-
venante à propos de sa chambre. Elle se reprocha,
d'ailleurs, aussitôt, cette vilaine préoccupation
d'égoïste où elle s'arrêtait, et elle s'abandonna
entièrement à la terreur du tableau qu'évoquait
la nette affirmation de Chugnard : l'institution
n'ayant plus que quinze jours à vivre ! Car elle
était terrifiée tout de bon, pour le coup, la pauvre
femme, et non seulement de cette affreuse certitude, mais plus encore et surtout de voir avec

quelle tranquillité il en prenait son parti, lui,
avec quelle insouciance joyeuse et souriante d'un
sourire sincère.

— Mais, fit-elle, monsieur Chugnard, est-ce
que tu deviens fou ?

— De ravissement, peut-être bien, répliqua-
t-il. Écoute, la mère. Réfléchis. Nous allons
passer deux mois et demi de bonnes vacances
avec notre cher petit Flamboche. Le chèque de
quatre mille francs, envoyé à cet effet par monsieur de Miérindel, nous permettra de le faire, à
nous trois, dans des conditions parfaites de bien-
être, de sécurité, de joie complète et sans tracas.
Ce sera un délicieux paradis. Je suis d'avance tout
à ces délices. Pendant que nous nous en régale-
rons, les créanciers feront saisir la boîte. Je de-
manderai mon concordat. Je l'obtiendrai. La
clientèle de la maison, en somme, malgré tous
nos revers, n'est pas sans valeur. On liquidera.
On bazardera. Ta chambre de jeune fille aura,
je te le répète, été mise à l'abri. Au retour de
monsieur de Miérindel, le produit de notre vente
devant me laisser un boni appréciable, dont j'ai
fait le calcul, j'emploierai le boni à me réinstaller
quelque part modestement, avec deux ou trois
élèves, au plus, et même avec pas du tout, au
besoin, avec Flamboche tout seul. Et le paradis
continuera sans fin. Eh bien ! où diable vois-tu

14

là-dedans de quoi être triste ? N'est-ce pas, au contraire, de quoi se montrer gai, ravi, et même fou de ravissement, comme tu prétends que j'en ai l'air ?

Tel était, en effet, le plan tout frais imaginé par Chughard, devant la dernière sommation que venait de lui faire son plus gros créancier, en lui posant sans rémission l'*ultimatum* de cette alternative échéant le premier août prochain : ou payer un à-compte de dix mille francs, ou la faillite. Il dit à la sage Aménaïde la chose, le chiffre, et ajouta :

— Note bien qu'un arrosage à celui-là, même s'il m'était possible, m'obligerait à plusieurs autres arrosages, tout aussi urgents, et dont je ne me tirerais pas à moins de dix nouveaux billets de mille. Total : vingt mille francs. Et je resterais devoir encore autant à peu près. Car notre passif est de quarante et quelques mille, sans compter les intérêts et les frais qui courent. Donc, quand je trouverais (du diantre si je sais où, par exemple !) les vingt mille nécessaires dans quinze jours, il faudrait dans trois mois, et peut-être même plus tôt, recommencer à avoir sur la gorge des protêts, des renouvellements, des demandes d'à-compte ; car rien ne rend les créanciers gourmands comme de leur jeter un os ; et alors...

—Mais, interrompit Aménaïde, qui s'entendait
fort bien en ces matières, qu'est-ce que tu me
racontes-là, monsieur Chugnard? Et depuis
quand renâcles-tu devant la perspective d'une
remise à trois mois, et même moins? Toi, l'hom-
m e, au contraire, des arrosages savants! Toi qui
as si souvent fait taire la meute, comme tu disais, de ces messieurs, en leur jetant un os à
propos! Tu oublies donc tous tes principes!
Comment! Tu peux nous épargner la faillite,
sauver l'institution Chugnard, l'héritière et la
digne continuatrice de l'honorable pension
Bance, et cela, tu le peux avec vingt mille francs,
quinze mille peut-être en étant habile, et tu
hésites, et tu fais pis, tu y renonces, tu con-
damnes ainsi de gaîté de cœur ton nom et le
nom de mon pauvre père...

Naguère, Chugnard eût rabroué d'un net et
brutal « tu m'embêtes », ou tout au moins de
quelque grosse calembredaine, cet accès d'éloquence d'Aménaïde. C'est doucement qu'il lui
coupa la parole, sans trop se moquer d'elle, et
en lui disant, plutôt avec une affectueuse pré-
venance :

— Ne t'essouffle pas, ma grosse.

Puis, non plus en maître dictant ses volontés,
comme autrefois, mais en bon associé prêt à
donner toutes les raisons de sa conduite :

— Je te répète que les vingt, fût-ce les quinze mille francs, nécessaires dans quinze jours, il m'est impossible, absolument impossible, de me les procurer.

— Même à un taux usuraire? reprit-elle.

— Même à cent pour cent, même à plus encore, répliqua-t-il. Nous sommes hypothéqués jusqu'en troisième hypothèque.

Elle insista, se refusant à l'idée de voir mourir l'institution Chugnard, continuatrice de l'honorable pension Bance. Mais à toutes les propositions il avait réponse.

— Et le Valaque?

— Il est brûlé partout. Il en est aux effets post-datés, payables, tu devines avec quelles surcharges, quand il sera majeur. Et, d'ailleurs, je suis, moi, brûlé auprès de lui. Je n'en aurais seulement pas cinq francs en timbres-poste.

— Et monsieur de Miérindel? Tu ne le crois pas capable de te commanditer, à l'occasion?

— Il s'appelle de Miérindel et non Gogo, ma chérie. Au reste, tu sais bien qu'il est absent, invisible et introuvable.

— Et cette dame, à qui tu as rendu des services dans le temps, et qui t'oblige quelquefois en retour?

Elle avait hésité, avant de risquer cette allu-

sion à la mystérieuse bienfaitrice dont Chugnard
ne l'avait jamais entretenue qu'à mots couverts,
s'amusant un peu de l'en savoir jalouse et d'agui-
cher cette jalousie rétrospective et ridicule. Il
fallait qu'Aménaïde fût bien à *quia* d'expédients
pour oser penser à celui-là et si ouvertement y
recourir. C'est la première fois que d'elle-même
elle en parlait. La pauvre créature en rougit.
Mais elle tenait tellement à sauver les derniers
débris de l'honorable pension Bance ! Chugnard
en fut touché, et répliqua, sans songer même à
taquinerie :

— Madame Gisette aussi est absente, et j'ignore
où elle est.

Aménaïde hésita de nouveau, comme faisant
sur elle-même un effort encore plus pénible
que tout à l'heure ; et de rouge elle devint pâle,
en laissant échapper, à mi-voix balbutiante, le
regard bas, la mine honteuse :

— Et... le... jeu?

— Comment ! s'écria Chugnard stupéfait. C'est
toi qui me conseilles de jouer?

— Dame ! fit-elle, toute la face enfouie dans
son quadruple menton. Je ne vois plus que ce
moyen-là !

Il lui avait pris les mains, qu'elle avait tremblantes et moites. Elle s'enhardit et ajouta :

— Ne nous as-tu pas déjà tiré d'affaire plu-

14.

sieurs fois de la sorte? Alors, pourquoi pas une fois de plus?

— Mais je viens de te dire, reprit-il, que je ne me sentais plus en veine.

— Ne m'as-tu pas dit souvent aussi, répliqua-t-elle, que tu pouvais maîtriser la veine avec des combinaisons, de savantes combinaisons, des... des martingales?

Ainsi, ces fameuses martingales, l'objet de ses justes malédictions, et la cause première de tous leurs désastres, elle y faisait appel à présent, elle, Aménaïde! Elle l'y poussait!

— Tu y crois donc?

— On ne peut pas savoir!

— Elles n'ont jamais réussi.

— Justement. Elles te doivent une revanche.

— Mais il y faut une mise de fonds, et je n'ai plus rien de rien dans ma bourse de jeu.

— Il y a la caisse de l'économat.

— Elle est à sec aussi, ne fais pas la bête.

— Mais non, monsieur Chugnard.

— Ah! ça, voyons, Aménaïde, tu te fiches de moi, n'est-ce pas? Ou bien alors tu as une réserve, un magot que tu m'as caché? Ce n'est pas possible. Je le connaîtrais. Mais si! Si! Je suis sûr que si. Tu m'as donc volé? Tu as de l'argent. Où est-il?

Il s'était levé, blême et tendu, les paupières

battantes, les yeux allumés de fièvre, tous les
tics de son visage entrés en danse tressaillante ;
et plus que jamais ses deux mains, les paumes
en l'air grattées par ses doigts crochus et con-
vulsifs, avaient l'air de deux crabes sur le dos
crispant leurs pattes et ouvrant leurs pinces.

— Tu vois bien, fit Aménaïde, que tu as
encore le désir de jouer, et l'espoir de gagner.
Et tu joueras, tu gagneras, tu nous sauveras.
Oui, sûr, il y a de l'argent dans la caisse. Et tu
le sais comme moi. Je ne t'ai rien caché, rien
volé, monsieur Chugnard. Seulement tu ne te
rappelles pas, tu perds la tête, pauvre cher ami.
Tiens ! Tiens ! Et ça ?

Elle avait ouvert le secrétaire, y prenait un
vaste portefeuille aux poches flasques, et ayant
tiré d'une de ces grandes et larges poches un
tout petit papier long, elle le brandissait triomphalement comme un drapeau. C'était le chèque
envoyé par M. de Miérindel pour les vacances
de Flamboche.

Chugnard attrapa le chèque au vol, le replia
soigneusement, le replaça dans la poche flasque
du vaste portefeuille, et dit sévèrement, d'un
ton grave :

— C'est toi qui perds la tête, Aménaïde. Et
prends garde ! Tu me fais tout l'effet d'être aussi
en train de perdre le cœur. Cet argent-là, maman,

il représente la clef du paradis où nous allons être heureux avec notre cher enfant. Il est sacré. J'aimerais mieux me couper la main que de le mettre en banque, tu entends.

Puis, étonné lui-même du sérieux de ses paroles, et voyant d'ailleurs Aménaïde prête à en pleurer, il lui tapota la joue et ajouta gaîment :

— Grosse petite folle, va ! Tu disais ça pour rire, pas vrai ?

Elle fondit en larmes, consciente de sa honte ; et cependant, par un reste d'entêtement féminin rebelle à toute raison et s'obstinant à un espoir même reconnu absurde, elle ne put se tenir de murmurer encore, parmi ses hoquets de sincère repentir :

— J'avais cru... justement... que pour une... oui... pour une... martingale, ce serait un bon... un bon... fétiche.

Chugnard sourit, non d'ironie mauvaise au grotesque spectacle qu'elle offrait, mais d'affectueuse et pardonnante compassion. Et devant un tel oubli d'elle-même, devant tant de foi absolue en lui, en ses pires chimères, jusqu'en ses superstitions, il eut le léger sanglot qui le prenait parfois à la gorge quand il s'avouait son amour pour la pauvre femme, et il se sentit monter du fond du cœur l'irrésistible émotion qui alors, pendant le temps d'un éclair, mouillait le dur métal de ses yeux froids en une douce et tiède et furtive rosée d'attendrissement.

— Allons, allons, la mère romance, fit-il en se secouant, ne tournons pas à l'orgue de Barbarie ! Tu as dit une bêtise. Je ne t'en veux pas. N'en parlons plus. J'ai à m'occuper de mettre en lieu sûr ta chambre de jeune fille. Pour ça, oui, je toucherai aux quatre mille balles. Parce que ta chambrette, te la conserver, c'est dans le programme de notre paradis, tu comprends, Naïde. En dehors de ça, ma vieille, à bas les pattes, hein ! Sacré, cet argent ! Et n'y reviens pas ! Un point. C'est tout.

Mais Aménaïde n'avait rien d'une égoïste, tant s'en faut. Et précisément parce que Chugnard revenait sans cesse, en sa générosité, à l'idée de mettre à l'abri cette chère chambre de jeune fille, elle se butait, elle, à l'idée de sauver, avec la chambre, toute l'institution. Elle s'en faisait un devoir, et non seulement envers Chugnard, mais aussi envers défunt le père Bance. envers la pension Bance elle-même, qu'elle avait fini par se figurer comme une personne réelle, ayant vécu une longue vie honorable, et toujours vivante sous le nom nouveau d'institution Chugnard, et devant vivre encore, et ne pouvant, en tous cas, mourir de cette mort honteuse, la faillite !

— Non, non, pensait-elle. Cela n'est pas admissible. Je suis sûre que j'en mourrais moi-
même. Il faut trouver un moyen de salut, quel
qu'il soit. Et si monsieur Chugnard y renonce,
moi, rien ne m'y fera renoncer.

C'est pourquoi, reprenant en sous-œuvre toutes
les vaines propositions qu'elle avait faites et que
Chugnard avait si victorieusement réfutées, elle
eut l'audace de les rediscuter avec elle-même, et
d'y chercher une solution, fût-ce contre le gré de
Chugnard. Elle se rendit chez M. de Miérindel,
pour être bien sûre qu'il avait quitté Paris sans
laisser son adresse. La connaissant, elle lui eût
écrit. Si elle avait su où rencontrer madame
Gisette, elle n'eût pas hésité à l'aller supplier.
Elle regrettait qu'il n'existât pas un tripot pour
femmes. Elle aurait eu le courage d'y pénétrer
pour y risquer, elle, les quatre mille francs de
leur cher Flamboche. Elle en était là!

Tout à coup, au fond de son désespoir, dans
les ténèbres où elle se perdait, une lueur, une
aube, la clarté, le plein jour! Elle a trouvé! Elle
a le salut!

— Mais oui, mais oui, c'est le ciel lui-même
qui m'envoie cette inspiration! C'est ma mère,
c'est ma pauvre mère!

Elle était, à ce moment, en train de prier,
invoquant sa mère, en effet, la suppliant d'inter-

céder pour la pension Bance, et toute fondue de
larmes, et désespérée, et voulant espérer quand
même, devant le paysage funèbre fait avec les
cheveux de la morte. Et soudain, à travers ses
larmes, elle avait cru voir le point de l'i, en forme
de colombe, qui se mettait à battre des ailes,
comme pour lui apporter l'inspiration céleste.
Et la croix de la tombe et les branches du saule
pleureur, entrelacées ingénieusement au chiffre
d'Idalie Bance, ces tristes reliques capillaires
dont le méchant Chugnard d'autrefois disait
qu'elles étaient couleur queue de vache sur laquelle il avait beaucoup plu, tout s'était transfi-
guré pour Aménaïde en un rayonnant ostensoir,
en un soleil resplendissant, au centre duquel elle
lisait l'inspiration du ciel, le suprême conseil
écrit là, lui semblait-il, par sa pauvre mère elle-
même, rien qu'avec ce mot magique :

— Flamboche !

Pour le coup, s'il eût connu cette bizarre
hallucination, où le touchant se fondait vraiment
un peu trop dans le burlesque, certainement
Chugnard, le bon Chugnard d'aujourd'hui, en
personne, n'eût pu s'empêcher d'en rire.
De cette hallucination cependant, aux aspects
saugrenus, de cette vision qu'eut réellement
Aménaïde dans un accès d'exaltation sentimentale et mystique, il devait sortir pour eux

tous, et pour lui en particulier, les plus boulever-
santes conséquences. Sans la certitude absolue
où elle demeura, d'avoir été miraculeusement
inspirée par le ciel et par sa mère, jamais la
timide Aménaïde, même affolée et désespérée
comme elle était, et prête à tout oser, n'eût osé
ce qu'elle crut pouvoir et *devoir* faire. Comment
n'eut-elle pas seulement une hésitation en le
faisant? Comment son habituelle raison et sa
foncière honnêteté ne vinrent-elles pas à son aide
pour la détourner tout de suite d'une action dont
les dangers et l'immoralité crevaient les yeux?
Comment, même, puisque la religion était en
cause, et sa dévotion à sa mère, comment put-elle
admettre, sans l'ombre d'un doute, l'authenticité d'un miracle où la religion lui parlait du
Valaque, où sa mère la conseillait comme un
louche agent d'affaires véreuses ? Comment
n'eut-elle pas, elle si sincèrement et si naïvement
chrétienne, le soupçon naturel qu'un tel langage
révélait non le ciel, mais l'enfer, et qu'à de
semblables conseils, loin de reconnaître la probe
et simple madame Idalie Bance, on flairait les
pernicieuses subtilités du Malin? Sans doute
c'est par l'intensité même de sa foi qu'elle fut
aveuglée, paralysée, rendue incapable de toute
prévoyance et de toute résistance humaines. Elle
ne discuta rien, ne fit appel ni à sa raison, ni à

son honnêteté, et peut-être même eût-elle refusé
de les écouter si elles eussent élevé la voix. Elle
n'entendait que la voix de son hallucination, et
elle alla tout droit où cette voix la poussait, elle
y alla passivement et tranquillement, avec l'in-
conscience d'une sainte qui s'abandonne à son
extase.

En même temps, et comme dédoublée, elle
opéra, pour arriver à ses fins, avec une promp-
titude, une énergie et une astuce extraordinaires
et dont Chugnard eût dit, s'il l'avait vue à
l'œuvre :

— C'est le pratique dans l'extatique.

Mais il ne la vit pas; car c'est contre lui,
d'abord et surtout, qu'elle fut le plus astucieuse.
Il n'eut vent de quoi que ce fût.

Et pourtant elle sut, presque à sa barbe, interroger adroitement le Valaque et obtenir de lui,
sans que personne y prît garde, les renseignements
qu'elle voulait touchant les usuriers. Il ne se
douta même pas qu'elle connaissait l'histoire des
billets post-datés, dont Chugnard avait seul le
secret. Elle eût craint, en ayant l'air, fût-ce d'en
avoir deviné chipette, que Lautarescù se méfiât
et, se plaignant à Chugnard, en éveillât la
méfiance. Elle lui tira les vers du nez, en femme
bavarde et curieuse, par le biais suivant :

— Est-ce vrai, monsieur Lautarescù, que le

15

roumain ressemble tant que ça au latin? C'est monsieur Laffouace qui me l'a dit. Mais il est si menteur !

— Pas en ce cas, madame, répondit Lautarescù. Pour une fois, Laffouace n'a pas menti.

— Faites donc voir, reprit-elle.

Il se leva pour aller dans sa chambre chercher un livre roumain.

— Oh! ne vous dérangez pas, fit-elle en le retenant. Montrez-moi seulement votre portefeuille. Des mots par-ci par-là !

Elle savait qu'il gardait toujours sur lui un gros portefeuille, au milieu duquel était un carnet de notes et d'adresses.

Il le lui tendit. Elle le feuilleta, demanda le sens de quelques mots, et s'étonna en effet de leur ressemblance à des mots latins (car elle avait appris un peu de Lhomond avec son père). Puis, négligemment, en continuant à retourner des pages, elle s'arrêta, comme par hasard, sur une où s'alignaient des chiffres. En haut étaient écrits un nom et une adresse.

— Tiens, fit-elle avec un air niais, c'est drôle, les chiffres ne sont pas en lettres comme dans le latin. Ce sont des chiffres arabes.

Pendant ce temps, elle gravait dans sa mémoire le nom et l'adresse. A la page suivante, pareille, elle fit de même.

Et tout à coup, très vite, et très net, et regardant Lautarescù bien en face, sans paraître, d'ailleurs, attacher grande importance à la phrase qu'elle disait :

— C'est probablement de vos fournisseurs, ces messieurs?

Lautarescù répondit que non, mais après avoir bégayé un peu, surpris par la vivacité de l'interrogation et la fixité du regard.

Aménaïde n'en demandait pas davantage. Elle était sûre de connaître le nom et l'adresse de deux usuriers. Elle rendit le portefeuille en admirant encore la ressemblance que présentaient le latin et le roumain. Et, comme Chugnard, à quelques pas de là dans le verger, lui criait :

— Est-ce que tu donnes une leçon à monsieur Lautarescù?

— Au contraire! répliqua-t-elle. C'est lui qui me montre que le latin et le roumain...

Puis, brusquement, presque sans le vouloir, avec une témérité dont elle-même n'eût pu rendre raison, elle ajouta :

— Je désirais apprendre quelque chose. Je l'ai appris.

Car elle était, en ce moment, une femme tout à fait différente de l'Aménaïde ordinaire ; et, dans l'audacieux double-sens de cette secrète et folle bravade, elle goûtait, pour la première fois

de sa vie certainement, l'absurde et perverse et
délicieuse jouissance du risque inutile.

Et c'est toujours dans le même état de trans-
figuration qu'elle continua d'agir, avec une
décision et une précision d'activité dont elle ne
se fût jamais crue capable, et dont cependant
elle ne s'étonnait point, comme si elle en eût
acquis longuement l'habitude. Ce lui fut là une
de ces heures étranges et surnaturelles où il
semble qu'on ait en soi quelqu'un agissant pour
vous, si bien qu'on y devient, tout éveillé, pareil
aux somnambules qui marchent sur les toits,
longent les gouttières, se penchent vers les pré-
cipices, et s'y meuvent à l'aise sans conscience ni
péril, plus en sécurité que des couvreurs, plus
en alacrité que des saltimbanques.

Le premier usurier dont elle avait obtenu le
nom et l'adresse si prestement, et chez qui elle
se présentait une heure plus tard, fut stupéfait
du sans-façon vraiment cynique et quelque peu
gênant qu'elle mit à lui proposer la chose. Il
était accoutumé, en ce genre d'opérations si
délicates, et surtout avec des clients nouveaux, à
beaucoup moins de brutalité dans la demande et
de hardiesse dans l'offre. Sans doute, au vu de
la carte sollicitant audience urgente et qui lui
annonçait madame Chugnard, née Bance, il
savait bien ne pas recevoir une personne abso-

lument novice en ces matières, puisqu'il la supposait au courant de tout ce qu'il avait pu déjà manigancer en compagnie de Chugnard et puisqu'il la croyait envoyée par lui. Mais Chugnard lui-même, connaissant l'homme, n'abordait jamais avec lui ces questions d'une manière si brusque, si nette, si à la hussarde. C'eût été du plus mauvais genre en face de ce Belge froid et correct, aux manières à la fois cauteleuses et gourmées, et qui vous recevait derrière un massif et solennel bureau d'authentique commissionnaire en marchandises. Il y fallait des ménagements, un cérémonial presque. On y employait les circonlocutions d'usage, les sous-entendus, les mots de passe à demi-mot, par quoi s'engagent et se traitent ces sortes d'affaires. Rien de tel avec madame Chugnard. Elle n'y allait pas, elle, par quatre chemins. Ce qu'elle avait à dire, elle le disait tout à trac, sans vain scrupule, sans l'ombre de respect humain, avec un parfait mépris de toute conventionnelle et hypocrite précaution pour sauver les apparences; elle le disait en vieille praticienne à qui *ces sortes d'affaires* étaient aussi naturelles que d'autres, et semblaient par conséquent devoir se conclure, comme ces autres, franchement, rondement, et en paroles découvertes.

—Mais, mais, excusez-moi, balbutiait le correct

15.

commissionnaire. Je ne comprends pas très bien,
pour une fois, de quoi il s'agit. Ne pourriez-vous
moins brutalement... ?

Mais à cette prudente invite de diplomatie,
Aménaïde coupa court par ce redoublement de
brutalité :

— Allons donc ! c'est la même histoire qu'avec
Lautarescù. Je mets pourtant bien les points sur
les i.

— Je vous assure, chère madame, reprit le
commissionnaire, qu'il y a méprise entre nous.
Il n'est pas possible. savez-vous, que vous ayez
été chargée par l'honorable monsieur Chugnard...

— Eh ! interrompit vivement Aménaïde, qui
vous parle de monsieur Chugnard? Bien sûr,
qu'il ne m'a chargée de rien. Je ne viens pas ici
en son nom. Loin de là ! J'opère à son insu. En
mon nom, à moi, madame Chugnard, née Bance !
C'est moi qui suis l'intermédiaire, moi seule.

— Ah! ah ! vous seule ! fit le Belge, se dégelant
un peu.

Et, à l'idée d'une plus-value possible pour lui
dans ces conditions, il risqua enfin une ébauche
d'entrée en matières.

— Au cas, dit-il, où je devinerais de quoi il
s'agit, permettez-moi de vous demander si, étant
donné que monsieur Chugnard doit (il appuya
sur le mot) ignorer la chose, vous ne trouvez

pas équitable et allant de soi, savez-vous, de restreindre par cela même vos prétentions à vous, madame Chugnard?

Elle n'avait rien compris du tout aux embrouillamini de cette phrase. Elle l'avoua candidement.

— Elle fait la bête, pensa t-il.

Mais elle la fit bien plus encore, et au naturel, en toute sincérité, quand il ajouta :

— Bref, en considération de cette cachotterie à monsieur Chugnard, j'espère que vous serez moins exigeante sur la remise.

— La remise! répliqua-t-elle. Plaît-il ? Quelle remise?

Et elle ouvrait de si grands yeux, si naïvement étonnés, que soudain il s'aperçut de l'erreur dans laquelle il pataugeait depuis un moment. Ce n'était pas une cynique, une vieille praticienne éhontée qu'il avait devant lui ; c'était une pauvre innocente ! Il se mordit la lèvre, d'avoir été si sot, puis se la pourlécha voluptueusement, à l'espoir de se rattraper ferme en *profitant sur* cette innocence. Et d'abord, suppression, à cette naïve intermédiaire, de la remise que l'expérimenté Chugnard ne manquait jamais de prélever sur les affaires de ce genre. Puis, bonsoir les cauteleuses circonlocutions! Et en avant les brutalités, les choses menées tambour battant,

comme le voulait cette bizarre cliente, et battant
sur son dos, tout naturellement, puisqu'elle
l'offrait si bien !

Ce fut vite bâclé. Quelques sommaires explications, d'ailleurs obscures à dessein, sur les
dangers possibles du contrat, sur le libellé spécial des engagements à souscrire sans date, sur
les endos probables à faire intervenir en certains
cas, et avant tout sur la nécessité de prendre des
renseignements, de trouver le prêteur (car lui-
même, notable commissionnaire en marchandises, n'agissait qu'à titre d'intermédiaire, comme
de juste, pour rendre service, pas davantage); des
protestations indignées contre le terme d'usure,
employé par Aménaïde, et qu'il répudiait hautement (l'intérêt à cinq, rien de plus, l'intérêt
légal); un exposé vague du système de la majoration compensant l'attente de la majorité (cela
dans un sourire furtivement spirituel); et enfin
l'assurance, puisqu'on était pressé, que l'on pourrait conclure le soir même; et en quelques minutes on fut d'accord, Aménaïde n'y ayant compris goutte et consentant à toutes ces *usuelles*
(comme il disait) *formalités*.

Elle n'avait hésité que sur un seul point : le
chiffre de l'emprunt. C'est vingt mille francs
d'abord qu'elle avait demandés, puis quinze
mille, la somme strictement indispensable à

éviter l'immédiate faillite. Elle eût désiré avoir
besoin de moins encore. Mais le Belge, au contraire, insistait pour grossir le chiffre. Il affirmait que, plus l'affaire serait importante, mieux
elle se traiterait. Il parlait de quarante, cinquante
mille francs.. Elle se récriait. Mais que c'était
tentant! Avec quarante mille, quarante-cinq, on
mettait à jour la situation financière de l'institution Chugnard, et d'une façon non transitoire,
mais définitive. Quel rêve ! Elle fut tout près de
s'y laisser séduire et de le réaliser, le pouvant.
Le Belge montait toujours, allait jusqu'à cent
mille, si on voulait. Elle eut quand même le courage de résister, pas tout à fait, un peu toutefois,
et elle se tint à trente mille.

— Ah ! un dernier mot! (Il la reconduisait à la
porte en ce moment). Pour les détails de la conclusion, inutile de nous revoir, vous et moi. Nous
nous sommes dit, comme intermédiaires, tout ce
que nous avions à nous dire. J'ai le nom de l'emprunteur. Le prêteur prendra ses renseignements. Je n'ai plus besoin, ce soir, que du client
tout seul, savez-vous. Faites-lui seulement bien
entendre, pour une fois, que nous sommes d'accord
sur le libellé des effets, les dates de l'emprunt
et de l'échéance, laissées en blanc, et le chiffre
de la majoration, et enfin, bref, quoi, le reste,
tous nos petits arrangements.

Aménaïde rentra. Chugnard, précisément, n'était pas à la maison. Elle monta chez Flamboche, tout entière reprise par son extase et sa fièvre d'activité, lui raconta ce qui leur arrivait, la ruine, la faillite dans quinze jours, Chugnard décidé à la laisser consommer, les.trente mille francs nécessaires au salut, et son oraison devant les reliques de sa pauvre mère, et l'inspiration qu'elle y avait reçue du ciel, et le plan qu'elle en avait déduit aussitôt, si lumineux, si sûr, et comment elle savait que Lautarescù avait emprunté des sommes grâce à des billets post-datés, et comment, s'étant procuré le nom et l'adresse de celui auprès de qui se contractaient ces emprunts, elle s'était rendue chez l'homme, et ce qu'elle y avait dit et fait, et que la chose était préparée ainsi de façon à ce que Flamboche pût les sauver, et qu'elle n'avait pas honte de lui demander un tel service, en cachette de Chugnard qui n'y eût jamais consenti, tandis qu'elle, sans peur d'être mal jugée par le cher enfant, l'osait, et de bon cœur, et de tout son cœur, avec l'absolue certitude qu'il y mettrait, lui aussi, tout son cœur, tout son bon cœur...

Ah ! si jamais la pauvre femme avait pu concevoir le moindre doute sur l'authenticité du miracle qui lui avait dicté sa conduite, ou le plus léger remords de cette conduite tellement extra-

vagante pour elle, ou même un vague sentiment
d'inquiétude touchant les conséquences en germe
dans une pareille action grosse de tant de périls
redoutables, comme alors tout cela, inquiétude,
remords, doute, eût fondu soudain aux chaudes
étreintes de Flamboche attendri, ravi, exalté,
s'exaltant, lui prenant les mains, la pressant
entre les bras, la remerciant d'avoir eu foi en lui,
et ne se lassant pas de lui répéter :

— Que c'est bien, maman Naïde, que c'est
bien d'avoir ainsi compté sur moi ! Que j'en suis
heureux ! Quelle joie je vais avoir à m'en montrer digne ! Je ne suis donc plus un enfant ! Me
voilà un homme. Vous me traitez en homme.
Je puis être bon à quelque chose, être un ami
qui aide ses amis, qui leur prouve vraiment son
affection ! Que c'est bien d'avoir cru cela, de
n'avoir pas hésité à le croire ! Car vous n'avez
pas hésité, n'est-ce pas ? Tout de suite, vous avez
pensé à moi, vous n'avez pensé qu'à moi, tout de
suite, vous, chère maman Naïde. Ah ! que c'est
bien, que c'est bien !

Et un noble orgueil l'enivrait. A lui non plus
ne venait aucune inquiétude, aucun remords,
aucun doute, ni des mobiles qui avaient poussé
Aménaïde, ni de l'action où elle l'engageait, ni
des suites que pouvait avoir, pour elle, pour lui,
pour Chugnard aussi peut-être (est-ce qu'il sa-

vait?) cet illégal emprunt contracté par un mineur, aux mains d'un usurier, au moyen d'une
opération vraisemblablement frauduleuse, en tous
cas mystérieuse, et demandant réflexion, et devant suggérer au moins l'idée de certaines précautions à prendre. Est-ce qu'il avait le temps
de réfléchir? Est-ce qu'il avait la tête à autre
chose qu'à l'urgence de sauver ses amis ? C'est
toute sa fortune qu'il eût sacrifiée en ce moment,
et sans regret, à la joie de leur être utile, à la
fière gratitude de la foi qu'Aménaïde avait eue
en lui. Il fallut qu'elle le calmât, redevenue la
prudente Aménaïde, et craignant qu'une telle
folie de dévouement fût exploitée outre mesure
par le prêteur. Elle lui disait, le mettant d'avance
en garde :

— Faites bien attention, mon cher enfant, que
vous allez avoir à traiter avec des gens d'affaires,
avec des finauds, et qu'ils tireront de leur complaisance le plus de bénéfice qu'ils pourront, à
votre détriment.

— Ils auront raison, répondait-il. Mais ça
m'est égal.

— Je ne veux pas, reprenait-elle, que ça vous
soit égal. Il faut vous défendre, tenir tête, ne pas
non plus vous laisser gruger. Je me le repro-
cherais, si vous alliez trop loin. C'est pour nous,
c'est pour moi, que vous allez grever votre avenir,

en somme. J'ai le droit d'exiger que vous soyez
sage. Il ne s'agit pas de faire le cerveau brûlé.
Oui, je vous traite en homme. Mais alors, con-
duisez-vous en homme. Je vous en supplie. Au
besoin je vous l'ordonne. Vous me devez d'être
raisonnable.

Pour la contenter, et sensible, d'ailleurs, à des
arguments de ce genre, il lui promit de ne pas,
en effet, se montrer enfant, de discuter les conditions pied à pied, puisqu'elle y tenait. Il fit
même cette promesse sincèrement, y prenant
une fière conscience de sa virilité, à quoi on
en appelait.

Son exaltation, au reste, eut le loisir de se re-
froidir un peu, en attendant l'heure du soir, si
longue à venir, où il devait se rendre chez le
commissionnaire en marchandises. Cette exaltation, il fallut bien aussi l'éteindre pour que
Chugnard ne s'en aperçût pas. Et néanmoins,
quand il sortit, après le dîner, avec Aménaïde,
sous prétexte d'aller au théâtre, il était encore
tout en fièvre. Et il l'était de plus en plus, repris
par son exaltation entière, quand il laissa, devant
la maison de l'usurier, Aménaïde en voiture, et
qu'il monta seul chez l'ennemi. Et, malgré
toutes ses belles promesses de lutte pied à pied
contre cet ennemi, il ne pensa plus, une fois en
face du Belge, qu'à en finir le plus vite possible,

10

qu'à conquérir tout de suite les trente mille francs nécessaires au salut des êtres aimés ; et l'ardeur imprudente et pressée qu'il y apportait le livra naturellement sans défense, pauvre petite mouche folle d'enthousiasme, à la forte et calme araignée qui n'avait jamais trouvé de plus facile proie. Et c'est dans toute son exaltation épanouie, dans une joie d'extase, lui aussi, à son tour, qu'il redescendit auprès d'Aménaïde, et lui mit entre les mains les trente billets de mille francs, en l'embrassant à pleines joues, sur ses grosses joues tremblantes et molles, qu'il mouilla de tendres larmes.

— Et, demanda-t-elle avec angoisses, c'est à des conditions raisonnables, j'espère ?

— Mais oui, mais oui, répondit-il gaîment, très raisonnables, maman Naïde.

— A quel taux, mon cher enfant ? Vraiment à cinq? Pas davantage?

— Non, pas davantage.

Il ne savait même pas ce qu'elle entendait par là. Elle insista, méfiante et maternelle :

— Il faut tout me raconter. A cinq seulement. ce n'est pas possible. Alors il doit y avoir une forte majoration, comme ils disent. De combien, voyons, de combien?

Il éclata de rire et répondit :

— Ça, c'est mon affaire. Je suis un homme,

n'est-ce pas? On ne tire pas les vers du nez à un homme.

D'un air important, qu'il prit ainsi à dessein, et dont il sentait un peu le comique, il répéta :

— Je suis un homme, un vrai. Je fais ce que je veux et je dis ce que je veux. Voilà qui est compris, hein?

Et il donna au cocher l'adresse d'un théâtre, puis parla aussitôt de la pièce nouvelle qu'ils allaient voir, et refusa énergiquement de parler d'autre chose.

Il avait signé aux mains du Belge, en échange de ces trente billets de mille, des reconnais-sances avec dates en blanc, dates des prêts et des échéances, et en blanc aussi le nom du prêteur ; et ces reconnaissances étaient valables, sans compter les intérêts (à cinq, en effet, pas davan-tage), pour une somme totale de cent cinquante mille francs.

Quelles que fussent et son insouciance de l'ar-gent et son ignorance des affaires, il n'était pas tout de même sans soupçonner ce qu'il y avait d'exorbitant à de pareilles conditions et les dangers possibles de ces reconnaissances illégales libellées en blanc. N'en pas instruire Aménaïde, rien de plus facile! Ce qui l'inquiétait, la seule chose qui l'inquiétât, c'était d'en garder le secret contre la clairvoyance expérimentée de Chugnard.

Il craignait, en lui avouant l'origine de ces trente
mille francs, que le vieux routier n'en devinât
le prix et que sa délicate amitié, prise de scrupules, eût honte d'accepter un tel sacrifice. Pour
lui épargner cette honte, et pour qu'il ne pût pas
ne pas consentir au service rendu, Flamboche
résolut de le tromper et de mentir. Il inventa une
histoire, assez invraisemblable, d'ailleurs, mais
dont pourtant il fut très fier, d'autant plus que la
romanesque Aménaïde, mise dans la confidence,
l'y encouragea par un :

— Superbe ! Superbe ! C'est encore là une inspiration du ciel.

Il s'agissait de conter à Chugnard que, pendant son absence, un homme inconnu, parlant
avec un accent anglais, était venu à l'institution
demander Flamboche, l'avait méticuleusement
interrogé pour avoir bien la preuve qu'il était le
fils de Jacques de Miérindel, et, cette preuve une
fois donnée, avait dit :

— Votre père m'a jadis, à Cap-town, sauvé
l'honneur et la vie par une avance de fonds faite
sur parole. La fortune, depuis, m'a favorisé. Je
suis en mesure aujourd'hui de restituer ces fonds,
et d'y joindre, comme de juste, la part de béné-
fices à laquelle ils ont droit dans les résultats de
mes entreprises. Voici le montant de ces fonds
et de leur produit.

Après quoi, l'homme avait déposé un portefeuille et s'était retiré aussitôt, sans même laisser
son nom.

Pour donner à l'histoire les apparences de la
vérité, Flamboche, très amusé de son imagination,
acheta un portefeuille, en effet, et le garnit de
bank-notes, qu'Aménaïde eut à se procurer au
guichet d'un changeur, contre les trente billets
de mille francs.

Elle, aussi enfant que lui, était en admiration
de ce subterfuge. Tous deux en avaient la joie
de se croire très habiles. Elle y joignait la dévote
certitude d'une miraculeuse intervention, et ne
cessait de répéter :

— C'est fou, sans doute, c'est fou ; et c'est un
mensonge, bien sûr. Mais c'est une belle folie,
c'est un pieux mensonge. Et le ciel en personne,
encore une fois, le ciel en personne vous inspire,
mon cher enfant, ainsi qu'il m'a inspirée. Sans
quoi, en vérité, comment serions-nous, vous et
moi, vous, un enfant (un homme, oui, un petit
homme, et débrouillard, mais un enfant tout de
même, presque un enfant encore) et moi donc,
une pauvre grosse bêtasse en somme, comment
serions-nous si forts et si malins ?

Et certes ils le furent, forts et malins ; car
ils trompèrent Chignard, en effet, et à miracle,
il faut l'avouer.

Malheureusement, hélas ! Et il eût bien mieux valu que le ciel ne leur suggérât pas tant de malice.

Instruit de l'*opération*, Chugnard eût pu tout de suite, sinon en faire réduire les conditions à celles d'un emprunt régulier et licite, au moins y exiger des modifications qui en eussent atténué le péril. Il n'eût pas toléré, par exemple, le laissé en blanc pour la date des échéances, ce qui permettait au prêteur de se constituer, avec le capital des trente mille francs versés, une rente de sept mille cinq cents francs pouvant durer toute sa vie, si tel était son bon plaisir. Il eût aussi et plus énergiquement encore, refusé l'anonymat du prêt, y flairant pour plus tard le piège possible de quelque terrible chantage, sûrement exercé contre la personne au nom de laquelle on avait la faculté de souscrire ces frauduleuses et punissables reconnaissances, en cas d'accident. Sachant par expérience de quoi le Belge était capable, il eût tout fait pour empêcher qu'on lui restât de la sorte, pieds et poings liés, entre les griffes. Et il y eût réussi. En lui tenant sous la gorge, comme un pistolet, l'audacieuse menace d'une révélation immédiate à M. de Miérindel, nul doute qu'il eût obtenu les corrections nécessaires, la date des échéances à la volonté de l'emprunteur, ou fixée formellement à son choix, et, par dessus tout, un nom de prêteur, un nom authentique et connu, bref, ce qu'il avait prudemment stipulé pour les effets de Lautarescù, et ce qui est de stricte équité en ces peu équitables affaires, c'est-à-dire les risques de l'usure au compte de l'usurier et la responsabilité de la fraude endossée par le fraudeur.

Mais Chugnard ne fut instruit de rien, ne se douta même de rien. Fût-ce pour avoir l'ombre d'un soupçon propre à le mettre sur la piste de la vérité, il était bien trop loin de supposer la simple Aménaïde en état d'exécuter, ou seulement de rêver, l'action extraordinaire et compliquée qu'elle avait commise, et bien trop loin aussi (presque plus loin encore) d'imaginer Flamboche, si droit, si franc, si fier, lui disant un mensonge.

Le mensonge, le pieux mensonge, eut donc tout son effet. Et même, moins l'histoire était vraisemblable, mieux il y crut. Ce qu'elle avait de chimérique, au lieu d'éveiller sa méfiance, lui fut une raison d'y ajouter foi. Une sale âme comme un Laffouace n'eût pas admis la réalité de cet étrange débiteur venant, par reconnaissance envers le père et par probité, s'acquitter envers le fils, et d'une dette sur parole. Chugnard, lui, qui connaissait au jeu ce genre de dettes, et qui jamais n'y avait failli, ni même

n'avait eu l'idée d'y faillir, trouva toute naturelle
la conduite de l'étranger. Il en goûta aussi les
façons bizarres, mystérieuses, ce soin de ne
laisser point son adresse et de garder secret jusqu'à son nom.

— Tiens, fit-il, c'est très chic, ça, très amusant.
Un bel acte d'aventurier !

Il pensait qu'à la place de cet homme, lui-
même eût aimé agir ainsi, et sans doute l'eût
fait. Et cela lui rendit toute facile, et joyeuse,
l'acceptation des trente mille francs offerts de si
bon cœur par Flamboche, et qu'il reçut d'un
cœur pareil.

— Je sais par maman Naïde, dit Flamboche,
que vous êtes embarrassé dans vos affaires,
depuis quelque temps. Voilà de l'argent que le
hasard me rapporte. Le meilleur usage que j'en
puisse faire, c'est celui que mon père en a fait :
aider un ami. Prenez-le donc, comme l'a pris
l'Anglais, sur parole.

— Ça va, je le prends, et tout bêtement,
répondit Chugnard.

En ce moment, Flamboche eut un peu honte
d'avoir menti, et surtout de mêler à ce mensonge, si pieux qu'il fût, la mémoire de son père.
Mais la chose était maintenant en trop bon chemin pour qu'il pût reculer. Puis, devant la foi si
complète de Chugnard, il se sentait lui-même

comme pris à son histoire. C'est tout juste s'il
n'y croyait pas. Il eût voulu qu'elle fût réelle.
Elle méritait tant de l'être ! A force de le vouloir, il lui semblait presque en créer la réalité.
Et, sincèrement, il n'avait pas conscience de n'y
être point sincère. Son émotion, en tout cas, pas
plus que celle de Chugnard, n'était feinte ni
fausse. Et tous deux, sans un mot, se donnèrent
une poignée de mains où toute leur loyauté parlait, quoique la cause de l'étreinte fût imaginaire,
une poignée de mains qui ne mentait pas, elle,
franche et simple et quasi rude, une poignée de
mains d'homme à homme.

— Je suis sûr, pensa Flamboche en la donnant,
que si mon père était là, il ne me reprocherait
pas d'avoir menti et d'avoir fait servir son nom
à ce mensonge.

Et Chugnard, de son côté, se disait :

— Quelle droite, et bonne, et belle nature on
sent à plein dans cette étreinte ! En voilà un qui
ne ment jamais !

Et Chugnard avait raison, malgré le mensonge.
L'eût-il connu, qu'il ne se fût pas dédit, et qu'il
aurait eu raison encore !

Quant à l'honnête et dévote Aménaïde, après
l'absolu succès de ses manœuvres, si singulières
qu'en eussent été les voies, et d'autant plus,
même, que ces voies avaient été plus singulières,

elle demeura fermement convaincue d'avoir agi
sur l'ordre précis et avec le miraculeux concours
du ciel en personne, ainsi qu'elle disait ; et ce lui
fut, le soir, un nouveau régal de délicieuse
effusion mystique, à en remercier la Providence
et la chère sainte qui avait intercédé pour eux,
et à s'extasier en jaculatoires et visionnaires
oraisons devant le paysage funèbre, où la pauvre
petite colombe de cheveux morts et roux lui ap-
parut comme un grand saint Esprit triomphant,
vivant, et tout en or.

Chugnard la surprit dans cette posture d'extase,
et ne songea pas à en rire, même quand elle lui dit :

— C'est à ma bonne mère, vois-tu, que nous
devons notre salut. Je l'ai priée ! Elle m'a entendue et elle nous a porté secours. Et tu le recon-
naîtrais toi-même, monsieur Chugnard, si tu
n'étais pas un vilain *squeptique*.

Elle prononçait ce mot de la sorte, à l'ordinaire hilarité de Chugnard. Mais il n'en fut pas
hilare cette fois. Il admettait et respectait en ce
moment la superstition d'Aménaïde, se sentant
superstitieux aussi, à sa façon, lui que hantait
cette idée :

— La veine me revient, parbleu, parce que je
me suis débarrassé de Laffouace le sale porte-
guigne, qui contrariait l'effet de Flamboche le
fétiche.

Car pour un peu en ce moment, il se l'avouait sans fausse honte, si seulement son Dieu le Hasard s'était soudain manifesté à ses yeux sous les espèces symboliques et victorieuses de deux cartes formant un neuf, et tenues en main par Flamboche, il lui eût adressé des actions de grâces, et n'y eût pas éprouvé sans doute une reconnaissance moins sincère et moins dévote que celle d'Aménaïde aux reliques capillaires d'Idalie Bance.

Sa religion du jeu et sa foi aux cartes, qui depuis quelque temps, on s'en souvient, s'étaient assez amorties, furent même, par cet inopiné retour de la veine, tellement ravivées, qu'il lui fallut se défendre de toutes ses forces contre cette autre idée, immédiatement née de la première et qui le hantait plus encore, le possédait, l'affolait presque par instants :

— Si je profitais de la veine revenue! Si je l'employais à jouer, ce capital, miraculeusement envoyé par le hasard et comme béni par lui? N'est-ce pas la masse vraie, sérieuse, heureuse, grosse de chances, que j'ai si longtemps souhaitée pour le développement complet de ma martingale?

En quoi, au reste, il se dupait lui-même. Car il savait bien, pour en avoir tant de fois fait et refait le calcul, que trente mille francs ne suffi-

saient pas aux évolutions compliquées de sa
martingale, que plusieurs centaines de mille
francs y étaient nécessaires comme mise de fonds
assurant contre tous les risques, et que ses essais
avaient toujours avorté par sa hâte à partir en
campagne avec des munitions toujours trop
faibles. N'avoir que trente mille francs pour
ouvrir la longue et dangereuse série de ses combinaisons, c'était tabler, il ne l'ignorait pas, sur
un début en marche foudroyante. Et depuis
longtemps il avait renoncé à de si téméraires
espoirs. Mais aujourd'hui, dans cette absolue
certitude de la veine revenue, dans l'ivresse de
sa vieille passion ressuscitée par l'étrange bien-
faisance du Hasard, quelle tentation s'offrait,
d'espérer encore, de prendre en quelque sorte le
Hasard au mot, de répondre oui à son invite si
manifeste, d'essayer une dernière fois et de jouer
un suprême va-tout sous d'aussi merveilleux
auspices !

Une seule mais puissante pensée l'empêchait
de céder tout de suite à cette tentation : la
crainte de ne pas être approuvé par Flamboche.
Pour rien au monde il n'eût consenti à faire la
chose sans lui en parler auparavant. En un cas
pareil, oui, jadis, naguère, sans remords, sans
scrupule, il eût agi de la sorte. Il sentait qu'à
présent cela lui était devenu impossible. Il ne

cherchait pas à comprendre pourquoi ; mais il
en était sûr, et inébranlablement.

— Ah ! songeait-il, quel malheur que Flamboche, de lui-même, comme l'autre jour Aménaïde
à propos du chèque, ne me conseille point d'aller
là-bas !

Et il disait « là-bas », n'osant prononcer en
cet instant le mot qu'il savait être en horreur au
jeune homme. Et encore bien moins osait-il,
quoiqu'il en eût au fond une fièvreuse envie,
lui demander :

— Voulez-vous qu'avec ces trente mille francs,
avec cette aubaine et cette complicité du hasard,
je gagne la fortune que je peux, que je dois
gagner, indubitablement ?

Et la tentation était si violente, qu'après une
nuit de lutte, d'angoisses, il n'y tint plus, et se
leva décidé à poser la question, quitte à encourir
le mépris probable, ou plutôt certain, de Flamboche. Honteux et gêné, mais poussé malgré
tout par son vice en recrudescence, plus fort que
sa raison, plus fort que son cœur même, il avait
déjà la phrase aux lèvres, prête à jaillir, quand
Aménaïde soudain l'apostropha de cette perspicace remarque :

— Tiens, comme c'est drôle, monsieur Chugnard, tu as aujourd'hui ta mauvaise mine des
matins où tu rentrais du tripot. Tu as dû rêver

17

que tu jouais. Allons, c'est ça, je parie que c'est ça! Avoue-le.

— Est-ce que tu es folle? répondit-il en se troublant.

Mais Flamboche avait vu ce trouble. Plus perspicace encore qu'Aménaïde, il en devina la cause, et comprit que Chugnard était sous le coup d'une rechute de son vice, grâce à la possession des trente mille francs. Il le regarda bien en face et dit :

— Vous avez raison de vous défendre, mon père Chugnard, contre une supposition pareille. Jouer avec cet argent-là, même en rêve, ce serait d'un jean-foutre.

La leçon était dure. Chugnard la reçut comme un bienfait. Sa rare petite larme des bons jours lui monta aux yeux. Il serra la main de Flamboche, en un beau geste de muet remerciement. Il se sentait armé contre la tentation désormais, et sûr de la vaincre. Et tout de suite il en donna la preuve dans cette brave confession et cette sincère promesse :

— Sans vous, mon cher ami, je l'aurais été, ce jean-foutre. Mais soyez tranquille! Avec vous, par vous et pour vous, je ne le serai pas, je ne le suis pas.

Puis, comme en un besoin de détente après avoir été si grave et presque solennel, il se tourna

vers Aménaïde et lui dit brusquement sur un
ton de vulgaire rigolo :

— Ne fais donc pas tes yeux en yeux sur le
plat, ma pauvre grosse! Tu te demandes ce que
tout cela signifie, n'est-ce pas? Eh bien, cela
signifie que tu es bigame, voilà tout. Tu étais
déjà l'épouse d'un Chugnard. Tu deviens l'épouse
d'un autre Chugnard. Et ce nouveau Chugnard
est le fils de Flamboche, conçois-tu? Non? Tu
ne conçois pas? Tant pis! Tu te rendras compte
plus tard. Papa t'expliquera le mystère. Oui,
papa, mon papa Flamboche. Dieu! que tu es
bugne! Mais assez! Donne-moi l'argent, que
j'aille payer nos dettes et arranger nos affaires.
Tu as un mari qui veut faire pleurer de joie ses
créanciers, et toi itou. Ça te change, hein? C'est
comme ça.

Et, l'argent en poche, tout à sa bonne humeur,
il embrassa Flamboche, avant de partir, avec des
tortillements de gosse, et lui cria, du seuil, en
prenant une voix de fausset enfantine :

— Dis à ma grosse femme que tu es content
de moi, mon petit papa.

C'était ridicule, absurde, l'acte d'un pître, et
presque d'un aliéné. Mais Aménaïde et Flamboche sentaient fort bien tout ce qu'il y avait de
bon, de doux, de tendre, de profondément ému,
quoique si bizarrement manifesté, sous ces

extravagantes et même niaises pantalonnades. Ce
qu'ils sentaient avec tant de vivacité, d'ailleurs,
ils ne l'exprimèrent point ; car ils n'étaient ni
l'un ni l'autre experts en l'analyse d'eux-mêmes.
Le regard qu'ils échangèrent leur tint lieu de
confidence. Sans parler autrement, ils virent à
plein combien ils aimaient tous deux ce diable
d'homme, et combien ils le jugeaient digne
d'être aimé. En connaître le pourquoi et le
comment ne leur était pas nécessaire ; et leur
affection ni leur estime n'eût gagné grand'chose
à savoir, par exemple, et à formuler, que Chugnard était aimable et estimable parce qu'il était
précisément le contraire des gens qui, voulant
faire l'ange, font la bête.

Les affaires de la maison mises en ordre (et
comme elles ne l'avaient jamais été depuis longtemps), le présent tranquille, l'avenir serein, le
cauchemar de Laffouace écarté de l'horizon jusqu'au retour des vacances, la joie d'avoir vail-
lamment et victorieusement tenu tête à la tentation dernière, la conscience de pouvoir devenir,
chaque jour davantage, un brave homme, et
cher à de braves êtres qu'il chérissait tant, tout
concourait désormais à la parfaite félicité de
Chugnard. Il en arrivait à se dire, sans se
moquer de lui-même malgré la forme moqueuse
de sa phrase :

— Peut-être que j'avais fait fausse route, que j'ignorais ma vocation véritable, que j'étais né pour le prix Montyon !

Il allait même plus loin, dans sa griserie vertueuse, et jusqu'à chercher volontiers chez les autres un peu de la vertu qu'il constatait si délicieusement en lui. Il se demandait s'il n'avait pas eu tort de toujours considérer les gens, au premier contact, comme de mauvaises gens, s'il ne leur avait pas bien des fois prêté gratuitement de vilaines intentions. Ainsi, était-il absolument sûr que le baron et Gisette *nourrissaient*, à l'égard de Flamboche, les *noirs desseins* dont il les avait soupçonnés ? Le poncif même de cette expression « *nourrir de noirs desseins* », en lui paraissant grotesque, lui semblait rendre grotesques ses soupçons eux-mêmes. Il se plaisantait d'y avoir cru si fort. Cela l'encourageait à en douter. Même Laffouace, il se reprochait de l'avoir imaginé trop coquin, trop terrible. Ne l'avait-il pas, ce pseudo-Sorel, bien aisément maté, avec des moyens de comédie, presque ? En somme, le monde n'était pas si malfaisant, si féroce, si consciemment scélérat, qu'on le supposait, et qu'il avait eu la sottise, lui surtout, de se le figurer ! Aigri par tant d'entreprises ratées, enfiévré par sa constante déveine, enfiellé par d'injustes défaites, désespéré par l'irréalisable

.17.

chimère de sa martingale, condamné par sa
vie d'expédients à ne fréquenter guère que de
pauvres diables vivant d'expédients aussi, il
avait pris là cette philosophie amère, ce pessi-
misme qui lui montrait tout sous des couleurs
laides et troubles. Mais ce n'avait été là, sans
doute, qu'une maladive et triste illusion d'opti-
que. Aujourd'hui, tout lui semblait d'une teinte
plus claire, plus propre. Il s'en expliqua joyeusement à Flamboche ; et, comme avec Chugnard
le mot pour rire ne perdait jamais ses droits,
voulant traduire ce qu'il pensait avoir éprouvé
naguère et ce qu'il éprouvait à présent, il le fit
par cette cascade de calembredaines :

— Depuis que je ne suis plus rosse, je vois
rose. C'est peut-être fou ; mais je m'en fous. Au
moins c'est gai. Tandis que c'était sinistre, oh !
oui, bougrement sinistre, de toujours tout voir à
travers ma bile, ma sale bile. Sans compter que
c'est peut-être quand je voyais tout à travers ma
bile, que j'étais maboul.

— Je crois que vous êtes dans le vrai, lui répondit Flamboche. Mon peu d'expérience de la
vie ne m'autorise guère à vous parler de la sorte,
et vous pouvez trouver que je le fais *de chic*. Mais
j'ai, pour m'en tenir lieu, le souvenir de mon
père, qui avait passé par bien des traverses, qui
avait connu et pratiqué des gens de tout acabit,

et qui me disait toujours qu'à trop considerer les
hommes comme des mufles on finit par s'encourager à en être un. Il prétendait que, même si le
monde est composé de canailles, il vaut mieux
l'ignorer, pour ne pas chercher là une excuse
facile aux canailleries qu'on a envie de commettre. Et il concluait qu'en tout cas le plus crâne
moyen de manifester son mépris aux méprisables,
c'était de n'avoir jamais à se mépriser soi-même.
Il m'a répété ces choses-là si souvent et si fortement, que je les sais à la façon d'un catéchisme;
et je les répète à mon tour, vous le voyez, en
formules nettes et assurées, faites pour étonner
chez un gamin tel que moi. Mais ce n'est pas moi
qui parle, c'est lui.

— Et il parle bien, répliqua Chugnard, et
voilà pourquoi je n'ai pas de honte, avec ma
barbe grise, à me laisser faire de la morale par
vous, mon cher blanc-bec.

Plus d'une fois déjà, depuis quelque temps,
Flamboche avait dit à Chugnard de ces graves
paroles. Il lui était doux de les sentir fructifier.
C'était une douceur aussi pour le vieux routier,
de rajeunir son cœur à cette philosophie nouvelle, si brave et si fière, qui le rehaussait en sa
propre estime. Et tous deux s'aimaient avec une
plus réfléchie et une plus profonde tendresse,
au sortir de ces étranges leçons, où les rôles s'in-

tervertissaient sans que l'écolier devenu professeur en tirât vanité, ni que le maître fût humilié
d'être traité en élève.

— Très certainement, disait volontiers Chugnard, on apprend beaucoup mieux avec le cœur
qu'avec la tête. Et peut-être est-ce de là, en
somme, on ne s'en doute pas, que vient l'expression : savoir par cœur.

C'est à la mer, surtout, pendant la première
quinzaine de leurs belles vacances, si ardemment
souhaitées par Chugnard, et dont la réalité
comblait et dépassait tous ses rêves de paradis,
c'est au cours de leurs longues promenades en
tête-à-tête, dans le calme et la solitude; que cet
enseignement du jeune homme au barbon fut le
plus efficace et le plus pénétrant. Sans beaucoup
de paroles, au reste, sans ajouter grand'chose aux
trois ou quatre formules si brèves et tout à la
fois si substantielles de ce que Flamboche appelait son catéchisme. Mais, dites ici, ces phrases
y avaient encore plus d'énergie et plus de suc.
L'adolescent à l'air de petit sauvage, le fils
d'aventurier au sang tumultueux, était autrement
près de la nature que ce vieux Parisien qui
n'avait jamais quitté Paris; et ses paroles, dans
cette nature, prenaient une éloquence singulière. Même, il n'avait presque pas besoin de
paroles. La simple, vaillante, bien portante philo-

sophie que lui avait donnée son père, et qu'il
donnait à son tour, elle n'avait que faire de s'exprimer en discours théoriques. Il la pratiquait et
l'illuminait, rien qu'en étant. Elle fleurissait en
lui et de lui, dans ses actes, dans ses allures, dans
sa mine, dans sa joie, dans sa seule façon de respirer à larges poumons grands ouverts l'âpre
vent marin, qui semblait, comme autrefois
Jacques de Miérindel, souffler la fierté, l'audace,
l'en-avant, et vous faire redresser la tête, bomber
le torse, tendre les muscles, tendre la volonté,
en disant, lui aussi :

—Haut le front ! Tiens-toi droit ! Marche droit !
Sois brave ! Sois fort et sens ta force ! Sois un
homme ! Poitrine !

Le souvenir de Jacques de Miérindel était,
d'ailleurs, autour d'eux partout, et effectivement,
dans cet humble village breton, que Flamboche
avait choisi exprès pour leurs belles vacances,
parce qu'il y était jadis venu avec son père. Une
vingtaine de jours, alors, pas plus, et presque
en pauvres gens ; car Jacques de Miérindel, à
cette époque-là, traversait une de ses mauvaises
passes. Tout de même, l'enfant étant, lui aussi,
dans une mauvaise passe, de santé chétive, de
corps anémié, le père avait voulu, malgré ses
maigres ressources, amener le petit malade à
la grande guérisseuse. Pour y loger chez des

pêcheurs, y partager leur ordinaire de gueux,
sans doute! Mais près d'elle, la vieille nourrice à
l'haleine pure, aux baisers en coups de fouet, au
lait amer, tonique, vivifiant, qu'on boit par tous
les pores de la peau, et dont les rudes effluves de
sel et d'iode se tamisent si doucement, pour les
souffreteux, à travers les balsamiques senteurs
de la lande. Et l'enfant malingre avait été, en
effet, guéri par la bonne aïeule. Et de ce si court
et si peu luxueux séjour en pauvre petit parmi
de pauvres gens, c'est une radieuse image qui lui
était restée dans la mémoire, une image toute de
joie et de beauté.

Elle n'avait rien perdu de sa magie, cette image,
à être remise en face de la réalité qu'elle auréolait. Elle s'y fût, au contraire, si elle en avait
eu besoin, ranimée en fraîcheur et vigueur, à la
façon des cristaux dont l'ancienne figure émous-
sée se précise de nouveau en les retrempant dans
leur eau mère. Le paysage, les choses, les êtres,
n'avaient point changé. Les hôtes de jadis étaient
toujours là, dans leur maisonnette. Ils n'avaient
pas oublié le petit Parisien et son papa, les seuls
Franciots qu'ils eussent jamais vus, dans ce pays
où ne venait personne, à dix lieues de la plus
prochaine station du chemin de fer. Il leur semblait que ces temps-là, c'était l'autre jour, tout
naguère, tant leur vie, depuis lors, s'était écoulée

uniforme, de lendemains en lendemains incessamment pareils. Et Flamboche aussi, malgré
son existence bien différente et si variée déjà, eut
la sensation de retrouver des lieux et des gens
quittés hier.

Il avait repris pour lui la chambre qu'il habi-
tait avec son père autrefois. L'unique couchette,
dans laquelle ils avaient dormi ensemble, n'avait
plus été occupée pendant les six années dernières.
Les pauvres gens, alléchés par l'espoir de quelque
locataire nouveau (qui ne s'était pas présenté),
l'avaient conservée toujours toute *parée* à cet
effet, ainsi que la chambre entière, d'ailleurs, à
laquelle ils n'avaient rien modifié, puisque ces
messieurs de Paris l'avaient jugée si convenable
comme elle était, et assez richement *gréyée* pour
s'en déclarer satisfaits et *ben-aises*. Aussi Flamboche y reconnut-il tous les objets, aux mêmes
places : l'antique grande chaise à bras où son
père s'asseyait, le soir, pour lire ce qu'il appelait
son bréviaire (c'était le livre sur les *Avant-postes
de cavalerie légère*, par le général de Brack); le
lourd coffre en noyer, retourné cul par-dessus
tête afin de leur faire une table à toilette; la
haute cruche de grès qui leur servait de pot à
eau, et dont la capacité avait tant excité l'étonnement de leurs hôtes, à l'idée qu'il fallût une
telle provision quotidienne de liquide pour ne

laver que deux chrétiens; l'escabeau à trois pieds
sur lequel l'enfant devait, avant de se mettre au
lit, faire sa prière de soldat, comme disait M. de
Miérindel, l'ancien officier, ce qui signifiait plier
soigneusement ses habits en paquetage de four-
niment; les deux placards d'Épinal épinglés au
mur, et dont les personnages en couleurs crues,
ici le Juif-Errant et les bourgeois de Bruxelles,
là Damon et Henriette, paraissaient marcher dans
une pluie noire, à force d'avoir été criblés par les
chiures de mouches; le crucifix en cuivre avec
son bénitier en coquillages, surmontant le fron-
ton de l'alcôve; enfin jusqu'au gros clou rouillé,
fiché par M. de Miérindel à même le chambranle
du mitan de la fenêtre, et que les propriétaires
avaient respecté religieusement, sans en avoir
jamais compris l'usage, et que Flamboche regardait avec une sorte de respect religieux aussi,
tout en sachant, lui, pourquoi son père l'avait
planté, et que c'était simplement pour y suspen-
dre son miroir à barbe, son vieux petit miroir
de sous-lieutenant.

Cette chambre et une autre au premier étage,
mais cette autre fort exiguë et en manière d'appentis, composaient tout l'habitacle disponible,
en dehors de la grande salle du bas, celle où
flambait l'âtre, flanqué de deux vastes armoires
à couchettes. Il avait bien fallu s'en contenter

et s'arranger comme on pouvait. Les hôtes
s'étaient relégués dans l'appentis, très enchantés
de la combinaison, au reste ; car on ne marchan-
dait pas sur le prix pour les dédommager de
l'embarras ; on leur avait donné le double de ce
qu'ils demandaient, et à ce compte-là ils eussent
volontiers logé dans la soute à cochons. C'est
Chugnard et Aménaïde qui les avaient remplacés
comme occupants des lits-armoires. Chugnard
ne s'en plaignait point. Aménaïde regrettait bien
un peu sa chambre de jeune fille. Mais qu'y
faire ? Il n'y avait rien de plus sortable dans le
pays. Et puis, le cher Flamboche se trouvait si
heureux d'être précisément ici, et non ailleurs !
Et tous, par conséquent, devaient s'estimer
heureux ! Et tous, en fait, l'étaient.

— Bien sûr, disait parfois Aménaïde, ce n'est
pas absolument le paradis confortable dont tu me
parlais, monsieur Chugnard, et que nous pour-
rions avoir avec les ressources mises à notre
disposition ; mais enfin, je l'avoue, c'est le
paradis quand même.

— Comment ne le serait-ce pas ? répondit gai-
ment Chugnard, un jour qu'il était en humeur
de rire. Tu ne connais donc pas ta géographie ?
Voyons, toi, la fille de monsieur Bance ?

— Que veux-tu dire par là ? fit-elle.

— Je veux dire, répliqua-t-il d'un air sérieux,

. 18

que le nom seul du pays en est un garant, de
notre présence au paradis. Est-ce que tu ne le
sais pas, ce nom?

— Si fait! répondit-elle. Je le sais. Un drôle
de nom, au reste! Langaznaëc. Mais j'ignore ce
qu'il signifie.

Très gravement il conclut :

— Eh bien! apprends-le, ma grosse, et ne
l'oublie pas. Langaznaëc, vois-tu, ça signifie :
loin des mufles.

On en était loin, en effet, dans ce coin perdu
et sauvage, presque désert. Car le village ne
comptait en tout que trente foyers et une centaines d'âmes. Et encore ces âmes étaient-elles
bien désignées par ce vocable. Des êtres à peine
visibles, quasiment irréels, tant leur existence
était silencieuse. Des vieux et des vieilles, pour
la plupart, les gas étant en mer, qui au service,
qui à Terre-Neuve, qui faisant partie d'un équi-
page de pêche ou de plaisance dans quelque port
voisin. Avec ces vieux et ces vieilles, des filles
en attente d'un promis, des veuves à la coeffe
noire, et de la marmaille bretonne, peu bruyante,
aux lèvres serrées, aux yeux déjà tristes. Et tous,
non seulement les anciens et les veuves, mais
jusqu'à ces goussepains, jusqu'aux jeunesses
rêvant des noces prochaines, tous avec cet air
réservé, ces allures pensives qu'ils ont là-bas,

cet air de clercs, de clergeons, de nonnes, ces allures d'ombres sous un cloître.

Par les grèves, de rares et furtives apparitions, vite évanouies derrière un tournant de roc, ou se fondant au creux d'un herbier. C'est un chercheur de poinclos, une chasseuse de crevettes, une paire de gamins soulevant un gros galet pour dénicher de son trou un congre. Et la mer basse, d'ailleurs, se retire si loin, qu'il faut fixer longtemps le regard sur l'endroit où sont ces points mobiles, pour les distinguer. Et les rochers du bord enchevêtrent leurs couloirs en un si colossal labyrinthe, que les hommes y grouillant y semblent des poux de sable. Et ainsi ces quelques apparitions de vivants, au lieu que leur présence trouble la solitude, en rendent plus sensible la vaste majesté, où l'homme devient si peu de chose.

Plus intense encore cependant se condense et s'élargit tout à la fois cette sensation, sur l'ample plateau de la lande, nue et farouche, et comme soulevée en plein espace par les hautes assises du cap Fréhel. La tour du phare, debout à l'horizon, ne fait songer qu'incidemment à l'industrie humaine qui l'a dressée. Elle paraît plutôt un roc jailli des rocs qui la supportent. Elle ne s'anime, d'ailleurs, que la nuit, avec sa tournante et muette canonnade de lumière. Le jour, on n'y

devine pas d'habitants. Puis, elle est là-bas,
tout au bout de la lande. Pour peu qu'on s'arrête
en un creux du terrain, derrière un ajonc, on
cesse de la voir et on l'oublie. Et de même on
oublie tout, et non seulement l'homme, mais
jusqu'à la mer aussi, dont la voix s'atténue et
se confond dans la chanson plus prochaine que
bourdonnent les insectes, les herbes frôlées du
vent, le sol grésillant au soleil. Cette chanson
elle-même, assourdie, ronronnante et berceuse, on
finit, s'y habituant, par ne plus l'entendre. Elle
s'éteint, en l'indistinct murmure d'un rêve qui
s'assoupit. La conscience du monde extérieur
s'assoupit et s'éteint avec elle. On est plein de
l'immensité où l'on baigne. On perçoit, uniquement et absolument, le silence, la solitude ; et si
alors quelque lent goëland traverse le ciel vide.
il semble qu'il soit l'âme de cette solitude et
que son vol sans bruit ajoute encore du silence
à ce silence.

   Ah ! oui, comme on oubliait tout ici, et en particulier les hommes, leur bêtise, leur méchanceté !
Comme on y prenait un grand bain de force
douce, de bonté calme, de pur et sain mépris, de
souriante sérénité ! Et comme Chugnard, dans
sa gouaille à la verve grossière, avait bien trouvé
le nom qui convenait à ce paradis, en traduisant
Langaznaëc par Loin-des-mufles !

Il ne pouvait, toutefois, s'empêcher d'y penser, à ces mufles, ne fût-ce que pour se féliciter d'en être loin. Et il y pensait aussi pour se désoler d'être obligé bientôt à retourner parmi eux. Il se gardait, au reste, de laisser voir à Flamboche qu'il y pensait. Il se fût reproché de troubler par cette appréhension la joie parfaite du jeune homme, qui, lui se donnait tout entier, et sans souci de l'avenir, au bonheur présent. Le respect que Chugnard avait de cette joie parfaite fut même un insurmontable obstacle au projet qu'il avait formé depuis longtemps et dont il avait toujours retardé l'exécution, de s'expliquer à fond avec Flamboche touchant les probables desseins de M. de Miérindel. Il s'était promis de le faire ici, dans l'espoir que le tête-à-tête y serait propice. Et le tête-à-tête, précisément, au lieu d'en favoriser l'occasion, y répugnait. Dans cette atmosphère toute embaumée de noblesse et de grandeur, comment se résoudre à souffler ces révélations de vilenies, ces bas soupçons, en paroles puantes? Rien qu'à les sentir près de lui monter aux lèvres, Chugnard en avait la bouche amère, mauvaise, et soudain éprouvait le net et impérieux besoin d'aspirer une large bouffée d'air pour se rincer le cœur.

— Bah! se disait-il, plus tard, quand nous serons à Paris, hélas! j'en trouverai le moment.

18.

Il ne viendra que trop tôt. Ici, non ! Ce serait criminel, dégoûtant. Pouah !

Et il taisait, tâchant de se donner, lui aussi, tout entier à la félicité présente, et s'y excitant par cette singulière formule :

— Le vrai bonheur, c'est d'être heureux.

Mais il le connut de moins en moins, ce vrai bonheur, à mesure que s'écoulaient les jours ; et, dès le commencement du second mois, la jouissance de son beau paradis lui était déjà empoisonnée par les sales exhalaisons de l'enfer où il fallait rentrer dans si peu de temps. Il en fut regonflé de bile et de haine contre ce monde qui allait le reprendre. Il se défendit de l'indulgente opinion qu'il en avait pu concevoir naguère. Il s'en voulut d'avoir cru si aisément, parce qu'il devenait bon, à la bonté des autres. Il ne se réveilla que plus aigre et plus dur aux hommes, du rêve où il s'était trop amolli et trop adouci à leur endroit. Quand arriva la dernière semaine des vacances, il dit un soir à Flamboche :

— Tout compte fait, voyez-vous, la philosophie de votre père convient à des âmes comme la sienne et comme la vôtre. Pour moi, elle est impossible. J'ai l'âme à fond de bourbe. L'eau claire que vous y avez versée y restait claire ici, dans cette paix absolue. Là-bas, elle sera remuée, et la bourbe remontera.

— Vous vous calomniez, répondit le jeune homme. Ce que vous êtes réellement, c'est ce que vous êtes ici.

— A condition, répliqua Chugnard, de n'en pas bouger.

— Eh bien! reprit Flamboche, n'en bougez pas, moralement parlant. Emportez d'ici cette paix absolue que vous y avez trouvée. Qui vous force à remuer le fond de votre âme, s'il est, ce que je ne crois pas, tel que vous dites?

— Qui m'y force? Les mufles.

— Ne vous occupez pas d'eux.

— Ils s'occuperont de moi. Et ce jour-là, ayant à me protéger contre eux, j'emploierai fatalement les armes dont ils se servent, les seules que je connaisse, pour m'en être servi quand j'étais leur pareil.

Puis, le pauvre, tristement et rageusement tout ensemble:

— Ce n'est pas à mon âge, mon cher ami, ni après la vie qui m'a été imposée par ma faute et par celle des autres, qu'on peut changer sa constitution, pas plus la morale que la physique. Votre haut exemple, votre affection, cette sereine nature, ce grand air soufflant la santé, rien n'y fait. Il en va ici comme de certaines maladies invétérées et passées dans le sang. J'ai été ce que les médecins appellent *blanchi*. Mais guéri, non

pas, soyez-en sûr. Je le sens bien, allez ! Je suis
de ces mauvais estomacs gâtés où le vin le
meilleur, le lait le plus pur, finissent toujours par
tourner en fiel.

Et il ajouta, ne pouvant jamais retenir le jet
de blague qui terminait fatalement ses accès
gravité :

— C'est la vérité vraie que je vous dis là, vous
savez, tout en ayant l'air de faire de la rhétorique et de la *métaphoire*.

Il n'alla pas néanmoins, cette fois-ci encore,
jusqu'à l'extrême vérité, qui eût exigé de lui la
dure confession suivante :

— Aujourd'hui je vous aime sincèrement et
purement et sans aucune arrière-pensée d'intérêt; mais, quand j'ai commencé de vous aimer,
ce fut à mon insu, contre mon gré presque, et
pris au piège que je tendais à votre affection.
Vous m'avez conquis pendant que je cherchais à
vous conquérir. Et ce qui me poussait alors à le
faire, c'était un bas calcul des avantages que j'en
pouvais tirer plus tard, c'était une idée de vile
spéculation sur votre cœur où je ne voyais qu'un
futur coffre-fort, c'était ma sale passion du jeu,
rêvant de se préparer en vous le banquier nécessaire à mes revanches de martingalier. Ainsi,
même notre mutuelle affection, qui est si belle
et si noble, a une origine ignoble et laide. Et je

souille de la sorte tout ce que je touche. Je suis
prêt maintenant à vous témoigner cette affection
par le dévouement le plus complet, à vous
servir en âme damnée ; mais un tel dévouement,
c'est celui que j'avais promis à Gisette, ma bien-
laitrice, et que je lui devais ; et c'est contre vous,
loyalement, que j'aurais à la servir en âme
damnée, elle et votre oncle. Ils m'ont choisi,
payé, pour être cet instrument infâme. J'ai accepté
le marché. En y manquant, je les vole. J'ai beau
dire, et me dire, et en être sûr désormais, que
c'est à votre seule intention. Au début, c'était
à mon bénéfice uniquement. Quand je les ai
trahis, je ne songeais qu'à mon profit personnel.
Ma trahison n'avait pas même l'excuse d'un
scrupule honorable. J'étais un coquin trompant
des coquins, non par désir de bien faire, mais
par cupide égoïsme et avec la nette conscience
du mal commis et la criminelle jouissance de
le commettre. Vous le voyez donc, que je suis
leur pair en abomination, un mufle comme
eux, leur ancien complice, renégat à leur complot, et qu'ils ont le droit de me mépriser, et que
vous avez le devoir de me mépriser aussi, et que
je ne saurais éveiller vos soupçons contre eux
sans vous autoriser à en concevoir de semblables, et peut-être de pires, contre moi.

Même à ce prix, il aurait dû la risquer, la

dure confession. Il n'en eut pas le courage. Il
n'eut pas non plus la lâcheté, à laquelle il songea
un moment, de mentir sur son propre compte en
étant véridique sur le compte des autres. Il lui
eût semblé se rendre coupable, par là, d'une
félonie nouvelle, la plus vilaine de toutes, d'une
félonie envers Flamboche, dont il exploiterait
ainsi la chère affection prête à le croire en tout
sur parole. Au cas probable, et même inévitable,
où la vérité entière serait découverte un jour,
comment et de quel front expliquer alors cette
duplicité d'aujourd'hui, cette monstrueuse duplicité en pleine amitié confiante? Ne serait-ce pas, à
ce moment critique, pour l'ami trompé de la
sorte, convaincu peut-être d'avoir été trompé
sans cesse, ne serait-ce pas une légitime et indé-
fectible raison de ne plus ajouter foi désormais à
rien? Ah! mieux valait encore la dure confession, sans réticence aucune! Mais pour s'y
résoudre, à celle-là, il eût fallu que Chugnard
aimât moins Flamboche, n'éprouvât pas tant de
joie intime et forte à en être estimé comme il
l'était à présent ; et il eût fallu surtout que cette
vieille âme de joueur ne fût pas aussi essentiellement une âme de joueur, un hasardeux tablant
toujours et quand même sur quelque miraculeux
secours du hasard, et se complaisant ici, par
exemple, à des rêvasseries de ce genre :

— Qui sait! Avec de la veine!... Il ne faut
qu'un coup !.. Ainsi, le Miérindel viendrait à
mourir!

Et il en arrivait, songeant aux conséquences
de cette mort, à la souhaiter, à la vouloir. Et sa
conscience, si délicate tout à l'heure dans la discussion de la conduite à tenir envers Flamboche,
ne se troublait en rien devant la constatation
avouée d'un tel vouloir. Il ne se reprochait même
pas qu'elle n'en fût point troublée. Il se contentait de se dire, avec un sourire mauvais :

— Parbleu! j'en étais bien sûr, que je ne suis
pas du bois dont on fait les saints.

Et le fond de bourbe dont il avait parlé à
Flamboche, en phrases si tristes et si rageuses,
il le remuait lui-même à ce moment, non sans
une secrète délectation.

Y a-t-il, comme le prétendent les adeptes de
la magie noire, une faculté d'envoûtement dans
certains vouloirs énergiques et tenaces? Tout
squeptique qu'il fût (selon le dire d'Aménaïde),
Chugnard n'eût pas manqué d'y croire, et encore
moins eût-il hésité à profiter de cette mystérieuse
puissance, s'il eût pu savoir que, précisément
alors, M. de Miérindel était à deux doigts de
cette mort qu'il lui souhaitait. N'en ayant pas
connaissance, il est à présumer que Chugnard ne
déploya point, pour parfaire son œuvre de projec-

tion malfaisante, un vouloir suffisamment énergique et tenace. Même instruit du fait, peut-être
n'eût-il pas eu la continuité ni la cruelle tension
de haine nécessaires à l'envoûtement, car il
n'était haineux, en somme, que par boutade.
Enfin, au cas d'une étrange entreprise de cette
sorte, il eût trouvé avec qui lutter, sans grand
espoir de vaincre, non seulement en M. de
Miérindel très décidé à vivre, mais surtout en
Gisette, qui voulait que M. de Miérindel vécût, et
qui le voulait, elle, d'un vouloir plus qu'énergique
et plus que tenace, d'un vouloir éperdu et
féroce.

Au surplus, que Chugnard eût ou n'eût pas la
foi et la force qu'il fallait à cette lutte, il ne put
que se livrer là-dessus à de vaines hypothèses
rétrospectives. Il ne s'en fit pas faute, lorsqu'il
fut mis à même de les concevoir, en enrageant
d'ailleurs contre le sort qui ne lui avait pas
donné l'occasion de vérifier ces hypothèses par
une expérience active. C'était dans ses habitudes
de joueur, ces récriminations et ces réflexions
après coup, touchant telle ou telle marche
bonne à suivre sur des *parties* qu'il n'avait pas
eues *en main*. Mais cette fois-ci encore, comme
dans bien d'autres *banques* heureuses ratées par
lui pour cause d'absence, il ne lui fut permis
que de philosopher après coup et de martin-

galer en imagination. Quand il connut le danger
qu'avait couru M. de Miérindel, et qu'il se
demanda s'il n'y avait point coopéré par l'occulte
magie de son désir envoûteur, et surtout s'il
n'eût pas réussi à y coopérer davantage en insistant d'un désir plus impérieux, le temps était
passé de recourir à ces mystérieuses manœuvres.
Chimériques ou non, elles ne risquaient d'être
efficaces, en tout cas, qu'à un moment précis.
Or ce moment n'était plus qu'un souvenir. Présentement, M. de Miérindel était hors d'atteintes,
sauvé par Gisette dont le vouloir éperdu et féroce
avait triomphé.

C'est ce que Chugnard et Flamboche apprirent
trois semaines après leur rentrée à Paris, et le
tout ensemble, la maladie, le danger de mort,
la guérison, et même que cette guérison était due
aux soins admirables de Gisette.

Le nom n'était point écrit dans la longue et
filandreuse lettre du baron annonçant son prochain retour; mais Chugnard l'avait lu tout de
suite entre les lignes où M. de Miérindel parlait
si chaudement de la merveilleuse, incomparable
et tendre amie grâce à laquelle il était encore de
ce monde, et qu'il se ferait un devoir de présenter bientôt à son cher neveu, en le priant de
réserver à cette sainte la meilleure place dans
sa reconnaissante et respectueuse affection.

. 19

— Quelle est donc cette amie ? avait demandé
Flamboche.

— Je l'ignore, avait été obligé de répondre le
très embarrassé, le vraiment très malheureux
Chugnard.

Il ne pouvait le dire, en effet, si peu que ce
fût, sans entrer du coup dans l'engrenage de la
dure confession qu'il redoutait tant. Et d'autre
part, pour y échapper, à cet engrenage, il se jetait
du coup dans l'engrenage, qu'il ne redoutait pas
moins, des mensonges exigés désormais par ce
premier mensonge.

Ainsi, malgré lui, le pauvre homme se trouvait
redevenu, en quelque sorte, le complice de
Gisette et du baron contre Flamboche. Cette idée
lui fit horreur. Elle faillit le décider à la confession. Il en fut empêché par la honte même du
premier mensonge commis, qu'il eût fallu avouer
d'abord, et aussi, encore une fois, par son indéra-
cinable foi dans le hasard lui soufflant à nouveau
l'espoir de quelque inattendu coup de veine qui
viendrait tout rarranger.

— Dame ! le Miérindel y a presque touché, à
cette mort que je lui souhaitais, et vraisemblablement parce que je la lui souhaitais. Puisque
j'ai amené déjà ce *huit*, auquel Gisette et lui ont
répondu, c'est vrai, par un *neuf*, pourquoi ne
serait-ce pas mon tour, à la passe prochaine,

d'abattre le *neuf* définitif? N'ai-je pas pour moi toutes les probabilités?

Ces probabilités, corsant de leur calcul sa confiance au hasard, et dont il établissait le compte en joueur mathématicien, il les tirait, non plus de rêvasseries superstitieuses, mais de faits positifs inclus dans la lettre même de M. de Miérindel. La maladie dont avait souffert le baron, et dont il souffrait encore, n'y était pas désignée d'une façon formelle. Elle n'en devait être que pire, à la sagace estime de Chugnard. Pour qu'on en eût si intentionnellement omis le nom, et si vaguement décrit les manifestations pouvant en révéler le caractère, il fallait qu'elle fût d'une particulière et très grave nature. Il était question d'affreuses souffrances, de remèdes extraordinaires, de rechutes évitées par un providentiel miracle et surtout par des soins et un dévouement héroïques. Il était fait illusion à des craintes, conçues un moment, de conséquences incurables, dont le fâcheux pronostic semblait d'ailleurs victorieusement écarté, on l'affirmait. Mais l'insistance même qu'on mettait à l'affirmer prouvait de reste à Chugnard qu'on n'en avait point la certitude comme on s'en vantait. Enfin on prenait bien garde d'avertir Flamboche qu'il n'eût pas à s'affecter outre mesure quand il verrait les traces cruelles laissées par le mal sur sa

victime, et les accidents encore possibles dans
une lente et difficile convalescence.

« Ces traces, disait sentimentalement M. de
« Miérindel, ne défigurent que le physique, déjà
« peu avantageux, de ton pauvre oncle ; mais
« elles n'ont en rien changé son cœur que tu re-
« trouveras toujours le même. »

— Traduction en clair, pensait Chugnard :
monsieur de Miérindel n'est pas guéri, même
s'il le croit ; et il ne le croit pas. Il a subi un
assaut qui en présage vraisemblablement d'autres.
Rétabli pour un temps seulement, il demeure
sous le coup de quelque diathèse qui n'a dit
encore que son premier mot. Et j'ai ainsi tout
lieu d'espérer que ce qui est différé n'est pas
perdu. Le perdu, donc le perdant, c'est lui.

Et, faisant appel à de lointaines connaissances
médicales acquises du temps qu'il fréquentait
des internes au Quartier latin, il tâchait de
deviner la maladie de M. de Miérindel d'après
les termes si peu précis de la lettre, imaginait
tour à tour une attaque de goutte déformante,
de paralysie générale, une myélite, un eczéma
rentré, des ulcères aboutissant en gangrène, de
l'hydropisie, un lupus phagédénique, un cancer,
et il se régalait de ces imaginations.

Flamboche s'aperçut qu'il y prenait plaisir.
Comme lui aussi s'inquiétait de cette maladie et

lui en demandait parfois son opinion, il remarqua la maligne et secrète joie, à peine dissimulée, que manifestait ce luxe de suppositions, toutes concluant par ce même refrain lugubre, et presque gaiement ramené:

— Et au bout de ça, pour sûr, la mort à très brève échéance.

— Parbleu! fit-il un jour, on jurerait que cette idée-là vous est plutôt agréable.

— A moi! répliqua vivement Chugnard. Et pourquoi le serait-elle? Je ne suis pas l'héritier de votre oncle.

Il regretta le mot, aussitôt lâché. Il ne l'avait eu aux lèvres que dans sa hâte à dire quelque chose, n'importe quoi, pour s'étourdir sur le nouveau mensonge qu'il venait de faire. Après avoir affirmé l'autre jour qu'il ne connaissait point Gisette, voilà qu'aujourd'hui il affirmait ne point haïr le baron! Comme il y était pris, dans l'engrenage des mensonges consécutifs! De honte et de rage contre lui-même, il avait en quelque sorte craché sa dernière phrase cynique. Il eut la tristesse d'en voir Flamboche attristé, et de l'entendre lui répondre :

— Avez-vous donc de moi la vilaine pensée, mon cher ami, que la mort de mon oncle pourrait m'être agréable, à moi, pour l'abominable raison que vous dites?

- 19.

— Oh ! non, non ! Excusez-moi ! répartit Chugnard. Vous savez bien que non. J'ai parlé en l'air, sans faire attention, par habitude de rosserie, c'est tout.

— C'est mal quand même, reprit le jeune homme.

Puis, gravement, et avec un accent qui fut à Chugnard la plus cruelle des punitions :

— A coup sûr, je n'ai pas pour mon oncle une grande tendresse, pas plus que n'en avait mon père, au reste. Toutefois, je n'ai pas à me plaindre de lui. Au contraire ! S'il a eu des torts envers mon père, je les ignore. Et sans doute a-t-il voulu les réparer, en se montrant toujours d'autant plus gentil avec moi. Je n'ai donc pas lieu de me réjouir du mal qui lui arrive. Vous non plus, mon cher ami. Car il y a au moins une chose que, ni vous, ni moi, nous ne pouvons oublier : c'est qu'il m'a mis lui-même chez vous, et que par conséquent nous lui devons notre amitié.

Ainsi Chugnard aboutissait à quoi ? A ce que Flamboche eût de la reconnaissance, et légitime, pour le baron.

Le pire, c'est qu'il déclarait en éprouver aussi, naturellement et par suite, pour la femme qui avait sauvé M. de Miérindel, et il était tout prêt d'avance à la lui témoigner, comme le désirait si justement son oncle, en respectueuse affection.

— Songez, disait-il, comme cette maladie a dû être terrible, d'après tout ce que nous en pouvons comprendre, et même en nous en tenant à la moins abominable de vos suppositions ! Et avouez qu'elle mérite bien d'être chérie et vénérée, non seulement par mon oncle, mais par moi, l'amie dévouée qui a su le tirer de là, et qu'il appelle avec raison une sainte.

Chugnard se tordait, se dévorait le cœur, à écouter de pareilles choses sans pouvoir y rien répondre. Gisette, elle, chérie et vénérée par Flamboche ! Gisette, une sainte ! Ah ! C'était trop, à la fin ! Non, non, il ne le supporterait pas ! Il dirait, il crierait :

— C'est un couple de misérables ! Votre tuteur est un coquin. Sa vieille gouine de maîtresse est une ordure.

Mais alors il fallait dire, il fallait crier, en même temps, toute honte bue :

— Et moi aussi je suis un misérable, un coquin, une ordure, moi, Chugnard, votre ami, moi qui vous ai menti jadis, qui viens de vous mentir à nouveau, qui ne peux sortir des mensonges, jamais, jamais plus, moi dont le suprême aveu présent n'a chance que de vous paraître un mensonge suprême.

Et devant l'horreur d'une telle hypothèse,
devant l'évocation de Flamboche qui certainement mettrait en doute la véracité même de
cette trop tardive confession (à cette heure la
plus mal choisie de toutes pour un pareil aveu,
puisque à ce moment le jeune homme s'attendrissait envers M. de Miérindel et l'avait en bonne
odeur), devant tant d'obstacles Chugnard recula
cette fois encore.

— Je suis un lâche de me taire, se dit-il, en
pleine conscience de sa lâcheté.

Et il se tut.

Les complications de la vie morale sont inextricables, et rien n'est plus puéril et plus vain que
la prétention de certains psychologues à vouloir
y trouver un fil conducteur. Au fond, c'est par
un raffinement de scrupules, par une excessive
pudeur d'honnêteté, que cet ancien pas-grand'
chose de Chugnard en était arrivé peu à peu
à trahir Flamboche comme il le faisait, en
somme, présentement, et cela en dépit, ou plutôt à cause, de son indéniable tendresse pour le
jeune homme. Et d'autre part cette ordure de
Gisette, restée la même, et qui avait toutes les
apparences de s'être dévouée à M. de Miérindel
par intérêt pour elle-même et non pour lui,
venait cependant de se conduire, très réellement,
en véritable sainte. Le mot n'était nullement

exagéré. Il n'était que juste. Et si Chugnard en
personne avait pu lire au plus obscur for intérieur de ce cœur qu'il savait pertinemment abominable, Chugnard en personne eût été forcé de
proclamer qu'une sainte s'était révélée dans la
gouine, et de fait et d'intention.

La maladie de M. de Miérindel était tellement
effroyable, et le nom seul en devait suggérer des
images à ce point hideuses, que le grand docteur appelé en consultation n'avait pas osé prononcer ce nom devant le malade. Il avait même
poussé la délicatesse du secret professionnel
jusqu'à le garder envers son confrère, le médecin ordinaire du baron. Il craignait d'ailleurs
un peu, on doit le reconnaître, de compromettre
son autorité célèbre en risquant trop vite le
diagnostic d'un cas si rare, presque exceptionnel
aujourd'hui. Le médecin ordinaire s'était prononcé
pour une syphilide tuberculeuse, que d'ailleurs,
afin de ne pas offusquer le client, il avait moins
brutalement qualifiée d'*affection cutanée maligne*.
Le professeur s'en tint, lui aussi, à cette vague
définition. Il ajouta quelques doutes, prudemment émis, sur la nature de la diathèse, qu'il
se réservait de déterminer ultérieurement. Mais
à la façon même dont il insinua ces doutes, à
l'importance dont il enveloppa sa réserve, Gisette
comprit que le professeur ne disait point tout ce

qu'il pensait parce qu'il pensait des choses trop
épouvantables à dire. Elle remarqua aussi la
très spéciale et visiblement inquiète attention du
docteur à interroger minutieusement et le médecin ordinaire et elle-même touchant la marche
des symptômes. Il demandait et redemandait à
satiété :

— Ces petites tumeurs qui champignonnent
sur le visage, ont-elles présenté dès le début
cette forme large et fongueuse, cette consistance
plutôt molle, cette couleur à la fois livide et
rougeâtre ? N'ont-elles pas été d'abord d'un tissu
plus serré, plus duriuscule, d'une teinte cuivrée?
Et, avant leur apparition, la peau n'a-t-elle pas
été tachée de macules ? Ces taches n'étaient-elles
pas fauves?

Il exigeait sur ces détails des explications
précises, méticuleuses, discutait par le menu la
description des nuances, le dessin des figures.
Et chaque fois que la réponse coïncidait juste
avec son affirmation interrogative, il hochait la
tête en homme qui se dit intérieurement un oui,
qui constate la grandissante probabilité de son
hypothèse, qui se conforte dans une conviction.
Et cette conviction, Gisette le voyait bien, n'allait
pas sans une expression d'étonnement, sans une
sorte de terreur presque, absolument étonnantes
et terrifiantes elles-mêmes chez un tel connais-

seur en maladies, qui avait tout l'air de se trouver
là en face d'une maladie inconnue. Il tâchait à ne
rien montrer de ce qu'il éprouvait, et son confrère
s'y laissa tromper. Mais non Gisette ! Elle eut à ce
moment l'extrême et suraiguë lucidité qu'ont les
mères au chevet de leur enfant en danger. Cet
enfant, ici, était un monstre, et la mère en était
un autre, sans doute. Mais qu'importe ! L'amour
entre monstres est de l'amour quand même.
Elle le prouva bien en cette occasion, et elle
allait le prouver mieux encore.

La consultation finie, elle congédia le médecin
ordinaire et retint le professeur seul, contre
tous les usages. Puis, une fois en tête-à-tête.
elle dit brusquement :

— Monsieur, il ne faut rien me cacher, à moi.
J'ai compris et je suis sûre qu'il s'agit de quelque
chose d'affreux. Je désire savoir quoi.

Comme le professeur interloqué cherchait ses
phrases, elle reprit d'un ton plus impérieux
encore :

— Je suis la maîtresse de monsieur de Miérindel. Je l'aime. Je tiens à lui. Je veux qu'il vive.
Je le sauverai. Je ferai tout ce qui sera nécessaire.
Dites-moi donc la vérité. Vous ne sortirez pas
d'ici sans me l'avoir dite.

Le professeur essaya de se retrancher derrière
l'incertitude des symptômes, l'insuffisance des

renseignements, qui lui défendaient, jusqu'à plus
ample informé, de diagnostiquer en toute conscience, et qui lui permettaient seulement des
hypothèses. Elle insista violemment :

— Enfin, vous supposez ceci plutôt que cela.
Je l'ai vu clairement. Quelle est votre supposi-
tion ? J'ai besoin de la connaître. J'en ai le droit.
Je l'exige.

Peu accoutumé à de pareilles manières, et
craignant toujours, d'ailleurs, de trop s'avancer
(car il conservait, en réalité, quelques doutes,
tant le cas était anormal), le professeur tenta
une nouvelle échappatoire.

— Excusez-moi, madame, de ne pouvoir vous
répondre aussi catégoriquement que vous le voulez, que je le voudrais moi-même. Mais votre
droit à connaître mon hypothèse ne saurait pré-
valoir contre le devoir que j'ai de ne point vous
en faire part tant qu'elle n'est pas établie sur
des bases plus... c'est-à-dire moins...

Impatientée de ces embrouillamini, elle frappa
du pied, s'emporta, cria dans un juron :

— Mais, nom de Dieu ! qu'est-ce que c'est donc
que cette sacrée maladie, pour que vous tourniez
tant autour du pot !

La grossièreté de l'interruption rendit au
professeur tout son sang-froid, et il reprit,
avec un à-propos qui lui sembla spirituel :

— Une sacrée maladie, madame, en effet ; ou pour mieux dire, une maladie sacrée. Autrefois, du moins. Car elle n'est plus guère de notre époque. Et voilà bien pourquoi j'hésite à la diagnostiquer. Et même à la nommer. Un nom à peu près aboli ! Mais il évoque de si affreux souvenirs, que je me fais scrupule, sincèrement, d'en troubler votre imagination. Songez que, si par malheur mon hypothèse se vérifie, monsieur de Miérindel se trouvera en proie à des phénomènes qui, pour moi, médecin, constitueront évidemment un rare objet d'étude, tout à fait rare et inestimable, mais qui seront, non moins évidemment, pour les personnes obligées de le soigner, un objet de dégoût, d'horreur. Et vous comprenez dès lors que je ne dois pas ainsi, à la légère, et peut-être à faux, vous inspirer d'avance, pour un homme que vous aimez, ce dégoût, cette horreur...

— A moi ! s'écria-t-elle. Du dégoût ! De l'horreur ? A moi ! Et pour un homme que j'aime ! Ah ! Ah ! j'en ai bien vu d'autres ! Et pour des hommes que je n'aimais pas !

Il la regarda, stupéfait.

— A moins, insinua-t-il, que vous n'ayez eu l'honneur, madame, d'être sœur de charité dans un hôpital...

— Sœur de charité ! fit-elle, à mi-voix, et

20

comme se parlant en rêve. Oui, en effet, j'ai été
quelque chose dans ce genre-là, je crois. A l'envers, seulement ! Mais n'importe ! Pour ce qui
est d'avoir le cœur solide, ça revient au même.
Et je vous réponds que je l'ai. A l'épreuve de
tout, n'ayez pas peur. Allez-y !

Qu'il eût compris ou non, le professeur vit
qu'elle souriait d'un sourire triste, tranquille, et
alors il lui avoua que la maladie de M. de Miérindel était, selon toute probabilité, l'éléphantia-
sis des Grecs ; et comme, à ce mot, elle ne manifestait aucune émotion, il ajouta, lâchant enfin
l'épouvantable nom :

— Autrement dit, lèpre tuberculeuse.

Elle ne frissonna pas davantage. Il répéta, en
appuyant sur le nom, par deux fois :

— Une variété de la lèpre, vous entendez bien,
madame, de la lèpre.

— J'entends, fit-elle. De la lèpre ! Et c'est horrible, ça, la lèpre, dites-vous?

— Oui, répliqua-t-il, horrible. Plus qu'horrible ! C'est répugnant, terrifiant, hideux, au
point que jadis...

Il allait entamer un développement oratoire et
historique à la fois, sur les lépreux. Elle lui
coupa la parole en demandant:

— Est-ce incurable?

— Pas essentiellement, répondit-il. Avec des

soins continus, patients, éclairés, si l'on veut
bien ne jamais se rebuter de rien, surmonter
toutes les...

— Je ne me rebuterai de rien, dit-elle, absolument de rien.

Elle se tut, se reprenant à songer aux choses
subies pendant si longtemps. Il profita de ce
silence pour tâcher de replacer son histoire et
son tableau des lépreux.

— Jadis, les lépreux étaient comme mis hors
la loi, retranchés du monde. On les forçait à
vivre en sauvages. Ils devaient annoncer de
loin leur approche en agitant une crécelle de
bois, afin que personne ne fût souillé de leur
contact, même de leur aspect. Il leur était inter-
dit de boire aux fontaines publiques, de tendre à
l'aumône leur main nue.

— Ah ! fit-elle. Ça s'attrape donc ?

Il ne fut pas fâché de voir qu'enfin elle laissait
échapper un mouvement d'inquiétude. Toutefois,
la vérité l'y obligeant, il dut avouer que la
science moderne ne reconnaissait plus unanime-
ment le caractère contagieux à la lèpre actuelle,
du moins à celle dite tuberculeuse.

Gisette se contenta de murmurer:

— Tant pis!

— Oh ! reprit-il. Ne vous hâtez pas, madame,
de vous en plaindre, dans votre noble soif de dé-

vouement, vraiment digne, en effet, d'une sœur
de charité. Non, ne vous hâtez pas. La science
discute encore, hésite, ne se prononce pas ; et
quelques esprits distingués tiennent toujours
pour la contagion.

Elle sourit à nouveau, du même sourire tranquille et triste qu'elle avait eu tout à l'heure.

— Et vous, monsieur, dit-elle, qu'est-ce que
vous en pensez, de la contagion ?

— Moi, madame, j'y crois.

Elle lui serra la main et conclut :

— Tant mieux ! Et merci !

Elle le disait en toute sincérité, sans le moindre
désir qu'on l'en admirât, et sans songer même
qu'elle fît là rien d'admirable. Elle le disait dans
une réelle soif de dévouement, où parlait tout son
instinct de maternité, dont elle n'avait seulement pas conscience. Elle aimait M. de Miérindel
ainsi, et ne se demandait ni pourquoi, ni si
c'était bien ou mal. Même, quelque chercheur
de mauvais motif secret, un Chugnard, par
exemple, lui eût affirmé en ce moment qu'elle
agissait de la sorte moins pour sauver M. de Miérindel que pour sauver la *situation* dont elle
jouissait auprès de lui, elle eût répondu très
vraisemblablement :

— C'est possible.

Et elle l'eût cru, se calomniant elle-même.

Sans en souffrir, d'ailleurs ; car son sens moral,
depuis longtemps atrophié, restait sourd et muet
à des excitations de ce genre. Comme elle avait
été tant de fois une infâme, elle allait être cette
fois une sainte, avec une égale indifférence, pareillement ignorante et innocente ici ou là touchant la qualité de ses actes, uniquement impul-
sifs, que ne déterminait aucune pensée de mérite
et de démérite.

Une seconde visite du professeur avait con-
firmé le diagnostic. La marche de la maladie
était rapide. Les phénomènes s'accentuaient, me-
naçaient d'éclater bientôt dans leur pleine et terrible monstruosité. Si l'on voulait soustraire le
baron à l'indiscrétion de gens pouvant le voir en
cet état lamentable et en répandre la nouvelle, il
devenait urgent de lui faire quitter Paris. Une
des conditions du traitement, au surplus, et même
la seule à peu près salutaire, était un radical
changement de climat. Le régime prescrit, les
médicaments ordonnancés, les méticuleux pan-
sements et les répugnantes manipulations nécessaires bien expliqués et bien compris, Gisette
avait dit au professeur, qui lui proposait de lui
chercher une garde-malade, sans pouvoir, au
reste, répondre d'en trouver une en un cas aussi
extraordinaire :

— Je n'ai besoin de personne. Je suffirai à la

besogne. Si monsieur de Miérindel est guéris-
sable, soyez tranquille, je le guérirai. Je vais me
chambrer avec lui et la maladie ; et nous verrons
bien, de votre fameuse lèpre ou de moi, qui des
deux fera le poil à l'autre.

Et elle était partie, seule avec le baron, pour
l'Algérie, où le professeur avait indiqué, comme
station favorable à la cure, les Thermes de
Hammam-el-Ksour.

C'était, en pleine montagne kabyle, un tout
petit établissement sans confortable, connu et
fréquenté uniquement des malades indigènes.
Le service n'y était pas même fait par les gens de
la contrée, qui considéraient Hammam-el-Ksour
comme un pays maudit, et n'en approchaient
point. Les hôteliers, infirmiers et baigneurs,
étaient des hommes du Mzâb, des *enfants-du-
diable*, chiens d'infidèles, bons pour ce séjour
épouvantable. De vrais musulmans, dévots au
prophète, et pratiquant les trois ablutions,
n'eussent jamais consenti à subir le contact im-
pur et dangereux des patients qui venaient là
commencer, comme on disait aux environs, leur
damnation sur terre. Il ne fallait rien moins que
d'immondes Mzâbites, prémunis contre toute
souillure par leur abomination native, pour
cohabiter avec ces damnés aux formes bestiales,
aux faces démoniaques, ces dartreux rongés *du*

lupus, ces lépreux écaillés de pâles squames ou
bourgeonnant de tubercules violets, ces énormes
et livides éléphantiasiques. Tel était l'enfer où des-
cendit Gisette, y accompagnant le baron. C'étaient
les premiers Européens qu'on y eût jamais vus.
Et sans doute que son abomination native la pré-
munissait, elle aussi, comme les immondes
enfants-du-diable, contre toute souillure ; car elle
contempla d'un cœur ferme ces vivantes et fan-
tastiques horreurs, et n'hésita pas à s'y mêler.
Elle eut même la bravoure, pour en atténuer à
M. de Miérindel la hideuse et désespérante impression, de lui dire en riant :

— C'est plutôt drôle, n'est-ce pas ? Ça ressemble aux animaux de baudruche et aux
gueules de carton qui pendent au passage de
l'Opéra.

Et, comme le baron demeurait effrayé quand
même, et se demandait, en un silence d'angoisses,
s'il allait donc, lui, devenir pareil à ces terribles
larves, elle devina cette atroce inquiétude, et
ajouta, toujours l'air insoucieux :

— Oh ! mais ne te fais pas de bile, voyons, mon
gros chéri ! Eh bien ! oui, c'est affreux à regarder, aussi affreux que rigolo. Et puis ? Le principal, c'est que ça se guérisse. Et ça se guérit.
Le docteur m'en a donné sa parole. Alors, quoi ?
Un moment désagréable à passer. Voilà tout. Et

encore ! Pas si désagréable, hein! puisque nous
sommes ensemble! Il n'y a que moi qui pourrais
me plaindre de l'installation et de la compagnie.
Pas jolie, jolie, la ville d'eaux! Ni des chérubins,
les camarades ! Mais je ne me plains pas. Est-ce
que je me plains ? Va, mon vieux loup, quand
même tu serais comme le plus vilain de la
bande, je t'aimerais encore, et toujours autant.
Qu'est-ce qu'il te faut de plus?

Et elle lui prouva que ce n'étaient pas là des
mots. Elle le lui prouva par des faits, et en eut
plus d'une fois l'occasion au cours de la cure,
soit que certains pathologues aient raison de prétendre que les malades atteints de lèpre tuberculeuse deviennent aisément satyriases, soit qu'on
doive attribuer plutôt ce phénomène à l'usage,
exigé par le traitement, des préparations médica-
menteuses où entre la teinture de cantharides.
Quelle que fût, chez M. de Miérindel, la cause de
ce renouveau, ce qu'il y a de certain, c'est que
l'effet s'en produisit : et l'on comprend de reste,
sans qu'il soit besoin d'insister davantage, combien il fut utile ici à Gisette d'avoir été jadis,
selon sa cynique expression, une sœur de charité
à l'envers.

Elle sut l'être à l'endroit aussi, une garde-
malade ponctuelle, attentive, douce, minutieuse,
savante, infatigable, et toujours de bonne

humeur, n'oubliant rien, ne négligeant rien, ne reculant devant aucun service, aucun pansement, aucun attouchement, n'en confiant le soin à personne, n'y apportant jamais l'ombre d'une hésitation, le soupçon d'une lassitude, l'apparence d'un dégoût.

Et cependant la maladie était vite arrivée, malgré l'énergique et consciencieux traitement, aux phénomènes de pleine monstruosité pronostiqués par le professeur. Il n'avait pas été possible d'en empêcher l'éclosion, et, une fois éclose, d'en arrêter le fatal développement. Préventive et jugulante, ou suivant pas à pas les progrès de l'ennemi, la médication avait toujours été vaincue. Sans doute, elle ne devait se montrer efficace que plus tard, à la longue, en s'opposant alors à des retours offensifs de l'infection. Mais il fallait d'abord que l'infection eût son cours, achevât son évolution complète. Le professeur avait bien averti Gisette de cette marche plus que probable. Il avait laissé néanmoins espérer que, par la violence et la rapidité d'à-coup des remèdes, on obtiendrait peut-être un avortement des pires manifestations extérieures. Cet espoir ne s'était point réalisé, en dépit des meilleurs efforts. Ni les pommades fondantes, ni l'arsenic et les iodures à haute dose, ni les sudorifiques cantharidés, dont on avait fait au départ large provision,

et ici un emploi presque excessif, ni les lents et
longs massages résolutifs que Gisette avait appris
exprès des Mzâbites, ni même les douloureuses
malaxations opérées à même la boue alcaline et
quasi en ébullition dans la cuve de basalte des
Thermes. rien n'avait donné de résultat immé-
diat, rien n'avait détruit, ou seulement retardé,
la formidable sève s'épanouissant en floraisons
d'horreur.

Des champignons mous et rougeâtres, plus
larges que ceux du début, et d'une croissance
plus hâtive et plus boursouflée, étaient nés sur
le tronc, avaient gagné les cuisses et les
jambes, y grossissaient de jour en jour, en végé-
tations énormes, bientôt affaissées, plates. La
peau tout autour, distendue, suintait, luisait, par
endroits se craquelait de crevasses, et ainsi, dure,
comme huileuse, avec sa couleur de bronze, elle
ressemblait à de la faïence brune, grasse et fêlée.
Le corps du baron, déjà polysarcique et bouffi de
nature, n'avait plus désormais figure d'un corps.
C'était une masse uniformément tuméfiée, et
gonflée en outre, ici et là, de tumeurs locales qui
la bossuaient de lourdes grappes d'éponges pleines
à crever, ballonnantes et ballottantes.

L'aspect du visage était plus méconnaissable
encore que celui des membres. Les yeux seuls
n'avaient pas changé. L'absence des cils, mangés

par les macules, accentuait davantage, au contraire, la ligne nue des paupières formant une boutonnière ouverte comme à l'emporte-pièce ; et l'on n'en percevait que mieux, à travers cette mince fente sans ourlet, le pâle éclat des prunelles qu'avivait la fièvre, en pailletant l'étain terni. Mais le dessin et la couleur du reste de la face en faisaient une face nouvelle, où ne subsistait rien de celle d'antan. Le crâne chauve et le grand front, naguère en beurre dur et blafard, donnaient à présent l'idée d'un bonnet de cuir roux, épais, pustuleux et bouilli. Les oreilles, prodigieusement développées, en jaillissaient ainsi que deux gigantesques morilles. Sur les ailes et le lobe du nez, les tubercules semblaient un pêle-mêle de truffes en pourpre blême, qui s'écroulaient vers la bouche, la rendant pareille à un trou noir dans un éboulement. Et la lippe inférieure, jadis en margelle usée de vieille citerne, avait l'air à présent d'être le seuil encombré d'une gueule d'égoût où s'est arrêté un tas d'ordures.

A cette période d'éruption avait succédé celle, presque plus abominable, de la résorption. A bout de poussée, le virus rentrait, semblait se dévorer lui-même sur place, et, ne pouvant plus soulever les tissus au dehors, y recuisait au dedans, en ulcérations que son feu desséchait, qui deve-

na'ent des lichens purulents, des croûtes fétides,
puis des écailles, et enfin de difformes cicatrices.
En même temps on eût dit que le mal, prêt à
être vaincu, se vengeait, avant de vouloir tout à
fait lâcher pied, par d'intimes et profondes
atteintes. La douleur avait disparu ; mais aussi,
avec elle, toute sensibilité, comme si le desséche-
ment externe desséchait les sources même de la
vie, et menaçait de les tarir. L'odorat, d'abord,
s'était perdu. La vue avait suivi, trouble, vague.
bientôt quasi éteinte. Seul le tact demeurait,
mais perverti, comme quand on a pris du has-
chisch, et payant, d'ailleurs, les étranges accès
d'hypéresthésie par de longues détentes en complète hébétude obtuse. La voix, à certains
moments, avait manqué. A d'autres, ce qui
était plus grave, la parole, et jusqu'à la pensée,
donnant à craindre que l'obtusion ne gagnât le
cerveau.

A tout Gisette avait paré, aussi ingénieuse à
réveiller l'intelligence torpide de l'affaibli qu'elle
avait su se montrer câline à consoler les souffrances du patient, vaillante et douce à en manier
les chairs suppurantes, ou croûtelevées, ou mons-
trueusement enflées de spongieuses et hideuses
protubérances. Elle l'avait fait avec une humeur
toujours égale et allègre, sans aucun effort apparent, ni même caché, dans l'exécution des

détails les plus pénibles et les plus répugnants
de son épouvantable tâche, étant entièrement
tendue à l'effort d'ensemble où s'était bandé une
fois pour toutes son vouloir de sauver M. de
Viérindel, et cet effort initial lui changeant la
tâche en plaisir. C'était au point que son dévouement, poussé jusqu'à l'abnégation souriante,
n'avait plus figure de dévouement. On eût dit
que dans le sacrifice elle cherchait et trouvait
une volupté. Les Mzàbites, émerveillés et presque jaloux, l'avaient surnommée : *celle qui jouit
avec la lèpre*.

Peut-être ne se trompaient-ils pas. Chez certaines femmes, en effet, surtout au tournant de la
cinquantaine vers laquelle s'acheminait Gisette,
on constate assez fréquemment cette sorte
d'hystérie ardemment et bizarrement charitable,
tournée à la *soignomanie* aiguë, et qui ne se satisfait que dans la familiarité des maladies les plus
repoussantes, dans la vue complaisante et le
toucher curieux des plaies, dans les longs pan-
sements s'attardant à la façon de caresses, dans
la manipulation des linges gluants d'onguents et
de sanie, dans l'épaisse, âcre et fade fétour des
produits pharmaceutiques combinés avec le
relent des chairs corrompues.

Qu'un grain de cette folie eût servi de levain
à la sublime conduite de Gisette, un médecin seul

eût pu le prétendre. Elle même, bien entendu,
ne s'en douta pas. Et M. de Miérindel s'en douta
moins encore. Mais tandis qu'elle restait convaincue, elle, d'avoir agi tout naturellement et de n'y
avoir pris aucune peine, il n'en fut, lui, que plus pénétré d'admiration et de reconnaissance. Par l'horreur que lui inspiraient ses compagnons, dont le
contact et rien que l'aspect lui donnaient d'in-
coercibles haut-le-cœur, il jaugea et jugea tout ce
que valait son incomparable et vraiment unique
garde-malade. Il savait aussi qu'elle n'avait été
soutenue par aucune arrière-pensée de lucre ; car
elle ignorait s'il avait songé à elle en cas de mort,
et jamais un mot n'avait été prononcé entre eux,
à ce sujet, ni même une allusion, quelque vague
qu'elle fût, n'y avait été faite. Il était donc certain
d'avoir été soigné par pure et profonde affection.
Il y ajoutait, en outre, cette foi solidement
établie, que la guérison avait été obtenue grâce
à l'énergique et toute puissante volonté de cette
affection toujours en lutte.

Et c'est pourquoi il appelait Gisette une sainte,
sans chercher à s'expliquer par quel miracle une
âme de sainte avait pu fleurir chez l'ex-patronne
de l'infâme Plumes-et-fleurs, chez cette créature
dont il connaissait toute l'infamie, et à laquelle
il s'avouait n'avoir été attaché jusque-là que précisément à cause de cette infamie.

Il dut s'avouer qu'il lui était attaché maintenant par de nouveaux liens, tissus à pleines fibres de leurs deux êtres, et qu'il ne pouvait rompre sans en mourir.

Mais n'aurait-elle jamais, elle, l'idée de les rompre? Son inexplicable accès de dévouement sublime se renouvellerait-il à l'occasion? Il n'en était pas sûr. Il le lui demanda. Très franchement elle répondit :

— Je n'en sais rien.

Il crut lire dans cette réponse une sorte de menace. Sans doute, l'accès passé, la sainte redevenait l'ancienne Gisette *roublarde* et dont il appréciait, d'ailleurs, la puissance et la clairvoyance pratiques. Rentrée en sa native malice, elle devait s'étonner elle-même de son absurde désintéressement, et se promettre de s'en garder à l'avenir. C'est du moins ce qu'il pensa qu'elle pensait. Il réfléchit là-dessus, en tira des conclusions, se trouva imprudent d'escompter un héroïsme au retour improbable, estima qu'il était sage, pour transformer cet héroïsme en habitude, d'obliger l'héroïne à se dire :

— Mon sacrifice a été une bonne affaire. Loin d'y avoir été dupe, j'y ai gagné. A le continuer, je ne puis que gagner encore.

Parmi beaucoup de facultés fortes qui, tout en ne servant qu'à ses vices et à sa scélératesse,

faisaient de M. de Miérindel un homme, la plus
forte consistait à ne jamais reculer devant l'aboutissement logique d'une idée nettement conçue.
Et il ne se contentait pas de pousser par le
raisonnement cette idée jusqu'aux ultimes conséquences. Une fois bien convaincu d'avoir
raisonné juste, il mettait la même décision à
transformer l'idée en acte. Aucune considération
ne pouvait l'en empêcher. Il se savait de taille à
mater toutes les résistances extérieures. Il ne
cédait jamais qu'à celles nées de ses propres
réflexions. Où il voulait aller, là il allait droit.
Les routes qu'il prenait pour y arriver ne semblaient tortueuses qu'aux autres. C'est parfois
quand il tournait le dos au but qu'il y tendait le
plus sûrement. Pour mieux dire, il le portait en
lui-même, ce but, toujours et partout ; car ce
but était son intérêt, cyniquement, absolument,
sans plus.

Or son intérêt, même avant la maladie, exigeait déjà, et assez impérieusement, la compagnie
assidue de Gisette, seule capable d'exciter et
d'assouvir ses obscurs appétits charnels, et dont
la communion intellectuelle lui était aussi, on
s'en souvient, une joie jusque-là non goûtée,
d'autant mieux savourée maintenant, et désormais
nécessaire à son bonheur. Depuis la maladie,
c'est l'affection même, et surtout le dévouement

de Gisette, qui lui devenaient indispensables. Et non pas uniquement dans la crainte d'une rechute possible, dont la guérison n'était assurée que là ; mais bien dans un réel et vif besoin de cœur, d'un cœur qui s'était ouvert à ces suaves délices d'être soigné comme par une mère, et qui voulait éperdûment n'en plus être sevré jamais. Ainsi, avec gratitude sans doute, et avec prévoyance plus encore, et surtout en raisonnant serré, le baron en vint à cette irréfutable argumentation :

— Privé de Gisette, je serais mort. Qu'elle me quitte, je mourrai. Le meilleur moyen pour qu'elle ne me quitte point, c'est de la mettre dans une situation telle qu'elle ne puisse le faire sans perdre tout. A-t-elle cette situation en étant ma maîtresse ? Non. Si je lui constitue, de la main à la main, une grosse fortune, rien ne dit qu'une fois un certain chiffre atteint, elle ne s'en contentera pas et ne me plantera point là, devant la nécessité de nouveaux soins horribles dont elle n'aurait plus le goût. Si je l'allèche par un testament en sa faveur, je m'expose à ce qu'elle désire ma fin. Toutes les tentations sont calculables. D'ailleurs, même cette crainte écartée, et en admettant qu'elle n'aura pas la tentation de hâter l'ouverture du testament promis, est-ce jamais par une promesse qu'on enchaîne les gens ? Non. D'autant qu'un

21.

testament est toujours sous le coup d'une modifi-
cation postérieure, secrète, ou *in extremis*. De
toutes façons, donc, Gisette n'étant que ma maîtresse, je ne la tiens pas rivée à moi, comme j'ai
besoin de la tenir. Ce qu'il me faut, c'est qu'elle
ait la pleine certitude confiante de demeurer
riche, heureuse, honorée, puissante, en possession de tout, tant qu'elle est avec moi, tant
qu'elle me soigne, tant qu'elle prolonge ma vie,
tant qu'elle m'aime, et de retomber au contraire
dans le néant absolu, moi quitté ou mort.
Eh bien! cette garantie pour elle, et cette garantie
contre elle, les voici : un contrat sous le régime
dotal, et ne lui reconnaissant pas un sou d'apport.
Moralité : je dois faire de Gisette, à ces conditions,
ma femme.

Gisette reçut la proposition et y acquiesça,
sans manifester le moindre étonnement de l'aubaine, ni discuter non plus les restrictions qu'y
apportait la teneur du contrat. Elle en devina les
motifs, ne fut pas blessée des précautions prises
à son endroit. Ce qui lui était le plus cher dans
son amant, dans ce mâle à sa taille, c'était précisément la férocité cauteleuse qui en faisait une
bête de proie toujours en garde. Elle jugeait bon
qu'il s'y mît même contre elle. Elle l'admirait
trop pour en avoir rancune. Loin de là ! Elle lui
en savait gré. Le trouver une fois en défaut, eût-

elle dû en profiter, n'eût pas été une joie pour elle. L'affection très spéciale dont elle le chérissait en eût été certainement diminuée.

Chugnard ne connaissait que la Gisette de jadis. Il ignorait totalement M. de Miérindel, qu'il imaginait d'après des ouï-dire et voyait à travers des légendes, ses propres souvenirs sans documents précis, les soupçons qu'il en inférait, sa haine. Quand il apprit, par Flamboche, la nouvelle de ce mariage, il pensa tout de suite :

— La mâtine a mis le grappin sur son vieux. Elle a exploité la maladie.

Et rien ne put le faire démordre de cette idée toute naturelle, si simple, trop simple. Comment, sur quels indices, eût-il reconstitué ce qui s'était passé entre ces deux êtres extraordinaires? Fatalement, il dut s'en tenir à la supposition du drame banal, classique en de telles circonstances. Il en tira cette conclusion, fausse puisque les prémices du raisonnement étaient faux :

— C'est à Gisette seule, désormais, que nous aurons à faire. Le baron ne compte plus..

Il fut d'autant mieux ancré dans cette opinion, que Flamboche, en lui racontant la présentation à *l'incomparable et providentielle amie*, à la *sainte*, renchérit encore sur les louanges épistolaires et orales données par M. de Miérindel, les prétendit au-dessous de la vérité, s'emballa au récit répété de la terrible maladie, du dévouement sublime, et finit par se proclamer absolument enthousiaste de sa future tante.

— Et lui aussi, se dit Chugnard furieux et jaloux, elle l'a empaumé. alors!

Pour en avoir le cœur net, il demanda au jeune homme, grossièrement :

— Enfin, cette fameuse sainte, quelle gueule a-t-elle?

— Vous êtes une brute, Chugnard, répliqua Flamboche avec indignation. Pourquoi parler ainsi d'une femme que je respecte et qui a droit au respect de tous? Et qu'importe, d'ailleurs, la figure qu'elle a? Je vous avoue que je n'y ai pas même fait attention. Tout ce que je puis vous dire, si vous y tenez, c'est qu'elle n'est plus jeune. Mais est-elle belle encore? L'a-t-elle jamais été? Je n'en sais rien. Je n'ai pas besoin de le savoir. Je n'ai vu en elle qu'une chose, qui m'a séduit tout d'abord : sa splendeur morale.

Cette expression appliquée à Gisette fit éclater Chugnard d'un grand rire bruyant, qu'il ne put maîtriser.

— Eh bien! quoi ! s'écria Flamboche. Qu'avez-vous à rire de la sorte? Ça vous étonne à ce point, une splendeur morale! Vous y êtes donc tellement bouché que vous ne pouvez en concevoir chez personne!

La dernière phrase fut dite avec une intention nettement blessante. Chugnard en souffrit. Il essaya de se venger sur le dos de Gisette, insinua que sans aucun doute, ce sublime dévouement avait eu des causes moins sublimes ; qu'il devinait (et qu'il n'y avait pas grand mérite) ces causes, qu'il en constatait d'ailleurs les effets, précisément dans ce mariage, lucratif en somme et récompensant ; qu'à ce prix-là beaucoup de femmes auraient volontiers agi en saintes, avec l'espoir d'une pareille palme au bout de leur martyre ; qu'un vieillard affaibli comme M. de Miérindel pouvait s'y tromper, et y tromper un loyal et crédule enfant comme Flamboche ; mais qu'on ne faisait pas couper dans ces ponts-là un vieux méfiant comme lui, Chugnard, et qu'il y voyait clair, et qu'il avait le droit, et même le devoir, d'en rire à son aise.

En insistant ainsi, il ne réussit, au lieu de jeter le doute dans l'esprit de Flamboche, qu'à l'exaspérer. Le moment était maladroitement choisi pour arroser de ces mauvais soupçons cette foi toute chauffée à blanc. Le métal n'en fut que mieux trempé. Et Chugnard le sentit à cette réplique finale, portée en coup droit, d'une pointe aiguë et dure :

— Assez, je vous en prie ! Il me semble entendre raisonner un Laffouace.

Cela devint, entre eux, l'objet de discussions
fréquentes, auxquelles Flamboche tâchait de se
dérober, y trouvant matière à mépriser son ami,
et auxquelles Chugnard s'obstinait, prenant ces
dérobements pour des aveux de défaite. Vaine-
nement il en était détourné par Aménaïde, à qui
le jeune homme avait raconté les choses et com-
muniqué son enthousiasme. Vainement, elle
disait au têtu :

— Je t'assure, monsieur Chugnard, que c'est
notre cher enfant qui a raison, et que tu es un vilain *squeptique*, et qu'à force de jouer ce rôle tu
finiras par le faire douter, le noble cœur, non
pas de cette femme, mais de toi.

Même cet argument suprême, qui eût dû le
convaincre, ou tout au moins l'induire en réflexions, Chugnard y restait insensible. La certitude où il était si solidement établi, de l'infamie
de Gisette, l'horreur qu'il éprouvait à la savoir
respectée, admirée par Flamboche, le violent et
tout affectueux désir qu'il avait, de dessiller les
yeux de son ami, et surtout la cruelle jalousie
dont il souffrait à l'idée que la gueuse lui avait
volé un peu de ce cœur, c'était là de quoi le
buter, l'affoler, le rendre aveugle et sourd. Il se
buta, s'affola, fut aveugle et sourd, continua
d'exaspérer le jeune homme sous prétexte de le
détromper, n'en comprit pas les silences mépri-

sants, la froideur accrue, lui devint de plus en
plus désagréable en voulant lui être dévoué, en
arriva, comme l'avait prévu Aménaïde, à lui
faire penser:

— Décidément, Chugnard n'a point la belle
â.. ie que je croyais. Il se jugeait exactement en
parlant de ce fond de vase qui est en lui. J'avais
des illusions à son endroit. Mon père était dans
le vrai, en disant qu'à trop considérer les autres,
toujours, comme des *mufles*, on finit par s'encourager à en être un. C'est évidemment le cas
de Chugnard. Et j'ai perdu mon temps à vouloir le guérir. Il est incurable. Je l'aime quand
même, parce qu'il a, malgré tout, de bons côtés ;
et puis, je l'aime sans autre raison, parce que
je l'aime. Mais j'ai tort en l'aimant ; il n'est pas
digne de mon amitié.

Penser cela, c'était déjà aimer moins. Et de
cet instant, en effet, data la désaffection de
Flamboche, l'affreuse désaffection que craignait
tant Chugnard, et dont il se trouva ainsi être le
premier auteur par une malencontreuse erreur
de tactique.

Il faut reconnaître, d'ailleurs, à la décharge de
sa clairvoyance mise en faute, qu'il n'avait pas en
ce moment la libre disposition de tous ses
moyens, ayant été, d'une part, repris par la frin-
gale du jeu, et se trouvant, d'autre part, empêtré.

dans une sale affaire que venaient de lui susciter
Laffouace et Lautarescù.

Au jeu, il était retourné dès le lendemain de
son arrivée à Paris, irrésistiblement. Triste, ennuyé, il y avait cherché une consolation, comme
l'ivrogne dans le vin. Aussi bien avait-il en caisse
deux mille francs économisés sur la bourse des
vacances.

— Du bon *rabiot*, pensait-il, qui ne doit rien
à personne, et qui se meurt de chagrin à rester
stupidement oisif!

Le budget de l'institution étant à jour, depuis
les paiements du trimestre dernier, et tous les
crédits rouverts pour longtemps après cette
preuve de solvabilité, Aménaïde n'avait pas
eu vent de ce *rabiot*, soigneusement *étouffé* par
Chugnard. Il lui avait confié seulement qu'il
était obligé à quelques réapparitions ici et là dans
certains cercles, pour liquider de vieilles petites
dettes, entretenir des relations nécessaires. Mais
il lui avait bien recommandé de n'en pas souffler
mot à Flamboche.

— Il se figurerait, avait-il dit, que je recommence à jouer, et il m'en voudrait peut-être. Il
aurait raison, d'ailleurs. Mais je ne joue pas, je
jouotte; rien de plus. Et encore, c'est pour la
frime, sois tranquille, ma grosse.

Et il la *mettait dedans*, ravi comme d'un bon

tour. A la tromper, il employait des ruses d'écolier
en école buissonnière, des bricolles de soldat
carottier qui découche. Le meilleur de son ingéniosité, ses forces mêmes, il les dépensait à tenir
secret son vice. Il devait combiner des mensonges
très compliqués pour triompher en de toutes
petites cachotteries. Il n'avait plus, d'ailleurs, la
ressource, comme autrefois, de réparer les nuits
blanches par de grasses matinées. Il s'exténuait
de la sorte le corps et l'esprit, puérilement, et
en même temps s'aigrissait le cœur de remords,
s'avouant bien qu'il faisait mal, s'avouant que
c'était bête, mais se contentant de s'en punir
par ce mauvais coq-à-l'âne :

— Le jeu n'en vaut vraiment pas la chandelle.
que j'y use pourtant par les deux bouts.

Et il continuait à l'y user, ne goûtant que là
un peu de répit à ses tracas, à sa peine de sentir
Flamboche en train d'être conquis par Gisette,
enfin aux menaçantes préoccupations de la sale
affaire Lautarescù-Laffouace.

Ainsi qu'il avait été convenu avant les vacances,
Laffouace avait fait le mort pendant trois mois,
ou du moins avait paru le faire. On n'avait eu
de lui aucune nouvelle. Et Chugnard, en rentrant, avait cru le retrouver toujours maté. Or le
drôle, vite à court d'argent, furieux d'être
réduit à la portion congrue, ayant maintenant de

22

nouveaux besoins, s'était révolté contre le sort
misérable qu'on lui imposait, et mis en campagne
pour s'en affranchir. Il avait essayé de *taper*
Lautarescù, resté à la boîte, n'en avait tiré que de
rares pièces de cent sous, le Valaque étant en
dèche lui-même, mais avait su lui tirer aussi,
ce qui était plus précieux, quelques vers du nez.
Il avait vaguement soupçon d'emprunts con-
tractés par Lautarescù, et se doutait que l'entremise de Chugnard n'y avait point dû être
étrangère. Il en parla carrément, comme quelqu'un connaissant toute l'histoire, apprit ainsi
ce qu'il ignorait, et notamment que le Belge se
refusait à prêter encore. L'irritation qu'en éprouvait Lautarescù le rendit plus facile aux confidences, dont Laffouace se servit, d'ailleurs, pour
tourner cette irritation contre Chugnard.

— Si le Belge ne veut plus vous prêter, dit-il,
c'est parce que le chiffre de vos billets atteint
celui dont peuvent répondre vos espérances. Et
si ce chiffre a été atteint plus vite que vous ne
pensiez, c'est parce que vous vous êtes laissé
grever de conditions trop onéreuses. Et à qui les
devez-vous? A Chugnard. Il a sûrement exigé
du Belge des remises énormes, dont le Belge
s'est rattrapé sur votre dos.

— Et qu'est-ce que j'y peux, maintenant?
avait demandé cette brute de Lautarescù.

A quoi Laffouace avait répliqué avec un cri
de jubilation :

— Les faire chanter, parbleu !

La chose n'était pas aussi commode qu'il le
pe·· ait; car les précautions du Belge et de Chugnard avaient été bien prises en cette affaire. Le
seul danger à craindre pour eux était celui
d'une brusque perquisition judiciaire chez le
Belge, y découvrant les billets sans date signés
par Lautarescù. Or, très certainement, ces billets
se trouvaient mis en sûreté ailleurs. Mais la
seule perspective d'une perquisition, d'une
suspicion, devait être désagréable au correct
commissionnaire en marchandises. On pouvait
au moins lui en faire peur. On pouvait avec plus
d'efficace encore, estimait justement Laffouace,
en jouer auprès de Chugnard, qu'un procès de
ce genre déconsidérerait comme chef d'institution, ne fût-ce qu'aux yeux de l'austère M. de
Miérindel. Accusé de complicité dans une opération d'usure et presque de faux contre un de
ses élèves, Chugnard risquait fort qu'on lui
enlevât Flamboche. Et c'est ce que fit valoir
Laffouace, en lui transmettant les récriminations
du Valaque.

— Je suis devenu, ajouta-t-il, son homme de
confiance. Dame ! il a bien fallu me retourner,
chercher à me créer les ressources dont j'ai

besoin et que vous m'avez coupées. C'est votre
faute si vous me retrouvez devant vous et vous
gênant. Arrangez-vous! Lautarescù veut de
l'argent. Moi aussi. Tâchez de vous en procurer.
Tirez-en du Belge. Sinon, nous agirons. L'affaire
sera dénoncée à qui de droit. Tant pis ! Prenez
votre temps, au reste. Je ne vous mets pas le
couteau sur la gorge. Et même, en toute sincérité, je ne demande qu'à vous servir. Lautarescù
m'écoute absolument. Si cela me plaît, il ne
bougera pas. Eh bien! pour qu'il ne bouge pas,
pour que cela me plaise, il n'y a qu'une chose à
faire : occupez-vous de me rendre mon papier.
Je vous donne un mois. Le délai passé, Lautarescù déposera sa plainte.

Chugnard n'essaya pas même de discuter. Il
ne songea qu'à la possibilité de gagner encore
un peu de temps, en fournissant quelques sommes à Lautarescù et à Laffouace. Pour ce il
joua plus frénétiquement, profita aussi de ses
crédits rouverts, emprunta, dupa des fournisseurs. Mais on conçoit sans peine qu'au milieu de
pareils soucis, et sous le coup d'une telle menace.
il n'avait plus la liberté d'esprit nécessaire pour
mener à bien son duel contre Gisette.

Or c'est contre elle qu'il eût voulu ramasser
et diriger tous ses efforts, contre elle qui était
en train maintenant, hélas ! de lui voler le cœur

de Flamboche. En la combattant maladroitement,
comme il avait fait, il s'était aliéné ce cœur, et il
le sentait, chaque jour davantage, s'éloigner de
lui pour aller vers elle. Il en était désespéré,
n'en devenait que plus furieux en son obstination
à démolir la prétendue sainte, et ainsi s'enfonçait dans son erreur de tactique, se nuisait à
lui-même, faisait précisément le jeu de l'ennemi,
s'en apercevait, et ne pouvait s'empêcher de
continuer à le faire.

Il en vint, un jour que l'admiration de Flamboche pour sa tante s'exprimait avec plus de
vivacité encore que de coutume, jusqu'à lâcher
ce mot imprudent :

— Ah! prenez garde! Vous avez l'air d'en
être amoureux.

Si la chose était vraie, c'était blesser profondément le jeune homme. Si elle ne l'était pas,
c'était lui en suggérer l'idée.

Mais la haine de Chugnard contre Gisette
devenait si aveugle, que cette seconde alternative elle-même ne le troubla pas.

— Eh bien! quoi! pensa-t-il. Quand même je
lui donnerais cette envie-là, tant mieux après
tout! Au moins, une fois l'amant de la gueuse,
il sera bien forcé de reconnaître qu'elle n'est pas
une sainte.

C'était d'une bêtise à pleurer. Chugnard aurait

- 22.

dû savoir qu'en amour on ne voit jamais l'être
aimé comme il est, mais bien comme on l'imagine. Cette si essentielle et si banale observation,
il ne se la fit seulement pas. Il en était lui-même
un exemple à l'appui, cependant. Il se figurait
un Flamboche tout en cerveau, de froid juge-
ment, de hautaine et saine philosophie, de sûre
défense contre les séductions corruptrices d'une
Gisette. Il ne discernait point en lui l'adolescent
au cœur entr'ouvert, aux sens aisément inflam-
mables, que travaillait la puberté. Et d'autre
part la haine étant, non moins fortement que
l'amour, quoique à l'opposé, une cause de dalto-
nisme moral, il se représentait aussi une Gisette
toute de sales manœuvres, et ne pouvait la concevoir éprise d'une sincère et douce tendresse
pour cet adolescent.

Le Flamboche et la Gisette qu'il ne *voyait* pas,
étaient pourtant les réels, contrairement à toute
vraisemblance. Le jeune homme, de si droite
nature au fond, désirait vilainement la sainte, la
miraculeuse amie qui avait été la salvatrice de
son oncle. Et la gouine, elle, chérissait gentiment son neveu, sans aucun appétit de cette
jeune chair.

Certes, il eût mieux valu qu'elle en eût faim,
et le montrât brutalement. Car alors Flamboche,
peut-être effrayé d'une telle passion, en eût com-

pris ce qu'il en eût appelé le crime et la laideur.
En revanche, sûr que son amour n'était point
partagé, il ne résistait pas à la suavité de le
sentir, et ainsi ne s'en méfiait pas, ne s'en faisait
aucun reproche, s'y abandonnait de plus en
plus. Le mot imprudent de Chugnard lui sembla
une sorte de sacrilège. Il lui en voulut de l'avoir
commis. Mais en même temps il se familiarisa
tout de suite, du coup, à cette idée, qu'il était
amoureux de sa tante, et que cela ne constituait
pas une monstruosité, puisque Chugnard en parlait avec tant de désinvolture.

Qu'eût-il pensé, s'il avait su que M. de Miérindel en personne s'était aperçu de la chose, et en
parlait, lui aussi, avec non moins de désinvolture, et à Gisette elle-même ? Au peu d'importance que tous deux y attachaient, il n'eût pas
manqué de se dire :

— C'est un sentiment sans danger, en effet, ni
vilenie, tout pur, tout naturel, et auquel je peux
me laisser aller. Pourquoi verrais-je du mal où
personne n'en voit ?

Et telle fut à peu près, quoique formulée moins
précisément, l'opinion à laquelle il s'arrêta, un
jour que son oncle lui glissa en douceur ces
phrases bizarres :

— Ne craignez pas de bien l'aimer, mon cher
enfant, et de tout votre être, ainsi qu'elle en est

digne. Si même votre jeune cœur battait un peu
plus fort qu'il ne faut, je ne saurais en être offus-
qué, ni peiné. Loin de là ! Jusqu'à cet excès
d'affection, où d'autres trouveraient à reprendre.
je l'estime, moi, conforme à l'exaltation de votre
âge, et je le considérerais uniquement comme
un hommage rendu malgré vous à des charmes
dont vous ne pouvez pas ne pas subir l'impérieuse
souveraineté.

Sous le ronron de la période oratoire, il y
avait là une formelle déclaration d'indulgence qui
étonna un peu Flamboche, mais qui le conquit.
Il y prit pour son oncle une vive admiration, à
le constater si perspicace, et une profonde reconnaissance, à le découvrir si foncièrement et si
noblement généreux. Il acheva aussi de s'y persuader qu'il pouvait être amoureux en toute innocence.

C'est juste ce que voulait le baron, qui n'avait
pas en vain déroulé tout à l'heure le gluant filet
de ses phrases. Être chéri de son neveu n'avait
jamais cessé, on s'en souvient, de lui paraître
indispensable à ses plans. L'être par le moyen de
Gisette, il n'y répugnait en aucune façon, puisque
l'occasion s'en présentait. Il savait de reste, et
rien ne l'en pouvait faire douter, qu'elle était
bien sa maîtresse, son amie, sa femme, sa femelle,
à lui et à lui seul. Il demeurait en pleine sécu-

rité là-dessus. Même la soupçonnant capable d'une passagère, improbable et absurde toquade charnelle pour l'adolescent, il eût poussé la confiance en elle jusqu'à lui permettre de satisfaire ce caprice, et sans en être ni jaloux ni inquiet. A plus forte raison sa large et orgueilleuse indulgence s'accommodait-elle de la passionnette éveillée chez Flamboche et qu'il connaissait non partagée par Gisette. Au besoin, pour tout dire, il eût demandé à Gisette de l'éveiller; car cela lui devenait utile.

Il s'en expliqua, d'ailleurs, nettement, avec elle, en pensant tout haut devant elle, selon son habitude.

— Le fameux Chugnard est décidément un imbécile, et son système d'éducation à l'anglaise ne vaut rien. Voici que Flamboche a passé la moitié du temps qui doit le conduire à sa majorité; et, loin d'être le petit produit voulu, c'est un jeune gentleman charmant, bien portant au physique et au moral, et dont tout le vice consisterait à minotauriser son brave homme d'oncle. Le résultat est maigre.

Et il continua de parler, par lentes et intermittentes phrases maintenant, où passaient tour à tour les mots d'émancipation, de confiance, de virement, de remploi. Il aimait à se donner l'air de rêvasser ainsi, au hasard, et ne s'occupant plus d'arrondir ni même d'achever ses périodes, comme si, à laisser couler ses idées sans suite et quasi sans expression, il se reposait de toujours les développer en savante ordonnance. Mais la suite y était quand même, et l'expression aussi, du moins pour Gisette, aux yeux de laquelle il lisait avec délices qu'elle comprenait. C'était là, on le sait, une de ses plus vives jouissances intellectuelles. Elle la lui fit goûter particulièrement aujourd'hui, en résumant de la sorte ces apparentes divagations :

— Je vois, cher ami. Rien de plus clair. Il te faut le petit absolument capté, sûr que tu l'adores parce que je l'aime, et te demandant son émancipation sur mon conseil, afin que tu déplaces légalement sa fortune. Sois tranquille ! Ce sera fait et bien fait. Je ne regrette qu'une chose, c'est que tu ne m'aies pas laissé le plaisir de t'en réserver la surprise.

Et, l'embrassant avec une brusque tendresse, elle conclut triomphalement :

— J'y avais songé déjà.

Puis, dans un soupir (car sa plus grande force consistait à ne paraître jamais lui rien cacher), elle ajouta :

— Je t'avouerai même que j'en ai eu comme du chagrin, oui, un peu. Parce que, vois-tu, ce petit-là, j'ai quelque chose pour lui. Un béguin que je ne m'explique pas, d'ailleurs! Pas une envie de l'avoir! Oh! non! Pas ça du tout. Mais de l'amitié, du doux, du bon, du je ne sais quoi, à cause qu'il me parle comme personne jamais ne m'a parlé. J'aurais été heureuse si nous avions continué à vivre avec lui ainsi que nous vivons depuis notre retour. Seulement, je me suis fait une raison. Je sais que ce n'est pas possible. Son père t'a été mauvais. Tu dois le lui rendre. Et puis, tu as tes combinaisons, qui passent avant tout. Alors, et même sans attendre que tu me dises rien, bonsoir le sentiment, n'est-ce pas? J'avais pris mon parti. Sans t'en prévenir, je marchais avec toi. Je te l'ai préparé, voilà. Tu peux le cueillir.

Elle avait au coin de l'œil une toute petite larme. Le baron la but dans un baiser, et dit, très sincèrement :

— Tu es le dévouement même.

Elle répondit ces simples mots, mais en ayant pleine conscience de toute la profondeur que couvrait cette simplicité :

— Non, je suis ta femme, ta vraie femme, pas moins, pas plus.

Et elle se rappelait une scène de sa jeunesse, du temps où elle avait eu pour amant de cœur un bandit, qui avait voulu la contraindre à *maquiller des coups*, qu'elle n'avait pas osé chérir

jusqu'à ce point, et qui l'avait alors lâchée avec
mépris en lui disant :

— Tu ne seras jamais qu'une paillasse à pantes.
Tu n'as pas une âme de rupine.

Elle se sentait cette âme de rupine aujour-
d'hui, et en était fière, et, à travers des souvenirs de romans-feuilletons racontant de beaux
crimes, elle s'apothéosait en elle-même, elle, la
présentement baronne de Miérindel, restée toujours, au fin fond, l'ancienne Gisette des boule-
vards extérieurs.

Mais de cela, si sagace devineur qu'il fût, le
baron ne se doutait pas. Il faut déclarer, en
revanche, que, s'en doutant, il ne s'en fût pas
autrement fâché, non pas même de la comparaison avec le bandit. Il se fût contenté d'en sourire,
et n'y eût pris matière qu'à trouver Gisette un
brin enfantine, et peut-être le bandit quelque
peu inférieur.

Ce n'était pas, en effet, un *beau crime* digne
de l'illustration en livraisons à deux sous, ni
seulement un crime du tout, qu'il complotait,
lui, l'austère et honorable directeur-fondateur
de *la Conscience*. Il s'occupait, moins héroïque-
ment, d'une simple petite opération privée, par-
devant notaire, et combinée avec une autre opération, publique celle-ci, par l'entremise des
agents de change, et les deux opérations, on le

voit, offrant toutes les garanties désirables de légalité et de respectabilité.

Brièvement (car les détails en seraient fastidieux), voici quel était le plan du baron. Conseillé par Gisette, Flamboche demanderait son émancipation, à laquelle ferait procéder M. de Miérindel. La fortune du jeune homme pouvant être alors mobilisée, le baron ferait entamer une campagne de Bourse dans *la Conscience*, pour amener une baisse momentanée, et donner à prévoir une baisse rapidement définitive, sur les valeurs constituant le portefeuille de Flamboche. Ces valeurs étaient presque toutes en actions de la mine d'or découverte et exploitée par Jacques de Miérindel, et en parts de propriété à option dans trois mines voisines, dont une de plomb argentifère. Soigneusement renseigné, le baron savait que cette dernière n'était soutenue que par les efforts d'un syndicat de banquiers, et qu'elle n'était d'aucun rendement. Celle-ci, avec l'aide du syndicat, on en pousserait les titres à la Bourse, juste à l'instant qu'il faudrait. Le coup se résumait à faire vendre par Flamboche ses bonnes valeurs menacées de chute, pour les échanger contre la mauvaise en ascension. En réalité, il les troquerait, entre les mains du baron, contre cette mauvaise, montée à un cours fictif, et dont le syndicat se débarrasserait en

-23

sous-œuvre à très bas prix, heureux de laisser
toute la vaine propriété de la mine de plomb
argentifère à un seul gros preneur. Grâce à ces
virements et à ce remploi, le baron se trouverait
finalement, et *légitimement*, en possession de
l'héritage que lui avait *volé* son frère aîné, tandis que Flamboche sortirait de l'affaire n'ayant
plus pour fortune que du papier.

Le point difficile, dans ce plan, c'était la mise
en train du début, le bizarre mélange de séduc-
tion et de conseils financiers dont Gisette avait
à faire usage envers Flamboche. Le reste ne
gênait guère le baron. Il ne s'agissait pas, en
effet, d'une grosse campagne de Bourse risquant
de révolutionner le marché. La hausse ou la
baisse sur ces valeurs exotiques passerait presque
inaperçue, en un coin de la grande forêt de Bondy
où l'on détrousse les gogos. Le *hic*, c'était d'y
attirer Flamboche, dans ce coin, sans qu'il soup-
çonnât que son oncle en personne l'y guettait,
et de l'y faire cependant conduire par Gisette. De
quelle manière, au moyen de quelles amorces,
de quelles insinuations ? Et comment trou-
verait-elle le biais nécessaire à cette manœuvre, les paroles précises et d'*affaires*, qu'il y
fallait, et cela de façon à ne pas rompre
le charme dont elle tenait le jeune homme, à
ne rien perdre du prestige dont elle s'auréolait

pour lui? Le baron ne put s'empêcher de dire :

— C'est un chef-d'œuvre, tout bonnement, que je te donne à exécuter.

Elle répondit avec un sourire d'orgueil tranquille et reconnaissant de la confiance qu'on lui témoignait :

— Je l'exécuterai.

Elle commença, sans chercher autrement midi à quatorze heures, par surexciter Flamboche et l'affoler de désir. Sous cet amour respectueux et presque religieux, qui se dupait lui-même à se croire en extase uniquement devant la splendeur morale de la sainte, elle avait tout de suite flairé, elle, le secret bouillonnement de la puberté en éveil. Elle en avait tant l'expérience, de ces chaleurs animales dont fermentent les adolescents! Elle en avait tant su éteindre, après les avoir attisées, dans son officine de la rue de la Lune! Elle savait si bien ce qui convient à ces demi-hommes de dix-huit ans, encore frais émoulus de l'enfance, et que leur inconsciente perversité se délecte particulièrement à retrouver dans les caresses nouvelles un peu des anciennes caresses de la nourrice, même de la mère! Elle le savait quasi inconsciemment, elle aussi, sans avoir philosophé sur la cause de cette dépravation; elle le savait, ce qui valait mieux, pour en avoir constaté l'effet. Et certes,

elle n'eût pas été capable de formuler la théorie
du genre de volupté par où se prennent le mieux
ces apprentis de la débauche; mais elle en possédait impeccablement toute la pratique.

Peut-être, si elle eût été en appétit de cette
jeune chair, eût-elle oublié son art en s'en régalant. Mais, ainsi qu'elle l'avait dit au baron en
absolue sincérité, elle n'en avait vraiment aucune
envie. Dans ce qu'elle éprouvait pour Flamboche,
elle restait ce qu'exprime si bien la profonde
parole de Corbière :

Pure, à force d'avoir purgé tous les dégoûts.

Ainsi, par une conséquence qui ne paraîtra
étrange qu'aux esprits superficiels, elle garda
envers lui toute sa liberté d'action pour être,
précisément, impure, sans qu'il en pût prendre
horreur ou même dégoût.

Le désir violent qu'il avait d'elle, de plus en
plus, lui demeurait d'ailleurs inexplicable à lui-
même, ou du moins non explicable par des
raisons pouvant l'engager à s'en défendre. Il
continuait à n'y rien soupçonner de sensuel,
fût-ce en plein égarement de chaude et charnelle
concupiscence. Il s'obstinait à se croire uniquement épris d'une splendeur morale, en adoration
spirituelle et noble devant la sainte. Il y était de
bonne foi.

— Non, pensait-il, non, je ne l'aime pas pour

cela qu'on aime d'ordinaire, qu'on doit aimer, dans une femme. Et la preuve, c'est que je ne me fais aucune illusion sur son âge, sur sa figure. Chugnard dirait d'elle pis que pendre, à ce sujet, je serais forcé de lui donner raison, pour ne pas mentir. Je sais qu'elle n'est plus jeune. J'avoue qu'elle n'est point belle. Je ne peux pas même imaginer qu'elle ait jamais été belle, ou seulement jolie. Elle a dû, plutôt, si je veux parler franc, être presque laide. Il est probable qu'elle le paraît à la plupart des gens, puisque je la trouve telle, à certains moments, moi aussi. Donc, encore une fois, ce que j'aime en elle, c'est bien son âme et rien d'autre.

Gisette, en effet, il faut le reconnaître, n'avait point et n'avait guère eu en aucun temps, de quoi être convoitée à première vue.

Encore pouvait-elle, jadis, en sa fleur de diable-au-corps, quand elle était verseuse de brasserie, ou chahuteuse de bal public, allumer de bizarres envies par sa mine de blême polisson, ses allures dégingandées de voyou habillé en femme. Et il fallait alors tout ce diable-au-corps enragé, grouillant, canaille, drôle, pour vous faire oublier la sécheresse de ses longs bras en pattes de sauterelle, la platitude de son étroite poitrine, le ravalement de sa croupe de chèvre, et ses maigres cheveux couleur de cendre sale, et sa

23.

face osseuse, qu'un nez camard ponctuait de deux
trous, et que sabrait une grande bouche aux
minces lèvres plates.

— Elle a du chien tout de même, disaient ceux
qui la trouvaient à leur goût, telle quelle, et y
cherchaient cependant une excuse.

Et ils ajoutaient invariablement, ce qui était
en somme leur argument le meilleur, ou plutôt
l'unique :

— Elle a surtout des yeux qui ne sont pas les
yeux de tout le monde.

Et fichtre non, ils ne l'étaient pas, les yeux
de tout le monde, ni même des yeux d'aucune
espèce de monde, si l'on doit par ce mot entendre
la généralité des êtres humains. C'étaient, en
effet, proprement, des yeux d'animal, et d'un
étrange animal qui eût été tout ensemble oiseau,
serpent et singe. Petits et luisants, à la prunelle
verdâtre, à la pupille tantôt dilatée en large
goutte de café pâle, tantôt ramassée en tête d'ai-
guille noire, ils avaient tour à tour le rapide
éclair que darde le rapace fouillant l'horizon, la
fixité glaciale où se concentre l'âme du reptile
fascinant sa proie, et l'inquiétude mobile, astucieuse, gênante, perverse, qui vous fait à la fois
honte et peur dans les regards de certains man-
drilles cruels et obscènes.

Chugnard, qui avait connu la Gisette de ces

regards-là, en sa plus belle époque, les avait
alors définis assez plaisamment et très justement, de la sorte :

— Ce sont des regards qui ont des doigts et,
au bout de ces doigts, des griffes.

La Gisette d'aujourd'hui ne les avait plus
guère, ces regards, soit que la vie eût à la longue
éteint leur éclat, usé leur pointe, engourdi leur
dansant papillotage, soit qu'ils fussent moins
perceptibles désormais sous le lourd voile des
paupières épaissies, ridées, gonflées et rabattues
en capotes qui les noyaient d'ombre. En tout
cas, si elle savait les retrouver encore à l'occasion, on pense bien qu'elle se gardait de le faire
avec Flamboche.

Elle n'avait plus, d'autre part, le diable-au-
corps de jadis, ni sa mine de blême polisson, ni
ses allures dégingandées de voyou habillé en
femme, ni rien de cette sécheresse même qui est
alliciante pour certains. La cinquantaine voisine
l'empâtait déjà un peu de sa graisse molle, couleur de cire jaunissante, dont la chair semble
s'envelopper comme d'une douillette contre la
froidure prochaine du retour d'âge. Avec des
coques de cheveux blancs, elle eût paru toute
prête à passer pour une vieille dame. L'ardente
teinture au henné, le léger maquillage, les toi-
lettes claires, et enfin et surtout les dents de-

meurées fraîches et brillantes, d'ailleurs petites,
presque enfantines, la gardaient pourtant de la
décrépitude.

Mais, somme toute, Flamboche avait raison,
ce qu'il aimait en elle, ce ne pouvait être ni le
présent, ni même le passé d'une beauté qui
n'était plus. sans avoir été jamais.

Et cependant, les restes de ce rien, elle sut lui
en donner, lui en entretenir, lui en étancher la
soif. Elle sut, ce qui était mieux encore, le faire
en lui laissant croire qu'elle y était forcée par
lui, et qu'elle ne cessait pas d'y être la sainte
qu'il vénérait, et que leur crime n'avait rien de
criminel, qu'ils le commettaient en pleine innocence, qu'ils communiaient de l'âme. Et, parmi
ces soi-disant communions d'âme, qui s'opé-
raient sous les espèces des plus extraordinaires
pratiques sensuelles, elle trouva moyen d'intro-
duire les fameux conseils *d'affaires* qui en étaient
le vrai but. C'est en jouant la nourrice câline
et berceuse après la lassitude des caresses, c'est
en se manifestant comme *petite mère parlant
raison*, qu'elle les insinua, sans qu'il prît garde
à la monstruosité d'un pareil pêle-mêle. Loin de
là! Il n'y vit, à la réflexion, qu'une preuve singulièrement forte d'affection toute tendre et pro-
tectrice et en éveil des moindres choses pouvant
le servir, contribuer à le rendre heureux. Cela

lui était d'une suprême et exquise douceur,
qu'elle le traitât en enfant dont elle voulait diriger les pensées, même les plus étrangères à
l'amour. Qu'elle prît la peine et eût le loisir de
songer à ces choses entre deux baisers, il l'en
admira, lui en fut reconnaissant, et d'autant
plus que leur passion y perdait vraiment toute
apparence de passion mauvaise. Du moins se le
figurait-il, naïvement ; et volontiers il eût consenti à ce que son oncle fût en tiers dans telle
de leurs conversations, à certains moments où le
neveu bien sage écoutait religieusement les
graves avis de sa tante.

A vrai dire, ce qu'il écoutait religieusement,
c'était surtout la voix de Gisette, qu'elle avait
belle d'ailleurs, un peu trop profonde peut-être
pour une voix de femme, mais d'une sonorité
large et prenante. Au sens même des paroles
qu'elle prononçait, il était beaucoup moins attentif. Elle l'en grondait souvent, lui reprochait de
ne jamais être assez sérieux, l'obligeait à l'être
en ajoutant :

— C'est quand tu t'intéresses à mes conseils
que je t'aime le mieux.

— Mais, répondait-il, je ne demande qu'à les
suivre, quels qu'ils soient.

— Cela ne me suffit pas, répliquait-elle, je
veux que tu les comprennes.

Il s'étonnait qu'elle y tînt. Elle lui ripostait
que le baron l'avait habituée à considérer l'intelligence en affaires comme la première qualité
de l'homme d'aujourd'hui. Elle avouait penser
de même. Elle en concluait que Flamboche devait désirer, par amour pour elle, d'acquérir
cette qualité qu'elle estimait nécessaire. Elle
prétendait, au reste, qu'il l'avait à son insu,
qu'elle en était sûre, qu'il s'en apercevrait au
faire et au prendre, s'il voulait seulement essayer
de la découvrir en lui. Et elle terminait toujours par son refrain :

— L'unique moyen de me donner raison,
c'est de te mettre à gérer ta fortune toi-même, et
pour cela, d'abord, de demander ton émancipation à ton oncle. Tu as l'âge légal. Tu es inex-
cusable de ne pas en profiter. Sans compter que
le baron serait ravi de cette demande. Il te trouverait digne de lui, de votre famille, de ton père,
qui a été aussi, je le sais, un homme d'affaires
extrèmement remarquable.

Ce dernier argument était fait pour toucher
Flamboche au bon endroit. Il y résistait cependant encore.

— Je suis tellement ignorant en ces matières!

— Le baron y sera ton maître. Et il s'y entend,
va! Il m'en a bien instruite, moi qui ne suis
qu'une femme!

Un jour, enfin, Flamboche céda. Il fit la demande à son tuteur, et lui déclara qu'il avait le désir de... en s'occupant à gérer sa fortune... sous les auspices, bien entendu, et la direction d'un homme aussi compétent que... et pour ne pas démériter d'une famille qui... Bref, il entortilla des lambeaux de phrases retenus par sa mémoire tandis qu'il s'était grisé à la voix de Gisette. En somme, bien ou mal, il dit ce qu'elle avait voulu lui faire dire, et ce qu'attendait impatiemment M. de Miérindel.

— Ah! mon cher enfant, mon brave enfant! s'écria le baron en le serrant dans ses bras. Vous voilà donc devenu un homme! Vous voulez en être un pour de vrai! Que vous me rendez heureux! Et que votre tante est heureuse aussi! N'est-ce pas, ma bonne Gisette?

Et il poussa Flamboche dans les bras de Gisette, qui l'y retint, le front sous un baiser, tandis que le baron reprenait :

— Votre père aussi, votre pauvre père, combien il serait fier de vous! Il doit l'être. Il assiste de là-haut à cette prise de possession de vous-même. Oh! oui, oui, fier et ravi, sûrement, il l'est. Songez donc! C'est à la fin de sa carrière seulement, lui, après des erreurs, beaucoup d'erreurs, nobles et généreuses au reste, après de bien cruels déboires, hélas! qu'il a compris les néces-

sités et la loi de notre société moderne, où les
affaires priment tout, où l'on peut s'y montrer
un héros aussi, d'ailleurs ; car l'héroïsme change
de figure avec les temps. C'est donc, je le répète,
à la fin de sa carrière seulement que ce haut
esprit, ce grand cœur, a tourné ses brillantes
facultés vers le domaine où elles devaient s'exercer d'une façon si puissante et si féconde, comme
il en donna la preuve par la fortune qu'il vous a
laissée. Vous, mon cher neveu, c'est à l'entrée de
la vie que vous entamez la lutte, que vous mar-
chez à la conquête de...

Le discours de M. de Miérindel, sur ce sujet,
fut extraordinairement long et filandreux. Mais
il eût pu s'étirer plus encore, et à n'en plus finir,
que Flamboche ne l'en eût pas entendu avec
moins de plaisir. Il l'entendait, en effet, sans
l'écouter, toujours serré entre les bras de Gisette,
le front sous un tendre baiser maternel, mais
le corps contre ce corps dont il sentait la douce
étreinte frissonnante ; car Gisette, juste à ce moment, par un caprice dont elle ignorait elle-
même le mobile, s'amusait à une feinte pâmoison voluptueuse, une de celles dont elle usait et
disait jadis :

— C'est ma spécialité.

De quoi sont faits, entre autres perversions,
certains amours, on en aura une idée par ceci :

que M. de Miérindel, tout en développant sa harangue, percevait très nettement cette feinte pâmoison de Gisette, et y trouvait une jouissance. et en eût éprouvé une plus vive encore si la pâmoison n'avait pas été feinte.

Il va de soi que Flamboche n'était guère en état de soupçonner un tel raffinement de débauche ; et c'est tout juste si la *rosserie* de Chugnard, mis en présence d'une scène pareille, eût pensé à en fouiller les dessous jusque-là. Ce qu'il n'eût pas manqué d'y voir, lui, par exemple, c'est l'entente des deux complices pour engluer le jeune homme.

Au lieu de cela, il continua de se blouser, en attribuant à Gisette seule des intentions sur Flamboche, et sans pouvoir arriver d'ailleurs à démêler quelles étaient ces intentions. Il demeura stupéfait et dans les ténèbres, quand Flamboche lui apprit que, d'après les conseils de sa tante, il avait demandé au baron à être émancipé, et que M. de Miérindel y avait consenti.

— Pourquoi, se dit Chugnard, l'a-t-elle engagé à cette demande? Quel intérêt y a-t-elle ?

Il fallait que cet intérêt fut très grand, pour qu'elle eût manœuvré d'autre part de façon à faire consentir M. de Miérindel. Or, cet intérêt si grand, comment Chugnard ne le devinait-il pas? Il en était honteux.

24

— Et pourtant, s'avouait-il, j'ai beau me creu-
ser la tête, je ne vois rien. A moins qu'elle ne
sache pertinemment la mort du baron toute prochaine, et qu'elle ne se prépare à se faire épou-
ser par le petit! Mais alors, à quoi servirait
l'émancipation tout de suite? C'est, au contraire,
de quoi mettre la puce à l'oreille du baron.
Voulant ce que j'imagine là, Gisette cacherait
son jeu, plutôt.

Et Chugnard se perdait en hypothèses, toutes
plus absurdes les unes que les autres. Il en
oubliait Laffouace, qui pourtant se rappelait souvent à lui par des objurgations menaçantes
de ce genre :

— Dites donc, Chugnard, le temps se passe et
je ne vois pas venir mon papier. Prenez garde!
Lautarescù veut agir. Il s'impatiente. J'ai toutes
les peines du monde à le retenir.

Lassé, un beau jour, énervé, imprudent,
Chugnard laissa échapper un :

— Vous m'embêtez avec votre Lautarescù. J'ai
à peigner d'autres chats que lui et vous.

Il était, à ce moment, dans cette disposition
d'esprit où vous met la terreur d'un danger
inconnu, qu'on sent autour de soi, contre lequel
cependant on est impuissant, à cause qu'il est
sans prises, et qui vous fait ainsi désirer la lutte
avec n'importe quel autre péril plus palpable. On

a de ces besoins-là, par exemple, la nuit, dans un bois. Au fond de l'ombre imprécise, multiforme, peuplée de fantômes, on aime alors qu'il surgisse un être vivant, réel, dût-on avoir à s'en défendre. Même attaquer, en ce cas, est un soulagement. Chugnard en était là.

— Ah! ça, fit Laffouace, vous êtes sérieux? Je vous embête, de vous prévenir gentiment? Vous voulez donc que Lautarescù...?

Exaspéré, Chugnard lui coupa la parole, matériellement, en lui envoyant un chinfreneau en plein visage. Blême, du sang au nez, Laffouace balbutiait :

— Vous êtes soûl, voyons, Chugnard; mais vous êtes donc soûl?

— Oui, s'écria Chugnard, oui, soûl de vous, d'abord. Et soûl à vous vomir, vous entendez! Et je vous vomis en effet. Allez au diable! Ne remettez plus les pieds chez moi! Faites ce qu'il vous plaira. Je m'en bats l'œil, le ventre et les flancs. Ouste! Ouste! A la porte!

— Vous me... vous me... chassez? continuait à balbutier Laffouace en épongeant le sang sur son groin de rat.

— Vous pouvez le dire, continuait à crier Chugnard. Ah! je vous crois, que je vous chasse! Et raide! Et sans même vous flanquer vos huit jours, sale fripouille! Allez crever de faim ail-

leurs! Allez demander votre papier au garde-
chasse! Allez trouver M. de Mériendel, si ça vous
amuse! Mais allez-vous-en, n'est-ce pas, ou je
vous remets le museau en compote!

Il était comme soûl, en effet. Toute sa fureur
contre lui-même, toute sa rage de n'être plus
aimé comme naguère par son cher Flamboche,
de le sentir au pouvoir de Gisette, de ne savoir pas
ce qu'elle en voulait faire, de se trouver désarmé
contre elle, tout son désespoir enfin, s'exhalaient
et se dégorgeaient en ce fol accès de colère. Les
dangereuses conséquences qui en étaient à
craindre, il ne les envisagea qu'ensuite, et elles
ne le troublèrent pas. Au contraire! Il y trouva
comme un réconfort.

Que Laffouace dût pousser Lautarescù à quelque
fàcheuse extrémité, il s'en moquait. Qu'il courût
chez M. de Miérindel, et s'y répandît en bave de
dénonciation, de cela même il n'avait cure en cet
instant. Ou plutôt, il le souhaitait.

Eh bien! quoi? Qu'en adviendrait-il? Ce serait
la lutte immédiate? Tant mieux! Au moins, on
se battrait! N'importe quoi valait mieux que
d'assister, sans rien oser dire ni faire, à l'engluee-
ment de Flamboche par Gisette! Aussi bien,
est-ce que Flamboche émancipé resterait à l'institution Chugnard? Apparemment non. Alors,
le perdre pour le perdre, n'était-il pas mille fois

préférable de ne pas le perdre à la muette,
bêtement, et d'en arriver à la fatale explication,
même à la confession si dure? Une fois en face
de la chose, et se colletant avec elle corps à
corps, Chugnard se ressaisirait, recevrait des
coups, mais pourrait en rendre!

— Je l'aime tant et il m'a tant aimé! Je trouverai les mots qu'il faudra, venant du fond de
mon cœur et qui par conséquent iront au fond
du sien.

A ces pensées, une conclusion s'imposait :
ouvrir tout de suite ces hostilités, débuter par
cette confession. Chugnard le comprit. Cependant, cette fois encore, lâchement, il renâcla.
Comme toujours, il s'en remit, du soin de commencer le feu, au soin du hasard. Le joueur, en
lui, était le plus fort, irrémédiablement. Il le
constata en se donnant cette niaise excuse :

— Je ne suis pas assez en veine pour risquer
de prendre la main. Ponte, oui ; banquier, non.
Laissons d'abord parler les cartes.

La raison était déraisonnable. Elle le satisfit
d'autant mieux. Il attendit.

Le pire, c'est qu'il put croire qu'il avait bien
fait d'attendre. L'explosion ne se produisant pas,
à laquelle il s'était préparé comme à une extrémité imminente, il pensa naturellement :

— Tiens, tiens, Laffouace a eu peur. Mon

24.

assurance l'a démonté. Peut-être, au faire et au prendre, ne bougera-t-il pas.

Et la sécurité lui revint, même l'espoir. Du coup, sa vaillance, son désir de bataille immédiate, tombèrent à plat. Il se berça de cette imbécile illusion, que le *statu quo* allait durer sans fin, que la fatale explication pouvait ne pas arriver fatalement, que tout s'arrangerait au petit bonheur. Par moments, il se jugeait stupide de faire ainsi l'autruche qui se cache la tête sous l'aile afin de ne pas voir le danger. Puis il s'en consolait par quelque calembredaine :

—Allons donc ! une vieille autruche déplumée comme moi, ça n'a plus de quoi se cacher la tête. Si je ne vois pas de danger, c'est qu'il n'y en a pas, voilà tout.

Et il se gargarisait, le pauvre, de son ancien et burlesque adage :

— Le vrai bonheur, c'est d'être heureux.

Ne l'était-il pas, en somme, présentement, au moins d'une façon relative? Laffouace faisait le mort, avait débarrassé le plancher, en tout cas, de son odieuse figure. Lautarescù aussi avait quitté la maison. Enfin, et surtout, Flamboche semblait se rapprocher de Chugnard, se remettre à lui être tendre. La raison de ce retour, c'est que Chugnard avait depuis peu renoncé à médire de Gisette, par lâcheté d'affection envers

Flamboche. Mais cette raison, il ne se la donnait pas. Aveugle encore en cela, il se disait :

— Il recommence à m'aimer, moi, parce qu'il
cesse de l'aimer, elle, évidemment.

Il faut ajouter, à l'excuse de son aveuglement,
et aussi de son lâche silence actuel touchant
Gisette, que d'autre part Flamboche parlait d'elle
maintenant avec moins d'exaltation apparente. Il
y apportait une discrète pudeur, craignant qu'on
ne devinât sa passion, et partagée, et que la
sainte y perdît de son prestige.

Pour tous ces motifs, il y avait désormais entre
Chugnard et lui comme une trêve à propos de
Gisette ; et cette trêve était bien faite pour donner
le change aux deux, et les entretenir dans
le doux sentiment de leur affection renouée.
Aménaïde y était bien prise, elle qui ne
voyait que cet effet sans en pouvoir connaître
les causes, ces causes qu'eux-mêmes, d'ailleurs,
ne savaient point !

— On se croirait, disait-elle souvent, revenu
au bon temps du paradis, comme là-bas.

— C'est vrai, répondait Flamboche, en songeant *in petto* que le paradis d'ici était encore
plus beau, puisque Gisette en était l'Ève.

Et Chugnard approuvait aussi la comparaison
d'Aménaïde, mais en la corrigeant, lui, de cette
intérieure restriction :

— Pourvu, dans notre paradis présent, que le
serpent n'y rentre pas!

En quoi il pensait à Laffouace, dont le silence
prolongé, la complète disparition, l'absolu efface-
ment, ne laissaient pas de commencer à le
rendre inquiet. Il avait bien pu l'imaginer maté,
renonçant à un coup d'éclat. Mais alors il l'attendait venant à résipiscence, à merci, demandant
pardon en couard humilié, suppliant au moins
qu'on lui réaccordât par pitié l'aumône de la
pitance. Il ne le supposait pas résigné à crever
de faim sans essayer quelque chose. Et d'autre
part, il était forcé de le constater ne se vengeant
pas, puisque rien ne se déclarait du côté du Belge,
rien non plus du côté du baron. Où diable le
drôle était-il allé se terrer? A quelle lente besogne y préparait-il son fiel? De quoi vivait-il
en attendant? Que faisait-il?

Hélas! ce n'est plus lui, désormais, qui
faisait quelque chose. Ce n'est plus contre ce
foutriquet de coquin que Chugnard avait à se
tenir en garde. Le foutriquet avait jeté de son
fiel tout ce qu'il en pouvait jeter, bravement
d'ailleurs, en petite bête puante qui vide toute sa
poche d'un coup. Mais derrière elle, et appelé
par elle à la rescousse, et prenant la proie pour
son compte, était arrivé le grand carnassier, le
maître en savante et muette coquinerie, le for-

midable baron. Et le profond calme dans lequel
on laissait maintenant se morfondre Chugnard,
c'est M. de Miérindel en personne qui en était
l'auteur. Chugnard avait raison d'être inquiet, et
il l'eût été mortellement, s'il avait pu se douter
de l'épouvantable orage qui couvait sous cette
immobile et lourde bonace.

Chassé de l'institution, et ayant compris que
la chose était irrévocable, Laffouace avait réfléchi. Il avait contenu son premier accès de
rage, qui lui conseillait de pousser Lautarescù
à une dénonciation contre le Belge et son complice Chugnard. Il s'était aperçu que c'était là
un scandale à soulever, pas plus, et sans profit
certain, et même dangereux pour lui qui le sou-
lèverait.

— Ni Lautarescù ni moi n'avons de quoi
entamer un procès. D'ailleurs, Chugnard, mis
en éveil par l'attaque, prendrait ses précautions,
s'il ne les a prises d'avance, ce qui est plus que
probable. Je serais mêlé à l'affaire. Mon papier
serait publié.

Voilà ce qu'il devait éviter à tout prix. Et,
puisqu'il ne pouvait décidément, par Chugnard
conquérir ce terrible papier, il fallait le faire
conquérir par un autre, quitte à ce que cet autre
le gardât, s'en servit comme d'une chaîne, au
besoin. L'espoir qu'avait eu si longtemps le mi-

sérable, d'échapper à cette chaîne, il y renonçait.
Mais il voulait du moins que la chaîne, dont il
aurait le col serré, fût aux mains d'un vrai patron, digne de l'être, digne surtout d'être le sien.
Car, jusqu'en son abdication, il apportait ce
reste d'orgueil.

— Gredin subalterne, soit! Seulement, sous
un maître que je puisse, sans déchoir dans ma
propre estime, traiter en maître.

Et ayant demandé une audience à M. de Miérindel, il avait carrément posé la question ainsi :

— Monsieur, je viens me mettre en votre
pouvoir, absolument, sans conditions. Je vais
vous fournir le moyen de faire de moi ce que
vous voudrez. Je vous rendrai ensuite un service que je crois très grand. Vous apprécierez
ce que je suis, ce que je vaux, ce que je donne,
ce que je peux donner, ce que vous pouvez
exiger d'un instrument tel que moi, ce qu'il est
capable de rendre, employé par un homme tel
que vous. Le silence sera votre unique réponse,
s'il vous plaît ainsi. Je ne m'en plaindrai pas. Je
ne me plaindrai de rien. Mon seul désir est que
vous m'écoutiez.

M. de Miérindel lui avait fait signe de s'asseoir
et avait dit tranquillement :

— Je vous écoute.

Malgré la froideur d'un tel accueil, malgré le

peu d'effet, ou plutôt le pas d'effet du tout, produit par cet exorde à la fois *ex abrupto* et insinuant (et qu'il avait si savamment préparé, et
sur lequel il comptait tant), Laffouace ne s'était
pas décontenancé. La figure même du baron, en
son impassibilité morne, loin de lui ôter le courage, l'excitait à poursuivre. Il en admirait jusqu'à la hideur, jusqu'à ces affreuses coutures de
cicatrices qui lui semblaient, à lui le littératurier
imaginatif, être les stigmates et les emblèmes
d'une profonde pourriture d'âme.

— Devenir, pensait-il, l'âme damnée d'une
pareille âme, c'est vraiment quelque chose, et
je peux être fier d'y tâcher. Il n'y faut pas le
premier venu.

Cette idée, et ce compliment qu'il se faisait,
lui avaient rendu agréable l'infâme posture où
il se mettait et où tout autre que lui se serait
senti le plus vil des hommes. C'était proprement
celle d'un esclave se vendant lui-même, et se
rivant de ses mains le carcan.

Il avait, en effet, commencé par raconter son
malheur, sans en rien atténuer, et avec tous les
détails nécessaires à le bien montrer utilisable,
contre lui, pour l'acquéreur du fameux papier.
Il avait même manifesté le regret de ne pouvoir
offrir en personne ce papier comme un gage de
sa servitude. Mais au moins il se déclarait en-

chanté d'en savoir l'acquisition facile à M. de Miérindel (une simple affaire d'argent, peu de chose! :
et il avait ajouté, dans un sourire :

— Mon papier entre vos mains, c'est, vous le
voyez, monsieur, ma vie entière à votre entière
dévotion.

M. de Miérindel n'avait sourcillé ni au récit,
ni même à l'offre. Il s'était contenté de murmurer
à voix basse, vaguement :

— Après?

Laffouace avait alors, avec plus d'espoir
d'émouvoir le baron, entamé le chapitre de ses
révélations sur Chugnard. Il s'y était, on doit le
reconnaître, conduit avec une extrême finesse,
ne lâchant pas un mot qui pût induire M. de Miérindel à croire son plan éventé par lui, Laffouace,
mais insinuant tout ce qu'il fallait pour que cette
idée vînt au baron :

— Chugnard, évidemment, m'a deviné, et me
contremine.

Ce résultat, Laffouace y était arrivé en se bor-
nant à représenter Chugnard comme un habile
et profond captateur, qui avait su séduire Flamboche, s'en faire aimer, et cela par tous les
moyens, et même, très particulièrement, par les
plus honnêtes.

— Parce que le jeune homme a une belle nature,
et qu'auprès de ces natures-là Mentor réussit

mieux que Pandarus. Donc Chugnard, Pandarus
avec tous ses autres élèves, a jugé à propos d'être
Mentor avec celui-ci. En quoi, certes, il remplis-
sait fort bien son devoir de chef d'institution!
Non pas, toutefois, pour le remplir, ce qui est
contraire à ses habitudes de dépravateur; mais
n'y ayant pas de meilleure tactique à suivre, en
ce cas spécial, pour accaparer à son profit le futur
banquier qu'il....

Et vite Laffouace avait daubé sur le joueur
malheureux, sur le bourreau d'argent, sur le
si chimérique martingalier, qu'était Chugnard.
Là-dessus il s'en était donné sans restriction, à
coups redoublés, et sur l'hypocrite coquinerie du
bonhomme, ruinant sa pauvre femme, empruntant à ses élèves, les payant d'immondes complaisances, les engageant en de dangereuses et crimi-
nelles opérations pour leur procurer et se procurer
de l'argent. Et il avait ici placé l'histoire des billets de Lautarescù au Belge. Tout cela, certes,
dans un joyeux et féroce débordement de sa haine
contre Chugnard. Mais au fond cette haine
se régalait surtout à la certitude d'avoir tout à
l'heure dit de Chugnard ce qu'il y avait de pire à
en dire au baron, avec ces quelques phrases entor-
tillées touchant l'étrange Pandarus-Mentor, ainsi
dévoilé, Pandarus pour tous les autres élèves,
Mentor pour le seul Flamboche.

25

A ce moment-là, les petits yeux ternes de
M. de Miérindel avaient brillé d'une très furtive
lueur, éteinte aussitôt, que Laffouace cependant
avait eu le temps de percevoir, et dont, à la
réflexion, tandis qu'il continuait à piétiner sur
Chugnard, toute sa sale âme avait été comme
illuminée d'un grand feu de joie, où il lui semblait danser en s'écriant :

— Ça y est ! J'ai mis dans le mille. Quoi qu'il
m'arrive à moi, Chugnard est perdu.

Pour en être encore plus sûr, dans un raffinement de mauvaiseté, il avait eu soudain une inspiration :

— Il faut que le baron soit poussé à le perdre,
non seulement par intérêt, mais par haine profonde, comme moi. Et j'en trouve le moyen ! Décidément, j'ai du génie !

Et il avait alors inventé, improvisé, une calomnie qui n'était vraiment pas d'une imagination
banale. Malgré toutes les précautions prises, le
bruit avait transpiré, dans le monde des jour-
naux, que la maladie de M. de Miérindel n'était
pas une maladie ordinaire. On avait parlé de ceci,
de cela, et quelqu'un finalement, par hasard
sans doute, et entre autres hypothèses, avait lancé
celle de la lèpre. La chronique scandaleuse, de
bouche à oreille, dans les cafés, avait propagé la
chose. Laffouace en était un des naturels récep-

tacles et truchements. Que le fait fût vrai ou faux,
qu'importait? Il allait l'utiliser à sa calomnie! Et
il avait eu de la sorte son inspiration. Brusquement, il avait jeté :

— Songez, monsieur, que cet homme, pour
vous voler le cœur de votre neveu, pour le détourner de vous, n'a pas craint d'exploiter jusqu'à
vos souffrances, d'exercer sa verve grossière de
plaisantin méchant et bas en faisant des mots
sur... Mais, pardonnez-moi! Je n'oserai jamais
répéter de pareilles ignominies.

M. de Miérindel avait exigé, d'un geste, qu'il
les répétât; et, presque en bégayant, Laffouace
avait obéi, les yeux et les bras au ciel:

— Eh bien! j'ai entendu ce misérable risquer
cet infâme calembour, que vous étiez un de nos
plus fameux... lépraïsants.

Cette fois, en dépit de toute sa force et de toute
son habitude à demeurer impassible, M. de Miérindel n'avait pas pu s'empêcher de blémir un
peu, en tressaillant. Et Laffouace avait pensé :

— Tout à l'heure j'ai mis dans le mille. Ce
coup-ci, j'ai fait mouche sur ma première balle.
Chugnard va en voir de rudes!

Un assez long silence avait suivi. Enfin M. de
Miérindel s'était décidé à desserrer les lèvres ;
et, lui qui d'ordinaire était un si filandreux
dévideur de périodes, il avait procédé ainsi, par

phrases toutes brèves, mais d'un ton, au reste,
presque indolent :

— Monsieur, je vous remercie de m'avoir
appris tant de choses. Je verrai quel usage j'en
puis faire. Envoyez-moi ce soir, par lettre signée,
votre adresse et celle du garde-chasse. Puis
tenez-vous à ma disposition. Mais ne bougez
pas ; ne vous montrez même pas !

Griffonnant sur un carnet de chèques, il en
avait détaché ensuite la feuille écrite, bonne
pour mille francs, et l'avait tendue à Laffouace.

— Voici de quoi attendre mes ordres, si j'ai à
vous en donner.

Laffouace, d'abord, s'était confondu en remer-
ciements et en salutations, à quoi M. de Miérindel
avait coupé court par un petit mouvement de la
main, comme agacé. Et alors le vilain bougre, repris d'orgueil, et ne voulant pas cependant paraître
plus plat que de raison, avait dit avant de sortir :

— Ce n'est pas de l'argent que je vous sais gré,
monsieur ; c'est de laisser ma vengeance en si
bonnes mains.

— Vous haïssez donc bien Chugnard ? avait
curieusement demandé le baron. Pourquoi
le haïssez-vous à ce point ?

Et Laffouace, redressé, avait répondu en se
sentant très brave d'oser répondre ainsi à un tel
homme :

— Je le hais bien, oui, monsieur; et si je le
hais à ce point, c'est surtout parce qu'il n'a pas su
se servir de moi.

Le baron n'avait pas été fâché de cette petite
crânerie, couronnant tant de bassesse. Le drôle
lui avait paru intéressant. Et comme il aimait à
encourager certains dévouements, il n'avait pas
craint de conclure :

— Soyez tranquille ; je crois que moi, vous ne
me haïrez point.

Et tout de suite il s'était mis à l'œuvre pour
prouver son dire, se servant contre Chugnard de
tout ce que lui avait appris Laffouace, et s'en
servant avec une maîtrise qui eût fait baver
Laffouace d'admiration, s'il eût été dans le secret
de la campagne.

Mais dans le secret des campagnes que menait
M. de Miérindel, personne n'y était jamais, sauf
quelquefois Gisette ; et, cette fois, elle-même n'y
fut point. Initiée à tout ce qui concernait les
manœuvres contre la fortune de Flamboche, elle
ne fut au courant de rien touchant la vengeance
à tirer de Chugnard.

Car c'était bien une vengeance, et pas autre chose,
qu'avait ici en vue le baron. Il ne s'agissait plus
pour lui de contrecarrer désormais le sournois
accaparement du jeune homme par Chugnard,
puisqu'il y avait paré, sans même savoir qu'on le

25.

tentait. Mais il s'agissait de punir celui qui avait
osé le tenter, qui avait joué au plus fin avec un
fin comme M. de Miérindel, qui s'était cru de
taille à engager une telle lutte, qui avait *trahi*.
Le baron était implacable envers les instruments sur lesquels il s'était trompé. Il leur en
voulait de cela même, qu'il devait reconnaître
s'être trompé, lui, à leur endroit. Il les en châtiait
donc sans pitié. C'était sa façon de se donner la
pénitence.

— Quand je pense, se disait le baron, que j'ai
traité ce Chugnard de parfait imbécile, que j'ai
vu en lui simplement un banal hypocrite, à double
fond, pas davantage, un vieux Scapin déguisé en
Pet-de-loup, et dont la grosse astuce me semblait
l'enfance de l'art ! Et ce gaillard-là songeait à
me rouler, moi ! Et je ne m'en suis pas aperçu !
Il a fallu qu'on m'en avertît ! C'est trop honteux.
Je vieillis donc ! Il me le paiera cher.

Le terrible baron s'amusait d'ailleurs un peu
à se donner uniquement cette raison de vouloir
punir Chugnard. Plus au fond de lui-même, et
lui remuant toute sa bile, et la lui empoisonnant,
ce qui l'excitait à la vengeance, c'était le mot
calomnieusement et si merveilleusement inventé
par Laffouace. Connaisseur en méchancetés, et
sachant quelle rapide fortune ont à Paris les
traits de ce genre, il s'avouait touché en plein, et

se sentait comme saignant du cruel calembour.
Malgré lui, il se l'enfonçait au cœur, l'y retournait avec rage, se répétait :

— Un de nos plus fameux lépraïsants. Ah! la
rosse ! la rosse !.. Et il n'y a pas à dire, c'est
trouvé. Oui, oui, ça y est. Un de nos plus fameux
lépraïsants !

N'eût-il commis envers le baron que ce seul
crime, celui qui en était l'auteur valait que M. de
Miérindel prît la peine de s'en venger, et y dé-
ployât toute la science et tout l'art que mérite un
ennemi de marque.

Le baron n'y avait pas manqué. Il s'y était
même régalé avec délices, ainsi qu'on en va juger.
Et c'est à juste titre que Chugnard, inquiet du
profond calme dans lequel on le laissait se morfondre, y éprouvait un anxieux malaise, y
étouffait, comme s'il avait le pressentiment de
l'épouvantable orage qui couvait sous cette
immobile et lourde bonace.

M. de Miérindel n'était pas homme, quand une
affaire lui paraissait digne de ses soins, à en
négliger la moindre préparation. Il prenait tout
son temps, toutes ses mesures. Il aimait mieux
avoir trop de chances que d'en oublier une seule.
Il avait donc procédé ici avec la plus méticuleuse
application, et, on peut le dire, en fignolant ; car
il se trouvait de loisir, et tout ensemble bien en

train, ses facultés malfaisantes ayant joui d'un
excès de repos pendant la durée de sa maladie,
et n'en étant que mieux prêtes à jouer, ne fût-ce
que pour se prouver leur persistante vigueur.

Il avait conduit de front ces trois entreprises,
dont les fils d'ailleurs s'entremêlaient à certains
moments : la ruine de Flamboché, la mainmise définitive sur Laffouace, l'écrasement de
Chugnard.

C'est par la mainmise définitive sur Laffouace,
qu'il avait commencé. Il n'était pas, en effet,
sans se méfier fortement du misérable, qu'il avait
vu à l'œuvre, qu'il jugeait capable des pires
scélératesses, et dont il s'était dit, en y réfléchissant après coup :

— Qui sait si ce petit fouinard, vraiment fin.
aigu, n'a pas deviné pourquoi j'avais placé mon
neveu précisément à l'institution Chugnard?
Peut-être est-ce là l'origine de son espionnage
de Chugnard à mon profit? En tout cas, plus
tard, quand j'aurais repris l'héritage de Flamboche, ma conduite ne lui serait-elle pas claire,
par analyse rétrospective? Apparemment. Je
dois donc, pour ce jour-là, dès maintenant le
museler, comme il m'en offre le moyen.

Puis, en prévoyant directeur de journal, et en
tripoteur d'affaires se ménageant toujours de
futurs instruments, il avait ajouté :

— Au surplus, il y a en lui l'étoffe, et déjà
même la façon, d'un très utile petit coquin,
dont je ferai sûrement quelque chose, l'ayant à
mon entière discrétion. Coquin de lettres, au
minimum, cela va de soi ! Je sais bien qu'on en
regorge. Mais pas de ceux, quand même, ayant
de la tenue, au moins dans le style.

Et s'il pensait, en souriant, au pantalon tire-
bouchonné du professeur de grec, il songeait
aussi, sans se défendre d'une certaine considération, à la grande École, *pépinière de tant d'esprits
distingués.*

Le fondateur-directeur de *la Conscience* avait,
sur la presse, des idées à peu près aussi flatteuses
que celles de Chugnard lui-même. Comme
Chugnard, il flairait donc en Laffouace une précieuse recrue possible. Certes, dans son austère
et grave feuille, il comptait parmi ses rédacteurs
quelques honnêtes gens, et il les y jugeait indispensables. Leur solide renom de probité n'était-
il pas l'enseigne même du journal ? Mais, comme
le lui avait justement dit un jour le général de
G., cette bonne épée si mauvaise langue :

— Votre régiment, monsieur de Miérindel, a
beau montrer à sa tête de très beaux sapeurs,
vieilles barbes décoratives ; les soldats sont des
Biribis.

Et c'est bien comme un de ces Biribis, que

Laffouace paraissait enrôlable au baron. Avec
d'autant plus de plaisir que, jusqu'alors, M. de
Miérindel n'avait pas encore pu s'en offrir un
sortant de la grande École, *pépinière de tant
d'esprits distingués.*

Il y eût mis le prix, et sans regret, lui en eût-
il coûté gros. Il s'arrangea, sa chance le lui
permettant, pour qu'il ne lui en coûtât rien. C'est
un autre qui paya. Le propriétaire du château
où Laffouace avait commis son vol, le maître du
garde-chasse qui détenait l'aveu écrit et signé,
se trouvait un des amis politiques et financiers
du baron, c'est-à-dire un homme que le baron
avait à peu près à sa merci. (Car ceux qu'il
nommait *ses amis* étaient généralement dans cette
posture à son égard). Le châtelain, aidé au reste
en son opération par le curé du pays, dut reconquérir le fameux papier. Il y fallut de la persua-
sion, mâtinée de menace, et que le pauvre vieux
garde fût mis en demeure d'être chassé ou
d'accepter cinq mille francs pour se dessaisir de la
pièce. Sa fille allait se marier, et la somme lui
constituait une dot. S'il refusait de rendre le
papier, il demeurait sans le sou et le mariage
de sa chère petite ratait. Il céda.

Quand le baron fut en possession de la chose,
la seule réflexion que lui en suggéra la lecture
fut celle-ci :

— Ce sera tout de même assez amusant, ma foi, d'employer la plume, qui a tracé et signé ces lignes, à écrire des articles pour le relèvement moral des arts.

Laffouace, qui ne se doutait guère de son bonheur, était promu du coup, pour quelque jour prochain, à la dignité de rédacteur vertueux, chargé de dénoncer les libres esprits aux hypocrites pudeurs de la justice, et applaudissant au résultat de la dénonciation quand ces libres esprits sont condamnés pêle-mêle avec des proxénètes, des marchands de cartes transparentes et des débauchés du troisième sexe.

En attendant qu'il pût occuper ainsi Laffouace au relèvement moral des arts, M. de Miérindel, pour qui ce n'était là qu'un passe-temps, s'occupait d'autre part lui-même, et ferme, à l'abaissement des valeurs constituant le portefeuille de Flamboche, et à toutes les manigances financières dont la manœuvre a été sommairement expliquée en son lieu. Conseillé par son oncle, et encore plus par Gisette, Flamboche avait essayé de comprendre quelque chose à la gestion de sa fortune, dont il avait pris le maniement dès son émancipation. Il va de soi qu'il n'y entendait goutte, au fond, n'en saisissait que ce qu'on voulait bien lui rendre clair, et s'y laissait conduire absolument par la main, tout en se figu-

rant prendre des décisions personnelles. Car on
s'arrangeait, comme de juste, pour n'avoir pas
l'air de lui rien imposer, pour lui insinuer ces
décisions sans qu'il s'en doutât, et pour le tenir
dans la conviction qu'il en avait ·la pleine et
entière responsabilité.

Et c'est ici surtout que l'intervention de Gisette
fut admirable, et, d'ailleurs,. tout à fait nécessaire. Si 'naïf et confiant que pût être le jeune
homme, il eût cependant fini par s'étonner de
tant de multiples virements, remplois, opérations
de vente et d'achat, aufxquels l'astreignait le soin
de ses capitaux. M. de Miérindel, malgré son
astuce fertile en expédients, n'eût pas su trouver,
sans cesse, les raisons plausibles qu'il y fallait
donner. Au cas probable où quelqu'une de ces
raisons n'aurait pas satisfait l'intelligence du
jeune homme, vive et nette en dépit de son ignorance des affaires, il y aurait eu à craindre qu'il
voulût chercher des explications plus précises
auprès d'un autre conseiller, de Chugnard, par
exemple. Et dès lors, qui répondait que Chugnard, lancé sur cette piste, n'éventerait pas les
roueries financières du baron, ne mettrait pas
Flamboche en garde là-contre, ne lui éveillerait
pas au moins un vague soupçon? Ces dangers.
le baron en était complètement à l'abri avec
Gisette pour auxiliaire, ou plutôt pour princi-

pale combattante. Car c'est elle surtout qui diri-
geait les soi-disant combinaisons du jeune
homme, lui faisait la leçon d'après les avis
secrets du baron restant dans la coulisse. Et,
d'elle, comment Flamboche se fût-il méfié ? En
l'écoutant, elle, comment eût-il pu hésiter à
comprendre ? Même quand il ne comprenait pas,
il tenait à lui faire croire qu'il comprenait. Il
savait qu'elle l'aimait mieux alors. Il le sentait
bien. Elle s'ingéniait à ce qu'il le sentît. C'est
avec des baisers qu'elle lui chuchotait les chiffres
à l'oreille. C'est par de soûlantes caresses qu'elle
l'amenait à vouloir ce qu'elle voulait, et, donc,
ce que voulait le baron. Et ainsi Flamboche,
dans cette forêt de Bondy qu'est la Bourse, marchant à pas rapides vers le coupe-gorge où on
allait le dépouiller, s'y acheminait par des sentes
de joie et d'ivresse, en plein bonheur, et sans
que rien pût lui donner l'envie, ni même la
lointaine idée, de se croire en péril et d'appeler
au secours.

L'écrasement de Chugnard, le complet écrasement tel que le voulait la vengeance du baron,
n'avait pas été d'une aussi facile poursuite. Sans
doute la ruine, la faillite de l'institution, ne
demandaient pas grands efforts. Une fois qu'on
aurait ramassé dans une seule main les nombreuses créances en souffrance ici et là, on en

pouvait voir aisément la farce, et il n'y fallait
qu'une dépense insignifiante. Mais que Chugnard
fût simplement réduit à la misère, et pas davantage, cela ne suffisait pas à M. de Miérindel pour
se trouver payé du :

— Un de nos plus fameux lépraïsants.

Il visait à mieux. Il eût même éprouvé quelque
honte à se contenter de cette pauvre et vulgaire
faillite qui devait fatalement arriver, d'ailleurs,
sans qu'il eût besoin de s'en mêler. Ce qu'il
exigeait, pour se satisfaire, c'est que la ruine de
Chugnard fût aussi morale que matérielle, un
de ces désastres dont un homme ne se relève
jamais, et c'est que lui, M. de Miérindel, en fût
bien l'effectif et ingénieux auteur.

Or il en avait vu poindre la possibilité, dès
son entretien avec Laffouace, dans l'histoire des
billets de Lautarescù. Non pas qu'il eût pensé
là-dessus comme ce naïf littératurier mal au
courant de la réalité en ces sortes d'affaires :
non pas qu'il eût rêvé de déposer une plainte
en manœuvre usuraire contre le Belge, et
d'entamer ainsi un procès scandaleux pour y
compromettre Chugnard! Il savait trop bien, lui,
si expert aux tripotages, qu'on ne prend pas ces
gens-là sans vert. Mais il savait aussi qu'un gros
risqueur, comme était certainement le commissionnaire en marchandises, avait dû se garder

à carreau contre l'éventuelle trahison d'un petit complice tel que Chugnard. Les rabatteurs, intermédiaires, et hommes de paille, qu'emploient à l'ordinaire ces usuriers de grande envergure, on se méfie d'eux, les connaissant capables de tout, et on s'arrange de façon à les tenir, pour les laisser seuls sous les coups de la justice en cas d'accident. Le Belge, sûrement s'était conduit de la sorte. Si malin que fût Chugnard, il n'était guère probable que sa malice eût pu le soustraire à cette nécessité de demeurer, par quelque solide attache, en otage. Que ce fût précisément à propos des billets souscrits par le Valaque, rien ne le prouvait; mais alors c'était à propos d'autre chose. Eh bien! il s'agissait de trouver cette autre chose.

En se renseignant sur la situation financière de Chugnard, M. de Miérindel avait appris, non sans étonnement, que l'institution, prête à être mise en faillite à la fin de la précédente année scolaire, s'était brusquement tirée du mauvais pas par des paiements tout à fait inattendus. Le compte de ces paiements, très soigneusement établi, représentait une somme de trente mille francs, que n'expliquait, dans le budget de Chugnard, aucune rentrée de fonds, fût-ce par le moyen du jeu. Car M. de Miérindel avait poussé le scrupule de ses investigations jusqu'à faire interroger les croupiers des cercles où Chugnard cartonnait. Il avait ainsi acquis la certitude que, dans les derniers jours du mois de juillet, Chugnard avait eu à sa disposition trente mille francs dont l'origine était absolument injustifiable. Tout de suite, en un trait de lumière, le baron avait conclu :

— Cet argent-là vient évidemment de mon neveu, que Chugnard a mené, comme Lautarescù, chez le Belge.

A cette idée, sa cupidité avait un moment été inquiète, en songeant au prix exorbitant qu'avait dû coûter ce prêt, et au remboursement qu'il en faudrait faire.

— C'est autant de moins que j'aurai dans la fortune du petit. C'est moi qu'on vole.

Puis, l'amour de la vengeance l'emportant sur l'amour de l'or, sans toutefois lui imposer complètement silence :

— Bah ! qu'importe, si je tiens le joint que je cherchais ! D'autant que je lui ferai rendre gorge, au Belge. .

Et, avec une astuce merveilleuse, il avait agi en conséquence, décidé à se servir du Belge contre Chugnard et de Chugnard contre le Belge. Ce n'était guère commode, à première vue. Tant mieux ! Il n'y prendrait que plus de plaisir !

Mais, d'abord, son hypothèse, toute plausible

qu'elle fût, restait à vérifier. Il n'avait pas eu de
peine à en contrôler la très probable exactitude,
en procédant au règlement de comptes nécessité
par l'émancipation de Flamboche. Si le jeune
homme, en effet, avait souscrit des billets payables
à sa majorité, il allait se trouver en mesure d'en
opérer l'acquittement, et sans doute il désirerait
le faire aussitôt, pour peu qu'on lui suggérât
adroitement ce désir. C'est à quoi le baron n'avait
pas manqué, en y employant toute sa bonhomie avunculaire, par des discours insinuants
de ce genre :

— Voyons, mon cher neveu, maintenant que
vous voilà en passe de devenir un sérieux homme
d'affaires, il faut commencer par établir nettement votre position, comme nous disons à la
Bourse. En d'autres termes, nous avons à
examiner ensemble votre actif et votre passif.
Vous savez ce que que l'on entend par là, n'est-ce
pas ? Le passif, c'est ce que l'on doit. Dans le
bilan de votre fortune, de la fortune que vous
allez gérer désormais, vous inscrirez donc au
passif vos dettes. Remarquez bien que je ne suis
pas ici un oncle Croquemitaine vous arrachant
vos secrets de jeune homme ! Dieu m'en préserve !
Petits ou gros, vos secrets ne me regardent pas
en ce moment. Vous n'avez devant vous que le
conseiller, le professeur de finances, vous ensei-

26.

gnant la science de votre grand-livre. Vous
m'annonceriez cent mille francs, cinq cent
mille francs de passif, que je ne vous en deman-
derais point la cause. Je vous dirais tout simplement d'en faire mention dans votre colonne
doit, pour les balancer dans votre colonne *avoir*.
Rien de plus! Voilà qui est bien convenu. Notez
même que, si j'ai besoin de connaître le chiffre
précis, c'est pour pouvoir vous indiquer par la
vente de quelles valeurs vous réaliserez le plus
avantageusement cette somme. Vous me parle-
rez comme un client parle à son agent de
change, qui est une façon de confesseur. La
chose, par conséquent, restera entre nous; et, au
cas où vous auriez commis quelque sottise,
engagé votre parole au jeu, par exemple, ou même
votre signature dans une entreprise que vous
teniez à ne point divulguer, soyez tout à fait
tranquille, mon cher ami, mon cher élève,
personne au monde n'en sera instruit, et pas
même votre tante, si vous craignez qu'une folie
de votre part vous aliène sa précieuse estime et
sa tendre affection.

Interrogé de la sorte, et englué si savamment,
Flamboche n'avait opposé aucune résistance. Il
se fût cru un mauvais et mesquin petit drôle, de
répondre à tant de large bonhomie par un mensonge. Il avait, d'ailleurs, conscience de s'être

conduit, dans son emprunt au Belge, peut-être imprudemment, mais à coup sûr noblement. Sans doute la sagesse de son oncle y trouverait à blâmer au regard des affaires. En tout cas, elle n'y verrait rien de honteux. Même l'action de la pauvre Aménaïde ne saurait lui paraître condamnable. Venant de Chugnard, une pareille demande de secours, en des conditions aussi anormales, aurait risqué d'être mal jugée par M. de Miérindel. Non pas, venant de la simple et toute bonne Aménaïde! Il n'y avait qu'à raconter la chose telle quelle, et certainement ce haut et indulgent esprit la prendrait comme elle devait être prise. Et, en pleine effusion de cœur, en généreuse et brave exaltation, l'âme grande ouverte, Flamboche avait tout dit. Et, ma foi, sans avoir lieu, en effet, de s'en repentir; car le brave homme d'oncle, le haut et indulgent esprit, s'était contenté de gronder doucement l'écervelé.

— Motus à votre tante! avait ajouté le baron. Elle m'en voudrait de ne pas vous laver plus sérieusement la tête. Elle vous trouverait par trop enfant, de vous être si fort laissé exploiter par ce Belge. Vous perdriez dans la bonne opinion qu'elle a de vous. Quand j'aurai arrangé l'affaire pour le mieux, alors seulement, nous lui avouerons votre pas de clerc. Pas avant, je

vous en prie ! Car l'affaire est encore arrangeable, vous verrez. Je m'en charge.

Et il s'en était chargé, certes ! Cent cinquante
mille francs de reconnaissances souscrites, contre
trente mille francs réellement prêtés ! Diable ! Il
n'y allait pas de main-morte, le Belge ! Cent
cinquante mille francs que M. de Miérindel devait
abandonner sur *son* héritage, sur la fortune qu'il
était près de reconquérir, enfin ! Ah ! mais non,
par exemple !

Outre le chiffre extraordinaire atteint par la
majoration du prêt, une chose avait particulièrement exaspéré le baron dans le récit de Flamboche.
et en avait redoublé sa rage contre Chugnard : c'est
que le jeune homme, un Miérindel après tout, le
propre neveu du fameux M. de Miérindel, eût
été dupé à ce point, et que le dupeur fût ce
mauvais Pet-de-Loup sur le compte duquel M. de
Miérindel en personne s'était déjà si bien trompé.
Car le baron avait tout de suite reconstitué, lui,
les dessous de cette belle histoire à quoi l'on
avait pris le naïf Flamboche. Il ne s'y prenait
point, lui ! Il ne croyait point au coup de mys-
ticisme d'Aménaïde, à l'opération menée en
cachette de Chugnard, à ce finaud de Chugnard
gobant le conte de fée de l'Anglais restitueur ! Il
supposait Aménaïde de complicité avec son mari,
naturellement. Il les imaginait tous deux jouant

la comédie à Flamboche. Et, par un bizarre amour-propre familial, il avait la sensation humiliante que, cette comédie, on la lui avait jouée à lui-même. Il en souffrait comme d'un outrage prémédité par ces roublards vulgaires contre lui, le roublard toujours invaincu. Il en éprouvait la honte et la fureur d'une défaite, et son besoin de vengeance s'y exacerbait d'autant.

Heureusement, la vengeance s'offrait, et plus belle que le baron n'eût osé l'espérer. Il la voyait s'offrir dans un des détails de l'emprunt, et cela tellement à plein qu'il y croyait à peine. Il avait fait répéter ce détail à plusieurs reprises par Flamboche. C'était à propos des blancs laissés dans les billets.

— Êtes-vous sûr, mon cher enfant, parfaitement sûr, de bien vous souvenir? Les dates de la souscription et de l'échéance non remplies, cela va de soi en ces sortes de reconnaissances signées par un mineur. Mais ne vous trompez-vous pas sur le reste? Vous rappelez-vous positivement avoir aussi laissé en blanc le nom du prêteur?

— Positivement, avait répondu Flamboche. J'en ai même fait la remarque au Belge ; car j'avais promis à la bonne Aménaïde de me conduire en homme, de me défendre contre des exigences trop fortes ; et, sans savoir exactement pourquoi, j'ai cru que cela en était une, et je

me suis un peu gendarmé à ce propos, par acquit de conscience. Cela m'a paru, d'ailleurs,
suffisant comme bravoure à me défendre. J'avais
hâte d'en finir, de tenir les trente mille francs
nécessaires au salut de mes amis. Et après avoir
ainsi fait mine de résister, pour la forme, pour
ma petite satisfaction envers moi-même, j'ai signé, en laissant parfaitement en blanc, sur les
cinq reconnaissances souscrites, la date de l'emprunt, celle de l'échéance, et, j'en suis très sûr,
le nom du prêteur.

Le baron, ne pouvant plus avoir aucun doute,
s'était alors intérieurement épanoui. Car elle
s'offrait, oh! oui, certes, sa vengeance, et plus
belle qu'il n'eût osé l'espérer! Elle consistait en
ceci : le nom du prêteur, le nom laissé en blanc,
il fallait qu'il fût le nom de Chugnard.

— Et c'est bien par la menace de ce danger,
pensa-t-il, par cela, sans plus, que le Belge tient
son rabatteur.

Il s'étonnait un peu, cependant, que Chugnard
eût consenti à ce qu'on lui mît de telles pou-
cettes. Puis, en y réfléchissant :

— Il est joueur! Un lendemain de grosse perte,
ou une veille de grosse partie, un joueur passe
par où l'on veut pour avoir de quoi marcher.
D'ailleurs, ici, les trente mille francs étaient
pour lui. Sans compter la remise qu'il a dû exi-

ger sur l'affaire ! A ce prix-là, et son vice l'abê-
tissant, tout s'explique.

Et l'austère M. de Miérindel s'était félicité de
n'avoir pas, lui, un de ces vices par où tant de
fortes et rares natures (et ce Chugnard en était
une, en somme) se laissent mettre en servage
comme des brutes.

Car voilà où il en était, ce Chugnard, cette *intelligence d'élite!* Son nom mis dans le blanc des
reconnaissances et ces reconnaissances entre les
mains de la justice, il se trouvait sous le coup
d'une poursuite en usure frauduleuse, et avec cette
circonstance aggravante, qu'il y avait dans l'espèce
un véritable détournement de mineur, opéré sur
un de ses élèves par un chef d'institution. Que le
procureur de la République fût féroce (et il en
avait le devoir, et tous les honnêtes gens y applau-
diraient), que l'avocat de la partie civile y ajoutât
du sien en d'habiles insinuations, qu'on fît savamment intervenir les fâcheux antécédents, le jeu,
la faillite, la mauvaise tenue de la maison, la
dépravation organisée par le système de l'éducation à l'anglaise (et le témoignage de Laffouace
pouvait être un bon appoint en cette occasion).
qu'un formidable haro fût soulevé là-dessus dans
la presse, au vertueux appel de la grave *Conscience,* et c'était pour Chugnard le suprême
écrasement que voulait M. de Miérindel, non

'seulement la ruine, la misère, mais l'infamie, la prison, peut-être même (est-ce qu'on pouvait savoir?), peut-être le bagne!

— Il y,a pas mal de gens d'esprit là-bas. On y goûterait sans doute son « *un de nos plus fameux lépraïsants* ».

Mais tout cela, n'était-ce pas un rêve? Oui, le nom du prêteur était en blanc sur les reconnaissances ; oui, l'on pouvait mettre dans ce blanc le nom de Chugnard ; mais à condition qu'on les possédât, les reconnaissances. Et comment les obtenir du Belge? Comment les obtenir, surtout, avec ces précieux blancs. A aucun prix, bien sûr, il ne les lâcherait en cet état, devenues des armes possibles contre lui-même puisqu'on aurait alors la faculté d'y inscrire son nom à lui. Et, pour y inscrire celui de Chugnard, que demanderait-il? Le pouvait-il seulement, sans risquer d'être dénoncé aussitôt par Chugnard, son complice probable en d'autres délits pareils? Allons, allons, la vengeance s'offrait, certes, mais en imagination, et nullement en réalité. Un roman, rien qu'un roman! Hélas! tout cela n'était bien qu'un rêve!

Pour n'importe qui, sans doute! Pour M. de Miérindel, non pas. Quand un rêve lui passait devant l'esprit, à cet homme qui allait toujours jusqu'au bout de toutes ses pensées, c'est qu'il était déjà en train d'y vivre, dans ce rêve, en agissant. Ainsi, au moment même où il le charpentait, ce roman judiciaire dont le principal personnage était Chugnard condamné, il avait ·n mains un premier élément *positif,* un fait, par quoi le reste cessait d'être de la fiction.

— Mon cher enfant, avait-il dit à Flamboche, je vous ai affirmé tout à l'heure que votre affaire était encore arrangeable et que je m'en chargeais. Voulez-vous me permettre de la débrouiller à ma guise, en financier, avec l'expérience que j'ai de ces mauvais tripoteurs comme celui qui vous a exploité si vilainement, et en me servant des seuls moyens à employer contre les gens de cette sorte ?

— Je m'en rapporte absolument à vous, avait répondu le jeune homme.

Le baron alors, sous prétexte d'avoir un modèle exact des reconnaissances souscrites au Belge, s'était fait donner par Flamboche une reconnaissance libellée de la même façon, avec les mêmes blancs.

Ce simple billet-là, demandé négligemment, et non moins négligemment accordé, c'était l'élément *positif*, le fait, par quoi tout le roman de la condamnation de Chugnard allait (selon un des clichés chers au baron) entrer dans le domaine de la réalité. Voici comment!

27

Muni, pour toute arme offensive et défensive, de ce chiffon de papier (timbré, d'ailleurs), le baron s'était rendu chez le Belge et lui avait dit, dérogeant à ses habitudes d'éloquence miérindélique pour s'exprimer avec la netteté tranchante dont il avait aussi le secret à l'occasion :

— Monsieur, je viens vous apporter le salut ou la ruine, à votre choix. Le salut, c'est de me restituer, contre le remboursement des trente mille francs qu'il a reçus de vous, les cent cinquante mille francs d'effets que vous a signés mon neveu, et de me les restituer dans l'état où ils sont, ou à peu près. Je m'explique. Les dates du prêt et de l'échéance seront laissées en blanc. Le nom du prêteur sera celui de Chugnard. Telles sont mes exigences. La ruine, c'est si vous refusez. Dans ce cas, un procès vous sera intenté, à la fois par moi et par la famille d'un autre de vos clients, monsieur Lautarescù. Sans doute m'objecterez-vous que vos précautions ont été dûment prises contre de pareilles menaces. J'ai, par malheur pour vous, de quoi vous prouver que non. Je possède un effet de tous points semblable à ceux que vous avez. Regardez-le ! Les blancs y sont identiques. A celui-là j'en pourrai joindre plusieurs. Et à tous je ferai mettre, de la main de mon neveu, dans le blanc réservé au nom du prêteur, votre propre nom. Que vous trouviez

réponse à cette attaque, c'est possible. Que j'aie
quelque peine à rendre compte de la présence,
entre mes mains, de ces reconnaissances à vous
souscrites, je n'en disconviens pas. Permettez-
moi de vous dire, cependant, que ma respectabilité, à moi, est solidement établie, indiscutée,
indiscutable, et que j'ai, pour la défendre, mon
journal *la Conscience*. Inutile d'ajouter que je
l'ai aussi pour ameuter l'opinion contre vous, et
que toute la presse donnera sûrement à ma suite
dans une campagne de ce genre. Même subventionnées par vous et, au besoin, par un syndicat
de vos confrères, les feuilles les plus éhontées
n'oseraient pas vous soutenir. Votre procès est
donc perdu d'avance, et le moins qui en puisse
résulter pour vous, c'est bien la ruine, comme
je vous l'ai affirmé en commençant. Si, au contraire, vous acceptez mes conditions, c'est bien
le salut. La plainte Lautarescù, en effet, ne sera
pas déposée. Celle de mon neveu ne touchera
que Chugnard. Vous aurez à comparaître au
procès, évidemment ; mais comme témoin, pas
davantage. Aucune charge à votre détriment.
Ici vos précautions prises retrouveront toute
leur valeur. Peut-être serez-vous un peu hous-
pillé par l'instruction. Que vous importe? L'es-
sentiel, c'est que la chose ne sera pas rendue
publique. A cela je m'engage formellement. Le

mot d'ordre soit donné chez moi pour qu'on
n'imprime pas même votre nom. Si on l'imprime
ailleurs, *la Conscience* vous en consolera par un
entrefilet qui vous sera un brevet d'honorabilité.
Et ainsi, quoi qu'il arrive, vous n'aurez pas com-
promis votre précieuse considération de commissionnaire en marchandises, sous le couvert de
laquelle vous pourrez continuer à l'aise vos
affaires d'autre part. Vous êtes un homme intelligent, n'est-ce pas? Concluons donc séance
tenante.

Et le Belge avait conclu, sans hésiter, en
homme intelligent, certes, qui s'estimait encore
heureux que M. de Miérindel, beau joueur, con-
sentît à lui rendre les trente mille francs. Il
ignorait qu'en cela le baron était, non pas beau
joueur seulement, mais surtout joueur habile,
un de ces calculateurs en malfaisance qui ne
font jamais de mal inutile, et qui savent même,
quand il le faut, obliger leurs victimes à de la
reconnaissance. Peut-être, et c'est bien à quoi le
baron avait réfléchi, peut-être le Belge, rapace
avant tout, se fût-il buté à l'idée de perdre cet
argent et eût-il par là été rebelle à céder sur le
gros de la proposition. Rentrant dans la somme
déboursée, trouvant d'ailleurs son compte à
l'appui promis d'un journal aussi important que
la Conscience, il était mieux en état de com-

prendre tout ce qu'il risquait à ne pas accepter l'accord offert par un ennemi dont la générosité rendait ainsi moins dures les exigences. Cette générosité même en prouvait la force, ôtant toute velléité de ne s'y point soumettre. Il s'était donc soumis, sacrifiant Chugnard dont il n'avait, au surplus, rien à espérer, ni rien à craindre. A quoi, en effet, pouvait lui être bon dorénavant, comme rabatteur, et en quoi nuisible, comme ennemi, ce chef d'institution en déconfiture, ce pauvre hère en butte à la haine d'un homme tel que M. de Miérindel?

— Monsieur, avait répondu le Belge, il y a plaisir à négocier avec vous, pour une fois. Et c'est vraiment sans beaucoup de regrets que je le jette à l'eau, pour vous être agréable, ce malheureux Chugnard, qui est bien, entre nous soit dit, ce que nous appelons à Bruxelles un grand crapuleux.

A cette oraison funèbre anticipée il avait cru devoir joindre un mot spirituel, pour montrer qu'il n'était pas une bête, en effet, et parce qu'il avait quelque prétention à la finesse, quand l'occasion lui en semblait choisie, et c'était le cas avec M. de Miérindel. Il avait donc ajouté :

— Dans une heure d'ici, tout pourra être achevé. Surtout Chugnard, savez-vous. C'est lui qui le sera, et bien, achevé.

27.

Une heure plus tard (le temps qu'il lui avait
fallu pour aller chercher les billets là où il les
tenait à l'abri) tout était achevé en effet, et surtout Chugnard, comme il le répéta, jugeant sa
plaisanterie excellente. Le papier supplémentaire
de Flamboche avait été déchiré par le baron,
d'un geste noble, mais en force petits morceaux
jetés ensuite dans le feu. Les trente mille francs
avaient été rendus. Et entre les mains de M. de
Miérindel se trouvaient les reconnaissances,
souscrites pour la somme de cent cinquante
mille francs, sans la date du prêt ni celle de
l'échéance, mais portant le nom de Chugnard
comme nom du prêteur.

Ce nom, c'est M. de Miérindel lui-même qui
s'était donné la peine de le tracer sur les cinq
billets, en y employant l'encre et la plume d'or
du Belge, justement celles qui avaient servi naguère à Flamboche, et en imitant à s'y méprendre
la façon particulière dont son neveu gribouillait
dans ses lettres le nom de Chugnard.

— Et maintenant, monsieur, avait dit le baron
très calme au Belge quelque peu épouvanté, ne
vous occupez et ne vous préoccupez de rien.
Laissez-moi faire, et même laissez-vous faire.
Quoi qu'il advienne, opposez à tout le silence.
Je vous ai promis le salut. Vous l'aurez, pleinement. Si vous devez, à un moment spécial, bouger,

je m'arrangerai pour que vous appreniez quand
et de quelle façon. En attendant, ayez pour unique
règle de conduite ceci à savoir: que nous ne nous
sommes jamais vus.

Le soir même, comme Gisette complimentait
son mari sur le nouveau feuilleton que publiait
la Conscience et dont les aventures abracada-
brantes la régalaient, il lui répondit, en fermant
les yeux pour se recueillir et se régaler, lui
aussi :

— J'en connais un, moi, de roman, qui est
encore bien plus intéressant, bien plus rempli
d'aventures.

— Pourquoi ne le publies-tu pas dans ton
journal? demanda-t-elle, n'ayant pas compris.

— Parce que, répliqua-t-il, j'aime mieux le lire
tout seul.

— Ah! bon! fit-elle. Ce que j'étais bête! J'y
suis, à présent, j'y suis. Flamboche est ruiné,
n'est-ce pas?

— Oh! reprit-il, pas encore! Ce serait dommage,
qu'il le fût déjà, étant mon élève en finances,
n'agissant que d'après mes conseils, c'est-à-dire
les tiens. Il pourrait donc, alors, se figurer que
c'est moi, que c'est toi, la cause de sa ruine! Il
aurait de nous cette fâcheuse opinion! Fi! Fi!
Comment, toi, qui me devines si bien d'ordinaire,
vas-tu supposer des choses pareilles? Sa ruine

est préparée, sans doute, et il n'y faut plus qu'un
dernier coup de pioche pour que tout s'écroule
autour de lui. Mais sois tranquille, ce vilain
coup-là, ce n'est pas nous qui le donnerons. Je
veux que mon neveu garde de son bon oncle, de
sa chère tante, un exquis souvenir, au moins
jusqu'à nouvel ordre. Nous ne devons avoir
aucun tort envers lui, fût-ce l'ombre de l'apparence d'un tort. Il faut, tout au contraire, qu'il
en ait envers... Oh! pas envers toi, bien sûr. Il
ne saurait comment s'y prendre, le pauvre petit.
Il t'aime trop pour cela. Mais envers moi, par
exemple! Oui, envers moi, son bon oncle, son
oncle si indulgent, si confiant, si complaisant, si
aveugle! Voyons, voyons, Gisette, ne conçois-tu
pas quel tort, quel grave tort il est en état de me
faire, quel tort impardonnable, m'autorisant à
le.... à le maudire, quoi, comme dans les feuilletons, à le chasser, le triste et vilain ingrat?
Vous deux, enfin, j'imagine, trouvés par moi en
flagrant délit! Hein? Tu vois d'ici la scène. Je..
Je... Qu'est-ce que je fais?

Gisette, encore hantée par les souvenirs du
roman qu'elle venait de lire, répondit soudain,
avec un cri d'effroi:

—Ce que tu fais? Tu tires, parbleu! Tu tires,
et tu nous tues.

Il avait beau ne jamais rire; c'est en riant, et

de bon cœur, qu'il reprit, avec une gouaillerie
qui n'était guère dans sa nature :

— Et tu nous tues, turlututu ! Ah ! çà, tu lis
décidément trop de feuilletons, ma chérie. Et
pourquoi diable vous tuerais-je ? Toi, tu le sais
bien, je t'adore et ne puis me passer de toi. Lui,
j'ai besoin qu'il vive, pour me venger sur lui de
tout le mal que m'a fait son père. J'ai besoin
qu'il vive, pour que la vie lui soit dure, amère,
atroce. Et, juste au moment où il va y entrer,
dans cette vie que je lui ai préparée si bien, dans
cette vie de misère d'autant plus cruelle qu'il
vient d'être riche et heureux, juste à ce moment
je l'en délivrerais, moi, moi ! Mais ce serait
absurde, ce serait fou. Pas si stupide que de le
tuer ! Et sans parler du scandale, du ridicule,
dont je serais la victime en dernier ressort.
Merci bien ! Non, non. La chose doit se passer
entre nous trois, seuls. Et alors... Tiens, ce que
je fais, vous prenant en flagrant délit, je vais te
le dire. Écoute. C'est beaucoup plus intéressant, plus drôle. Et puisque tu aimes les feuilletons, grande enfant...

Mais il faut croire qu'il était d'une humeur
qu'elle ne lui avait vue en aucune circonstance
jusqu'alors, d'une humeur qui le transfigurait
positivement ; car, riant et tournant au plaisantin
pour la seconde fois en si peu de minutes, et si

en dehors de toutes ses habitudes, il acheva par
une calembredaine, lui, par cette calembredaine
que n'eût pas désavouée le facétieux Chugnard
en personne :

— Eh bien ! puisque tu aimes les feuilletons,
voici !... La suite au prochain numéro !

Et en vain voulut-elle savoir ce qu'il ferait s'il
les prenait en flagrant délit ; il s'amusa de ne
point le lui dire, et s'y obstina en répétant :

— Non, non ! Tu verras ! La suite au prochain
numéro ! Je tiens à t'en laisser la surprise.

Il ne la lui fit pas attendre longtemps. L'occasion du flagrant délit ne manquait guère. Flamboche était maintenant en plein affollement
sensuel, et tout ensemble en absolue sécurité à
l'égard de son oncle, dont la complaisance avait
fini par lui paraître, non plus aveugle seulement,
mais consciente et presque consentante. Il n'y
comprenait rien, au reste, ni même n'essayait
d'y rien comprendre. A peine, de temps en temps,
sa foncière honnêteté éprouvait-elle un mouvement de révolte, au vague soupçon qu'il y avait
là quelque chose de monstrueux, dont l'explication donnée lui serait abominable. Et alors, loin
de désirer cette explication, il la redoutait.
D'autres fois, c'est sa loyauté qui entrait en
remords, quand il se reprochait de calomnier
l'homme qu'il trompait, et de chercher dans cette

calomnie une excuse infâme à le tromper. Mais
ces accès de remords, il les laissait vite étouffer
sous les caresses de Gisette. Elle en avait fait
taire de plus terribles encore, ceux qu'il se forgeait, le pauvre innocent, à se dire qu'il avait
séduit, corrompu, souillé, cette sainte. Car il
était bien forcé de s'avouer, à présent, que ce
qu'il aimait et possédait en elle, ce n'était point
la sainte, mais la femme, la maîtresse. Et, précisément parce qu'il l'avait lui-même dépouillée
de l'auréole, avilie (oh! il ne s'en cachait plus),
il n'était que plus enragé à se soûler de cet avi-
lissement, de la honte qu'il sentait et au fond de
laquelle il avait l'affreuse joie de l'avoir entraînée,
elle, la sainte, descendue de l'apothéose pour lui.
A ces instants, il lui venait au cœur comme le
besoin de confesser, de crier son crime, et d'en
être châtié. Dans cette exaltation singulière, il
ne se dérobait pas à la prise en flagrant délit; il
s'y offrait.

Quand elle eut lieu, ce lui fut un profond et
suave soulagement. Toute sa passion exaspérée
et tendue à se rompre, tous ses repentirs envers
son oncle, envers lui-même, envers la sainte
flétrie, et aussi tout l'énervement de ses sens
surmenés et à bout de forces, et aussi sa foncière
honnêteté et sa loyauté si brave, enfin retrempées
au châtiment, tout se fondit, s'apaisa, dans une

longue crise de larmes, rafraîchissante pluie au
plein d'une torride canicule.

Il n'y conserva point, cela va de soi, le sang-
froid nécessaire à examiner combien singulières,
et peu prévues en pareille occurrence, furent les
attitudes du baron et de Gisette, l'un ne cher-
chant pas même à simuler l'indignation, et
l'autre se montrant ostensiblement curieuse et
pas le moins du monde inquiète. A son insu
pourtant, ces attitudes se gravèrent dans sa mémoire, et plus tard il devait les y retrouver, en
impressions nettes enregistrées sans qu'il y eût
pris garde. Sur le moment, il fut tout à savourer
l'espèce de repos que lui donnaient la constatation
et la punition de son crime. Repos étrange fait
de désespoir et de délivrance ; car son immonde
bonheur y mourait, certes, mais dans cette mort
il sentait renaître sa noblesse.

Cela se traduisait, d'ailleurs, en des phrases
niaises (oh! loin, bien loin des grands mots et de
la rhétorique d'usage), en des phrases, parmi de
gros sanglots enfantins, presque bonnes à ce
qu'on en éclatât de rire, comme :

— Je suis un vilain, un petit vilain... Oui,
oui, un sans-cœur... Un sale ingrat! Je me le
disais toujours, allez!... Je le savais bien... C'est
ma faute... Mais..., mais... Je ne le ferai plus...
Je ne le ferai plus...

Et la niaiserie même, la pauvreté de ses phrases, dont il avait conscience, où il se ravalait à la posture d'un polisson en peccadille, lui étaient précisément douces, il ne s'expliquait pas pourquoi. Lui, de nature si violente et si fière, il s'y aveulissait et s'y humiliait avec plaisir. Il lui eût été agréable qu'on pût l'en croire lâche. Très vraisemblablement, sans qu'il s'en doutât, il l'était, comme on l'est fatalement en amour, à certains moments, même le plus brave. Tout en retrempant son honnêteté et sa loyauté au châtiment, et en sentant dans la mort de son immonde bonheur renaître sa noblesse, quelque chose quand même, au fin fond de lui, regrettait cet immonde bonheur, quoi qu'il en fût las; et il n'eût peut-être pas fallu beaucoup pour qu'il y sacrifiât encore honnêteté, loyauté et noblesse. Pourquoi la longue et jusqu'alors si complaisante indulgence du baron n'irait-elle pas jusqu'à pardonner la faute patente? Chez un homme, elle pouvait lui paraître inexpiable. Mais chez un enfant, non, n'est-ce pas? Et c'est comme un enfant, prêt à recommencer après le pardon obtenu, c'est bien ainsi, et avec cette arrière-pensée inavouée, que Flamboche répétait ridiculement, conscient de son ridicule :

— Je ne le ferai plus... Je suis un vilain... Je ne le ferai plus.

A grand peine Gisette tâchait de garder son
sérieux devant cette scène quasi-grotesque. Elle
la regardait et l'écoutait à travers son mouchoir,
qu'elle tenait de ses deux mains contre son
visage, censément pour y cacher sa honte. Elle
en voulait au petit, d'ailleurs, de jouer un aussi
piètre personnage. Ses lectures de feuilletons et
l'alléchante promesse du « la suite au prochain
numéro » l'avaient préparée à mieux. Déçue
dans sa curiosité, elle prenait en grippe l'auteur
de cette déception. Si jamais quelque vague
remords, quelque furtive hésitation, avaient pu
la troubler dans sa complicité avec le baron
contre Flamboche, elle en eût été guérie du coup.
La victime du complot n'était décidément pas à
plaindre ! Elle n'était qu'à mépriser ! Ce mépris,
elle le manifesta au malheureux, à plusieurs
reprises, en un regard significatif, sur l'inter-
prétation duquel il se trompa cependant alors
(tout à son vil retour d'espoir en l'indulgence
avunculaire), mais que plus tard il devait se rap-
peler et *revoir* avec son vrai sens, ainsi que les
bizarres attitudes enregistrées sans qu'il y eût
pris garde.

La curiosité feuilletonesque de Gisette, mal
satisfaite au piteux spectacle du jeune homme
en si lamentable déconfiture, essayait au moins
de se rattraper avec le baron. Elle n'y arrivait

point, et s'en dépitait un peu, trouvant que la conduite du mari outragé ne répondait guère à ce qu'elle avait attendu du fameux « la suite au prochain numéro. » Certes, étant dans le secret de la frime, elle n'avait pas compté sur un réel emportement, sur une explication furieuse risquant de tourner à la péripétie dramatique, fût-ce en s'arrêtant juste où il fallait. Mais la frime complète, poussée aussi loin que possible, lui eût fait plaisir, M. de Miérindel, le grave M. de Miérindel, lui donnant le régal de s'y montrer, pour elle seule, ingénieux comédien. Elle eût été amusée qu'il s'amusât lui-même à parler et agir ainsi que dans les romans, rien que pour justifier un tantinet sa prétention de l'autre jour :

— J'en connais un, moi, de roman, qui est encore bien plus intéressant, bien plus rempli d'aventures.

Au lieu de l'inventer, de le feindre, de le vivre (en apparence du moins), ce roman qu'il avait ainsi promis, M. de Miérindel paraissait avoir à cœur, au contraire, d'éviter ici tout ce qui pouvait précisément ressembler à du romanesque et à de l'aventure.

Aucune indignation ! Pas même cette expression de tristesse et d'amertume devant une *noire ingratitude*, de noble tristesse et de hau-

taine amertume, par quoi, dans les romans, les
maris infortunés se tirent parfois du mauvais
pas! Non plus une de ces phrases ronflantes,
où le baron était pourtant si expert, qu'il aimait
tant, d'habitude, et qu'il avait l'occasion de
placer si à propos aujourd'hui! Rien de ce
genre! Absolument rien! Le baron était calme,
froid. D'un calme ne servant pas à masquer une
colère qui se contient. D'un froid ne voulant
pas du tout être qualifié de glacial. Non; il
était calme et froid très naturellement. Il avait
bien, au début, en parlant à Flamboche, rem-
placé son ordinaire « mon cher neveu » ou « mon
cher enfant » par un simple « monsieur »; mais
sans y mettre la moindre sécheresse; et ensuite
il était revenu au « mon cher neveu », voire
au « mon cher enfant », et cela sans y glisser la
moindre ironie. On eût cru qu'il traitait avec lui
d'une affaire, pas davantage, et d'une affaire où il
n'apportait pas l'ombre de passion.

Il y apportait, en revanche, une nette et irréfutable logique à bien faire entendre que tout
était désormais rompu définitivement entre eux,
qu'il n'y avait pas de sa faute si cette rupture arrivait
juste dans un moment où la fortune du jeune
homme se trouvait engagée en des spéculations
épineuses, que Flamboche aurait à s'en tirer
tout seul, et ne devrait pas, au cas d'une issue

mauvaise, en rendre responsable son oncle, mais uniquement la personne auprès de laquelle il chercherait conseil à l'avenir, et que cette personne (un dernier avis donné au cher neveu) se trouvait par bonheur être M. Chugnard, expert en matière de Bourse puisqu'il avait jadis été journaliste financier. Le tout s'entremêlait de recommandations techniques, avec chiffres à l'appui, touchant la hausse et la baisse des Mines d'or, et en particulier touchant l'extraordinaire plus-value prochaine de la mine de plomb argentifère.

— C'est là-dessus que j'appelle le plus spécialement votre attention, mon cher enfant, et que je vous prie d'appeler celle de votre futur guide. Peut-être estimerez-vous étrange qu'en une catastrophe pareille, où mon cœur seul devrait parler, je conserve la force de ne faire intervenir que ma raison, et de l'employer à éclairer encore la vôtre. Mais chacun remplit son devoir à sa façon. Le mien, à moi votre ancien tuteur, a été de veiller sur le dépôt de votre fortune, qui m'avait été confié; et je croirais n'en pas être quitte si je vous transmettais la gestion de cette fortune sans vous bien indiquer, *in extremis* en quelque sorte .....

Cet *in extremis* fut l'unique note sentimentale de ce précis discours, et amena chez Flamboche

28.

un redoublement à la crise de larmes et aux
sanglotantes protestations de repentir. Le baron
n'en profita que pour redoubler, lui, de recommandations techniques. Il savait fort bien que
ces paroles, entendues en ce moment par Flamboche sans en être comprises, lui deviendraient
plus tard, à la réflexion, comme sacrées, pareilles
aux suprêmes ordres d'un mourant. Le jeune
homme, noble et loyal, devait en garder cette
impression, reçue parmi ses larmes et ses sanglots,
et se faire alors une religion d'y obéir, ne fût-ce
que par aveugle reconnaissance envers la magna-
nimité de son oncle.

— Un homme que j'ai trahi si affreusement
et qui ne s'en venge qu'en songeant encore, et
malgré tout, à mes intérêts!

Voilà ce que penserait Flamboche, indubitablement, au souvenir de cette scène! Et les mots
entendus sans être compris, sur la hausse et la
baisse des Mines d'or, sur la plus-value prochaine de la mine de plomb argentifère, il les
réentendrait en les comprenant! Ou, du moins,
il les répéterait à Chugnard, le guide indiqué,
et Chugnard les lui éluciderait. Et comme l'opération de transfert était déjà entamée avec le
syndicat des banquiers vendeurs du titre fallacieu-
sement enflé, comme celle des bons titres rachetés
en baisse par le baron était en cours et ne pou-

vait plus se défaire, comme la campagne de
Bourse nécessaire à ce flibustage battait son
plein dans le bulletin financier de *la Conscience*
et de quelques autres feuilles subventionnées à
la remorque, Flamboche et Chugnard son guide
seraient forcés d'aller jusqu'au bout ; Chugnard
vraisemblablement flairerait quelque traquenard,
auquel d'ailleurs Flamboche refuserait avec
indignation d'ajouter foi ; en essayant de le sauver malgré lui, Chugnard s'empêtrerait dans des
combinaisons de sous-œuvre auxquelles on pare-
rait sans peine ; et ainsi, finalement, la ruine du
jeune homme se consommerait de façon à ce
qu'il n'en pût accuser son cher oncle, son bon
oncle, son oncle magnanime, et à ce que la
cause unique lui en parût au contraire être l'intervention de Chugnard, maladroite, et (qui sait ?)
peut-être même criminelle.

Telle fut l'explication que le baron fournit à
Gisette, se plaignant, après la scène, de n'avoir
pas eu un « la suite au prochain numéro » aussi
régalant qu'elle l'avait espéré. Sans doute, très
intelligente, elle s'était aperçue du tour ingénieux
joué à Flamboche par le conseil de prendre
désormais Chugnard pour guide en matière financière. Et elle admira comme il convenait les conséquences qu'en tirait le baron. Mais cependant,
entichée de feuilletons, elle s'obstinait à répéter :

— Oui, oui, c'est joli, pour sûr, je ne dis pas.
Ça ne fait tout de même pas un beau roman
d'aventures, avoue-le.

— Je ne l'avoue pas, répondit-il. Nous ne nous
entendons pas sur le sens du mot *aventures*,
voilà tout. Tu y vois, toi, n'est-ce pas, des péripéties violentes, des duels, des coups de couteau,
du poison, des suppositions et des transpositions
d'état civil, des enfants perdus, miraculeusement
retrouvés, des associations de bandits, des éva-
sions du bagne, des testaments volés, la cour
d'assises, la guillotine...

— Dame ! s'écria-t-elle. Ce n'est donc pas ça,
voyons, les aventures ?

— Eh ! non, petite bécasse, répliqua-t-il gaiement. Ce n'est pas uniquement ça. Les aventures
d'aujourd'hui, du moins !

Les soldats qui se battent ne voient pas la
bataille dont ils sont les pions, et c'est en toute
naïveté, elle si fine, qu'elle demanda :

— Les aventures d'aujourd'hui, alors, qu'est-
ce que c'est ?

Et non moins naïvement elle ouvrit de grands
yeux, presque bêtes d'étonnement, quand le
baron conclut :

— Les aventures d'aujourd'hui, c'est ce que
nous faisons, toi et moi.

Toute d'instinct et d'inconsciente activité,

malgré sa redoutable perspicacité pratique, elle
continua de ne pas comprendre grand'chose à ce
qu'il disait, s'imagina qu'il voulait un peu se
moquer d'elle, et se contenta de répondre, par
lambeaux de phrases jetées en rêvassant :

— Ah ! tu crois?... Peut-être bien ! Je ne m'en
doutais pas. Tu dois avoir raison. Tu t'y connais
mieux que moi... Soit !.. Tant pis, d'ailleurs !..
Pas drôle !

Et au fin fond de sa rêvasserie, elle repensait
au marlou de barrière qui l'avait lâchée jadis.

— Tu ne seras jamais, lui avait-il crié, qu'une
paillasse à pantes. Tu n'as pas une âme de
rupine.

Elle avait cru un moment se la sentir, cette
âme de rupine, le jour où le baron l'avait mise
dans le secret du complot final contre Flamboche,
le jour où elle lui avait affirmé bravement, à
l'idée d'entreprendre avec lui un *beau crime* :

— Je suis ta femme, ta vraie femme, pas moins,
pas plus.

Et voilà qu'aujourd'hui ce *beau crime* about-
tissait au facile enjôlement d'un galopin, à une
ridicule scène de flagrant délit où l'on n'avait
échangé que des « je ne le ferai plus » et des recommandations financières. C'était bien là peine,
vraiment ! Et il y avait là de quoi *se monter le*
iob, nom d'un chien ! Non, non, une âme de

rupine, elle ne l'avait pas! Le marlou avait eu raison!

— Qu'est-ce que tu as donc, ma bonne petite Gisette? fit le baron, la voyant attristée.

— Oh! rien, répliqua-t-elle. Peu de chose, du moins! Je me trouve stupide, voilà tout.

Il lui répondit, dans une caresse consolante, un souriant et amical :

— C'est vrai.

Mais il ne soupçonnait guère à quel point c'était vrai, et en quoi consistait cette stupidité dont elle lâchait l'aveu. Il supposait qu'elle faisait allusion à sa naïve incompréhension de tout à l'heure, pas davantage. Il ne pouvait se douter qu'elle venait d'avoir cette idée extravagante :

— Si je révélais à Flamboche tous nos trique-mardages, que ferait-il? Est-ce que ça ne serait pas beaucoup plus drôle? Est-ce qu'il n'en sorti-rait pas quelque aventure plus intéressante, très intéressante ?

De quoi elle s'était aussitôt défendue, au reste, en se trouvant stupide d'avoir des lubies pareil-les. Mais sa tristesse n'avait point pour cause la constatation de cette stupidité ; elle naissait, et grandissait de plus en plus, à se dire, sinon sous cette forme tout à fait précise, au moins en substance :

— Quel dommage que je sois vraiment obligée

de me trouver stupide en songeant à cela!

Tandis qu'elle pensait de la sorte, elle était déjà *obligée*, en effet, de se juger telle, ou plutôt *s'y obligeait*, se donnant les raisons qui devaient l'empêcher de commettre cet acte de pure folie, et se sentant poussée à le commettre avec d'autant plus de force que les raisons contraires étaient plus impérieuses. C'était l'attrait pervers et capiteux du risque à courir pour le risque, cet attrait particulièrement tout-puissant sur une nature comme la sienne, instinctive et inconsciente, cet attrait auquel obéissent certains singes en se balançant exprès, sans utilité autre que de jouer leur vie, devant la gueule béante d'un crocodile. Aux êtres faits pour céder à cette sorte de vertige moral, il suffit que la tentation s'offre, et les voilà en proie. C'est l'absurdité même, la monstrueuse absurdité de la chose, qui les fascine.

— Et si Flamboche perd la tête, en apprenant que je ne l'ai pas aimé, que j'ai été sa maîtresse pour le livrer sans défense aux opérations du baron! S'il fait un coup! S'il veut me tuer! S'il veut tuer son oncle! Si seulement il lui dit que c'est par moi qu'il a été mis au courant de tout! Alors, moi, une balle dans la gueule, peut-être! Ou veuve! Ou divorcée! Et ma situation, peau de zébi! Non, mais, est-ce idiot, est-ce assez pocheté ! J'en ai-t-il une, de couche ?

Pour que Gisette se parlât ainsi en argot, elle,
madame la baronne de Miérindel, il fallait qu'elle
fût remuée, bouleversée, jusqu'au tuf, jusqu'aux
obscurs et essentiels gísements d'âme où vivait
toujours en elle sa fameuse âme de rupine,
celle qu'elle regrettait tant de ne pas avoir euë,
et qu'elle avait en réalité, âme pareille à l'âme
des singes se balançant devant la gueule béante
du crocodile.

Si subtil sondeur de caractères que fût M. de
Miérindel, c'était là un tréfond qu'il avait laissé
inexploré dans Gisette. En tout cas, ce n'est pas
à présent qu'il pouvait en soupçonner l'existence,
Gisette lui ayant donné depuis si longtemps tant
de preuves d'un esprit solide et pratique, très
sain de raisonnement, inaccessible aux dépra-
vations inutiles. Rien ne devait donc le mettre
en garde contre cette soudaine attaque de vé-
sanie perverse.

Aussi bien, même pour un observateur, et sagace, qui en eût connu l'invasion secrète, il
n'était guère facile d'en distinguer encore que ce
vague prodrome : une sorte de mélancolie agitée.
La tristesse de Gisette, en effet, ne s'était pas
bornée au premier et passager accès de l'autre
jour. Elle s'était renouvelée en accès de plus en
plus fréquents, dans l'intervalle desquels elle

manifestait une inquiétude inaccoutumée, un besoin évident de s'étourdir. Cela, M. de Miérindel l'avait vu, tout de suite. Ne pouvant plus y supposer pour cause l'ennui léger qu'avait dû éprouver la très intelligente femme à manquer d'intelligence pendant un moment, il avait cherché ailleurs, et s'était dit :

— Peut-être regrette-t-elle un peu Flamboche. Elle a eu beau m'affirmer qu'elle n'en avait eu aucun appétit sensuel, et être parfaitement sincère en me l'affirmant ; qui sait si elle n'a pas pris goût à cette jeune chair? Ou alors, car il faut tout envisager, fût-ce l'invraisemblable, qui sait si elle n'a pas été (une nouveauté pour elle!) séduite par l'amour de ce cœur, vierge en somme et d'une noblesse intéressante? Pourquoi n'aurait-elle pas eu là un tardif bourgeon de tendresse, à la fois maternelle et voluptueuse? Bref, n'est-il pas admissible et naturel qu'elle souffre, sans me l'avouer ni se l'avouer, d'avoir perdu une petite joie devenue précisément une joie depuis qu'elle l'a perdue?

On voit que, même en ces matières de psychologie sentimentale, où on l'eût cru peu expérimenté, M. de Miérindel s'entendait et raffinait à l'occasion. Seulement, ici, il raffinait dans le vide, brodait du vent. N'empêche que l'explication, donnée ainsi à la mélancolie agitée de

Gisette, paraissait plausible, la seule plausible, et qu'il s'y arrêta Ce lui fut un motif
de plus de ne pas bouter le nez sur la vraie
raison de la tristesse. Mais, pendant qu'il
était en train de raffiner, cela le poussa jusqu'à un assez bizarre raffinement et de pensée et d'action, devant lequel il hésita d'abord,
se disant :

— C'est de la dépravation inutile.

Après quoi, jugeant mieux les choses, il se
convainquit que c'était de la dépravation, sans
doute, mais que c'était utile, et peut-être même
nécessaire.

Il n'y allait de rien moins que d'engager
Gisette à revoir secrètement Flamboche.

— La privation brusque et complète d'un bien,
pensait sagement le baron, n'est propre qu'à vous
en aviver le désir. Si Gisette souffre (oh ! un peu,
à peine !) d'un restant de béguin (et c'est cela)
non satisfait, elle se guérira mieux à le satisfaire
qu'à vouloir l'étouffer. Son amour profond, véritable, il est à moi. J'en suis sûr. Elle m'en a
donné la mesure absolue (si j'avais besoin de la
connaître; et je n'en avais pas besoin) dans sa
conduite à propos du flagrant délit. Donc, aucune
crainte à concevoir ! Son caprice, sensuel ou sentimental, une fois passé, à fond, jusqu'au bout,
c'en sera fini de sa tristesse. Je la veux heureuse,

voilà tout. J'ai le moyen qu'elle le soit. Je dois
m'en servir.

D'autre part, quoiqu'il fût sans inquiétude sur
la réussite de son plan relativement à la ruine
de Flamboche consommée par l'entremise forcée
de Chugnard, il demeurait curieux de savoir si les
détails en suivraient exactement la marche qu'il
avait prévue. Non pas seulement dans les faits,
dont il avait calculé et organisé si bien l'indéfec-
tible enchaînement ; mais dans les idées même,
les impressions, les réflexions, et du jeune homme
et de Chugnard. Il eût voulu connaître ce que
tous deux penseraient, diraient, y être en tiers.
se régaler des disputes qui ne manqueraient pas
de surgir entre eux, des désespoirs qu'ils auraient
à lutter en vain, des soupçons auxquels Flamboche se laisserait aller bientôt contre Chugnard, quand approcherait la ruine inévitable,
des fureurs impuissantes et injustes où ils s'em-
porteraient alors l'un vers l'autre. Certes, tout
cela, M. de Miérindel pouvait aisément l'imaginer, et l'imaginait ; mais quelle jouissance, et
combien plus aiguë, d'en avoir la certitude
réelle et quasi palpable ! Et pour l'avoir, que
fallait-il? Être auprès d'eux, avec eux.

— Eh bien! que Gisette y soit! N'est-ce pas
comme si j'y étais?

Et, franchement, en lui expliquant par le

menu les divers avantages qu'il y trouvait, et
pour elle, et pour lui-même, il lui proposa
l'étrange chose.

Elle n'en parut pas étonnée. Ni contente non
plus, d'ailleurs. C'est d'un air passif, et indifférent d'abord, qu'elle répondit :

— Soit, je le ferai.

Puis elle s'anima d'un lent sourire, où il crut
lire un remerciement, et elle ajouta :

— Je ne sais pas trop si ça sera aussi utile
que tu le penses, et à toi et à moi ; mais j'ai idée,
par exemple, que ça pourra être amusant.

Elle se reprit, et, achevant son sourire en un
violent éclat de rire :

— Amusant, oui ! Et même rigolo ! .

Par bonheur, en riant, elle avait, à dessein ou
par hasard, fermé les yeux. Sans quoi le baron
y eût distinctement vu luire un éclair féroce,
pareil à celui que dardait jadis le bandit, amant
de cœur de Gisette, quand, dans une batterie,
il tirait son eustache en criant :

— Ça va rien être drôle.

Certes, si M. de Miérindel eût deviné le secret
de l'étrange drame psychologique joué ainsi à la
muette devant lui, et incompréhensible pour lui,
il s'y fût intéressé beaucoup plus encore qu'au
drame psychologique de là-bas, dont il se montrait tellement curieux. Celui-ci, quand même,

n'était pas inintéressant non plus ; et l'on conçoit
fort bien qu'un gourmand d'émotions intellectuelles, comme était le baron, eût le vif désir d'en
connaître par un sûr rapport les péripéties morales. L'espionnage de Gisette, sur lequel il
comptait pour en être instruit, y eût-il suffi tout
à fait ? On va en juger.

Au sortir de chez son oncle, Flamboche n'avait
eu d'abord que cette idée, en quoi son être entier
lui semblait s'effondrer lamentablement :

,— Je suis un mufle.

Tout ce qu'un tel mot, dans son ignoble tri-
vialité, comportait, pour lui, d'infamie profonde
et irrémédiable, tout ce qu'y avaient accumulé
de signification les invectives de Chugnard. qui
en faisait le souverain terme du dégoût, tout
ce qu'y ajoutait d'affreusement outrageant le
souvenir de son père qui, lui aussi, avait jadis
coutume de s'en servir comme de la suprême
injure, tout cela, et quelque chose de plus
encore, si c'était possible, voilà ce que le pauvre
garçon entendait en se traitant de la sorte.
Et ce n'était plus, maintenant, pour avoir seulement séduit la femme de son oncle, qu'il se
jugeait tel, pour avoir *flétri la sainte*, pour avoir
trahi la confiance du *si brave homme*, non !
C'était, uniquement, pour la piètre façon dont la
vilaine scène avait tourné. Il se revoyait tout petit,

tout humble, enfantin, niais, balbutiant des excuses misérables, pleurant, ridicule aux yeux de Gisette. Il se rappelait et comprenait soudain le regard qu'elle lui avait jeté, d'un si intense mépris, et toutes ses attitudes, et aussi celles du baron, calme, froid, presque plus méprisant qu'elle-même en sa hautaine et indulgente bonhomie. Comment lui, Flamboche, le violent, le nerveux, l'orgueilleux, avait-il pu se montrer si veule, si plat, si lâche, si bête, si... ?

— Je suis un mufle.

Il se répétait le mot, se l'enfonçait au cœur, l'y retournait dans tous les sens pour en mieux souffrir. Et le pis, c'est qu'il n'en souffrait presque pas. En son amour-propre, oui, sans doute, il se sentait blessé. Mais là seulement. Et il s'en consolait en pensant :

— Qu'est-ce que ça me fait d'ailleurs, puisque je le sais ?

Et il essayait de sourire intérieurement tandis qu'il ajoutait, tout haut cette fois :

— Eh bien ! quoi ! Je suis comme les autres, voilà. Et puis ?

Et il eût voulu que quelqu'un l'entendît, lui répondît, et pouvoir lui chercher querelle. Une dispute, un échange de coups, lui eussent été agréables. N'en trouvant pas l'occasion, il s'en prenait à lui-même.

— Pourquoi essaies-tu de sourire intérieurement, espèce d'imbécile ? Tu n'en as pas envie, n'est-ce pas ? Alors ?

Et en marchant dans la rue, sans y faire attention, il pleurait.

Machinalement, il était ainsi revenu à l'institution. Au moment d'y rentrer, il s'était aperçu qu'il y arrivait, et qu'il ruisselait de larmes. Il s'était dit, tout honteux :

— Des consolations, hein! voilà ce qu'il te faut! Oui, c'est cela, des consolations ! Comme à un enfant.

Puis, sans honte, et se laissant aller à l'irrésistible besoin d'être consolé :

— Comme à un enfant, bien sûr. Dame! Et pourquoi pas ?

En sanglotant il avait franchi la porte, couru à la cuisine, pour s'y jeter dans les bras de maman Naïde, de la brave et tendre maman Naïde. à laquelle il pouvait tout dire, tout avouer, jusqu'à ses plus lâches misères, et qui n'y trouverait à répondre que de bonnes et douces et câlines paroles, la chère femme !

Aménaïde était sortie. Il en fut désespéré, comme d'un grand malheur, pire que tout le reste. C'est elle, c'est justement elle, qu'il désirait, qu'il voulait. A Chugnard, il parlerait ensuite. Mais d'abord, il lui fallait être dorloté par elle.

— Quand viendra-t-elle ? Où est-elle allée ?
demanda-t-il fiévreusement au garçon.

Et, sans même attendre la réponse, il était
reparti par les rues, redoutant (il en ignorait la
raison) de se trouver tout de suite en face de
Chugnard.

C'est en face de Brongnien, le professeur de
mathématiques, que brusquement il s'était trouvé,
au premier tournant, devant le liquoriste-distill-
lateur chez qui entrait l'ex-polytechnicien. Ils
y étaient entrés ensemble. Du diable si Flamboche
savait pourquoi ! L'autre l'avait saisi par le bras,
en lui disant :

— Vous avez l'air d'avoir mal aux dents. Si
nous prenions quelque chose ?

Brongnien avait cette habitude, de toujours
supposer qu'on avait mal aux dents, au ventre,
au pied, mais surtout aux dents, et d'y chercher
un prétexte honnête à *prendre quelque chose*. Un
prétexte pour les autres, bien entendu ! Lui n'avait
jamais mal nulle part, et ne *prenait quelque chose*
qu'afin de vous tenir bravement compagnie et
de vous obliger ainsi à vous soigner en *prenant
quelque chose*.

— Une absinthe, n'est-ce pas ? Il n'y a rien de tel
contre le mal aux dents. Je vous assure ! Ainsi,
j'ai vu un jour, à la cour de sa hautesse l'empereur du Maroc...

Et Flamboche avait subi l'histoire d'un éléphant qui, à Fez, ayant une *rage de défense* (Brongnien disait la chose très sérieusement), avait dû avec sa trompe.....

— Mais ce n'est pas aux dents que j'ai mal. s'était écrié le jeune homme.

Il avait une si impérieuse envie d'être consolé, si folle, qu'il ne s'était pas tenu de lâcher:

— Mon pauvre Brongnien, si vous saviez! C'est une affreuse peine de cœur... Et aussi, et surtout, un remords... Oui, un remords! Voyez-vous, je suis un mufle.

Brongnien était un pochard bon, et l'avait montré plus d'une fois à son élève dans l'art de la photographie. Il le prouva cette fois encore mieux que jamais, et sans que Flamboche pût s'en douter et lui en être reconnaissant.

— Garçon, fit-il, deux autres absinthes! Et des doubles! Des verres à huit sous!

— Non, non, interrompit vivement Flamboche. Je vous en prie, non! Je n'ai pas du tout d'argent sur moi.

— Eh! qu'est-ce que ça fait? avait répliqué Brongnien. J'en ai, moi! Et pour vous guérir, vous pensez bien que je ne suis pas à quelques ronds près.

Le pauvre bougre avait juste un franc et demi en poche. Les deux verres à huit sous et les deux à quatre, plus deux sous de pourboire, cela faisait un franc trente centimes à payer. Il les paya, ne gardant que quatre sous pour son repas du soir, son unique repas du jour. Mais il n'y songeait guère.

— Voyez-vous, dégoisait-il, pour les peines de cœur, c'est encore plus fameux que pour le mal aux dents, de prendre quelque chose. Et pour les remords, donc! Ainsi, moi, il y a vingt ans, à Toulon, quand j'étais dans l'artillerie de marine..... Un mufle, dites-vous! Vous êtes un mufle? Eh bien! Et moi, qu'est-ce que je dirai, alors? Mais, précisément, une bonne absinthe, surtout en verre double, en verre à huit sous..... Tenez! cette rosette que j'ai là...

Flamboche l'avait laissé s'embarbouiller dans une nouvelle histoire, plus entortillée encore que celle de l'éléphant. Il n'écoutait pas. Il buvait, d'un mouvement automatique, quand Brongnien buvait. L'absinthe frelatée, mais forte en essences, lui brûlait le palais, lui brouillait les yeux, lui gonflait le cerveau de fumées chaudes et tourbillonnantes.

Un brusque réveil de sa raison, prête à s'en aller, lui avait crié soudain :

— Sauve-toi d'ici. Tu vas te mettre à bavarder comme cet ivrogne.

Il s'était levé, les jambes molles, la tête pleine

de danses et de tambours, et s'était enfui, par
zigzags, jusqu'à l'institution. Aménaïde venait
d'y rentrer. Elle était là haut, en train de se
chamailler avec Chugnard. De l'escalier, tout en
montant, il les entendait. Il s'était précipité dans
la chambre, jeté dans les bras d'Aménaïde (enfin,
enfin !), et là, sans même s'occuper de Chugnard,
en ne parlant qu'à elle, avec une volubilité
d'homme soûl, et des sanglots d'enfant, il avait
tout raconté.

Vraiment tout, c'est-à-dire beaucoup plus qu'il
n'en eût raconté de sang-froid. Car, de sang-froid,
il se fût borné à une confession du crime qu'il se
reprochait, et de sa lâche veulerie. Mais les
détails, les dessous de sa passion, et de la scène
finale, il ne les eût pas donnés dans un récit sur-
veillé par sa raison. Il les donna dans les effusions,
les rabâchages, les parenthèses, l'inconsciente
répétaillerie de l'ivresse. Malgré lui, des choses
et des mots arrivèrent en clarté, venant du fond
de lui-même, détails précieux dont la signification lui avait échappé, qui s'étaient gravés dans
sa mémoire à son insu, qu'il reproduisait sans
en avoir vu ni en voir encore l'importance, mais
qui étaient caractéristiques pour un auditeur
comme Chugnard.

Et il réfléchissait profondément, lui, le vieux
routier, tandis qu'Aménaïde, simplement stupé-

faite, levait les bras au ciel, en poussant des :

— Est-ce possible ? Est-ce Dieu possible ! Non, ce n'est pas possible !

Il réfléchissait, lui, et reconstituait à peu près tout le drame, avec une sagacité dont il n'était pas fier, d'ailleurs, la trouvant stupidement tardive, et se disant :

— Étais-je bête, étais-je assez bouché, de n'avoir rien deviné à tout cela ! Et moi que l'on croit, et qui me crois, si malin ! Triple idiot, va !

Aménaïde consolait Flamboche, le câlinait, lui séchait les yeux, ne savait que ressasser :

— Mon pauvre enfant ! Mon pauvre petit ! En voilà une, d'histoire !

Et elle ne comprenait pas, ni Flamboche non plus, pourquoi Chugnard, les poings crispés, les dents grinçantes, se promenait à grands pas en grognant :

— Ah ! les canailles, les canailles !

— Qui ça ? demandèrent-ils.

— Qui ? s'écria Chugnard ! Mais le baron et sa femme, parbleu !

Et il expliqua tout ce qu'il y voyait, lui, dans cette histoire, et en traits rapides, lumineux, et avec une irréfutable logique.

Ce fut pour Aménaïde une nouvelle occasion de lever les bras au ciel et de pousser des :

— Est-ce possible ? Est-ce Dieu possible ! Non, ce n'est pas possible !

Mais pour Flamboche, les nerfs encore détraqués par la scène de tantôt, et retournés depuis par sa confession volubile et sanglotante, et la tête toute flambante de l'ivresse qui n'avait fait que s'embraser davantage en parlant, ce fut un prétexte à une folle explosion de colère, avec des cris de rage contre lui-même qui avait trahi son oncle et *souillé la sainte*, avec des fureurs surtout contre Chugnard, contre cet abominable calommiateur de Chugnard qui...

Le malheureux Chugnard avait dû sortir précipitamment de la chambre, menacé d'être battu par Flamboche, qu'Aménaïde avait retenu à grand'peine en s'accrochant à lui de toute sa lourde masse.

Deux jours de bouderie absolue avaient suivi, pendant lesquels le jeune homme s'était enfermé, n'admettant auprès de lui qu'Aménaïde.

Le troisième jour, enfin, Flamboche avait consenti à voir Chugnard, mais en stipulant que pas un seul mot ne serait prononcé entre eux touchant le sujet de leur altercation. L'entretien qu'ils allaient avoir devait strictement se réduire à traiter d'affaires, pour lesquelles l'aide de Chugnard s'imposait.

— Si j'ai recours à vous en cela, dit Flamboche,

30

c'est que mon oncle lui-même m'a conseillé de le faire, ou plutôt me l'a ordonné, *in extremis* en quelque sorte, ainsi qu'il s'est exprimé d'une façon si touchante. Il s'agit de mettre en règle et de mener à fin les opérations de Bourse où je suis engagé depuis mon émancipation, sans y entendre grand'chose, j'en conviens, tandis que vous y êtes expert, paraît-il.

La froideur avec laquelle lui parlait Flamboche avait peiné Chugnard. Il y sentait à plein l'affreuse désaffection dont il avait toujours eu peur, qu'il avait tant cherché à empêcher, et qu'il constatait maintenant définitive. Il souffrait aussi, et de la pire façon, à penser :

— Sans le conseil que lui en a donné le baron, Flamboche me refuserait juqu'à ce dernier témoignage de confiance. Ce n'est pas de lui-même qu'il fait appel à mon dévouement, jugeant qu'il en a besoin. Il n'y songe pas par amitié pour moi. Il ne s'y résigne que pour obéir à l'ordre qu'il a reçu.

Mais en même temps, surmontant sa tristesse, Chugnard s'était dit :

— Pourquoi lui a-t-on conseillé, quasi ordonné, cela? Quelle idée y a eue M. de Miérindel? Et n'est-ce pas mon devoir d'ami, que de découvrir cette idée? A coup sûr il y a là-dessous quelque terrible manigance. Ne puis-je essayer d'y

parer? Sans en avoir l'air, toutefois, puisque
Flamboche n'admet pas la coquinerie des misérables qui le ruinent. Mais quoi! Je le sauverai
peut-être quand même, et malgré lui.

Car, tout de suite, et à travers les choses et
les mots caractéristiques lâchés dans le récit de
l'autre jour, ce que Chugnard avait reconstitué,
c'est que le baron et Gisette s'étaient attelés à la
ruine du jeune homme. Il en avait eu la claire
vision, comme s'il eût été du complot. Et cette
hypothétique vision, au reste, lui devint celle
même de la réalité palpable, quand Flamboche,
pour le mettre au courant des affaires à régler,
lui eut expliqué tant bien que mal en quelles
fâcheuses opérations de Bourse il avait engagé sa
fortune.

Du coup, Chugnard comprit aussi pourquoi le
baron l'avait désigné, spécialement, lui, pour
mener à fin ces opérations.

— Il a voulu, pensa-t-il, que l'auteur apparent
et responsable de la ruine, ce fût moi. Non content de dépouiller son neveu, il tient à lui laisser
croire qu'en fin de compte la catastrophe aura
été causée par Chugnard maladroit ou par Chugnard criminel.

A cette atroce pensée, Chugnard se révolta,
brusquement eut l'impression de se réveiller,
tendu pour la lutte. Ne plus être aimé par son

cher Flamboche parce qu'il n'était plus digne de l'être, il l'eût encore accepté. Si dur que lui eût paru ce châtiment implacable, il s'y fût soumis, le méritant. La conscience même de l'avoir mérité lui eût enlevé tout courage pour essayer de s'y soustraire. Et c'est bien dans ce sentiment-là, dans la douloureuse constatation de ce qu'il appelait son irrémédiable muflerie, c'est dans ce déprimant mépris de lui-même qu'il s'était engourdi depuis son retour de la mer, y perdant son ressort habituel, son énergie, jusqu'à sa clairvoyance, se laissant choir à l'aveulissement d'un vaincu qui trouvait juste sa défaite. Mais voilà que Flamboche allait injustement le trouver vil et traître, lui attribuer une ruine dont le baron seul était l'auteur ! Voilà que la suprême désaffection aurait pour excuse possible la bêtise ou l'infamie de Chugnard, alors que Chugnard n'aurait péché en rien contre Flamboche ! Non, non, cela n'était pas à subir ! Ce dernier calice, trop amer, et absolument immérité, Chugnard se refusait à le vider ainsi sans se défendre ! Il se défendrait !

Mais comment ? Hélas ! la situation étudiée, et chez l'agent de change et à la Bourse, il fallut bien reconnaître que les plans du baron avaient été magistralement combinés, que tout s'y trouvait prévu, que la ruine de Flamboche était inévitable. L'ancien journaliste financier qu'était Chugnard, expert en effet à voir net et vite dans les plus troubles bas-fonds des manigances d'agio, n'avait pas eu besoin d'un long examen pour s'orienter parmi les vases enlisantes où sombrait la fortune du jeune homme. La hausse et la baisse fictives des mines d'or et de la mine de plomb argentifère, la nasse du syndicat. les enchevêtrements, compliqués à dessein, de ventes, d'achats, de remplois s'emberlificotant les uns dans les autres, il eût tôt fait d'en déchiffrer le secret agencement. Toute sa vive intelligence lui était revenue.

— Que trop, même! se disait-il avec de profonds désespoirs.

Moins lucide, en effet, il eût pu chercher une issue à cette englivière, s'aveugler sur la possibilité d'en tirer Flamboche, y faire effort. Au lieu de cela, il était obligé de conclure:

— Rien à tenter! Au moindre mouvement, on va s'embarbouiller, s'enfoncer davantage. Et ce mouvement, si c'est moi qui le dirige, j'aurai l'air d'avoir tout perdu par mon entremise finale. Ainsi le veut, ainsi l'a machiné le baron. Et d'autre part, si je ne bouge pas, si je laisse les choses suivre leur cours, c'est mon inaction qui paraîtra coupable.

Et toujours, partout, ici ou là, quoi qu'il

fît ou ne fît pas, cet aboutissement fatal :

— Flamboche demeurera convaincu d'avoir été ruiné par moi.

Ah ! comme Chugnard alors regretta d'avoir été si lâche, à la mer, et en tant d'occasions depuis, comme il se repentit cruellement d'avoir remis sans cesse à plus tard, à un vague et misérable plus tard, la dure confession due par lui à son cher Flamboche ! Autrefois, naguère encore, il n'y avait pas plus de trois mois, quand ils vivaient tous deux en pleine affection mutuelle, si tendre, si confiante, si à l'abri de tout mauvais soupçon, comme elle eût été facile, cette confession qu'il trouvait cependant alors tellement dure, et qui ne l'était vraiment qu'aujourd'hui ! Alors, sans doute, les premiers aveux eussent donné au jeune homme quelque dégoût de son ami, l'eussent un peu troublé dans sa foi, induit à penser :

— Quoi ! Ce Chugnard, toujours en indignation contre les mufles, il n'est donc, lui aussi, qu'un mufle ! Et quel ! Avec moi-même ! A ce point ! Et il a souffert que le noble souvenir de mon père intervînt dans notre amitié ! Et il me la volait, cette amitié, n'en étant pas digne ! Oh ! le vilain homme ! Pouah !

Mais néanmoins, alors, ce dégoût avait chance de n'être que passager. La franchise de la confes-

sion rendait quand même excusable tant de vilenie, que lavait un si grave et si sincère remords.
Et Flamboche, à coup sûr, aimant comme il
aimait en ce temps-là, eût pardonné! Et dans ce
généreux pardon l'affection mutuelle, loin de
s'éteindre, se fût ravivée! Et plus moyen, ensuite,
que rien y touchât, à cette affection alimentée
ainsi, rayonnant de cette belle flamme! Plus
moyen que les manœuvres du baron, de Gisette
elle-même, eussent prise sur elle! Ah! le baron!
Et Gisette, surtout, la vieille gaupe dont Chugnard savait toute l'infamie, l'ancienne patronne
du « Plumes et Fleurs! ». Qu'auraient-ils pu,
tous deux, et elle en particulier, en quoi eût-elle
été à craindre, si dès le début Chugnard, en se
révélant bravement à Flamboche, lui avait du
même coup révélé Gisette? Est-ce que Flamboche n'aurait pas éclaté de rire, tout le premier,
lisant la lettre où M. de Miérindel l'appelait une
sainte? Est-ce que.....

— A quoi bon ruminer tout ce qui aurait pu
être? se disait tristement Chugnard. Oui, je le
vois à présent, mon crime, mon vrai et terrible
crime, ce fut ma lâcheté. Je devais m'y résoudre
alors, à la dure confession. Je suis justement
puni de l'avoir pas fait quand il en était temps. Et
aujourd'hui....

A la certitude que tout était perdu sans ressource, au désespoir furieux qu'il en éprouvait, il se ressaisit en ce moment, et, soudain :

— Eh bien ! quoi ! Je serai donc toujours lâche ? Oh ! non, non, cette fois. Tant pis ! Plus de mauvaise raison !

Et comme le joueur, en lui, ramenait tout au jeu, il se résuma ainsi :

— J'ai vu ce que le banquier a en main. C'est un neuf. Tant pis ! j'aurai l'air d'un fou ; mais je tire à sept.

Vouloir enfin la confession, rien de mieux ! Encore fallait-il la pouvoir. Flamboche consentirait-il à l'écouter ?

— Il la lira.

Et Chugnard passa toute une nuit à l'écrire. Oh ! sans grandes phrases. Simplement. Nettement. Pas de commentaires ! Pas même l'apparence d'un plaidoyer ! Nulle autre chose que des faits et la vérité toute nue.

Il racontait d'abord sa vie, en traits sommaires, jusqu'au moment où Flamboche était entré à l'institution. Il faisait ici mention de Gisette, connue au Quartier latin, puis comme patronne du « Plumes et Fleurs » de la rue de la Lune. La mention ne comportait d'ailleurs aucune épithète. Il disait en quoi consistait l'institution Chugnard, et en prouvait sans peine, par l'exposé même des choses, la radicale ignominie. Il n'in-

sistait pas sur les motifs qui avaient dû décider
M. de Miérindel à choisir un tel établissement
pour y faire élever son neveu. Il rappelait l'intervention de Gisette dans ce choix. Il répétait
mot pour mot les instructions qu'il avait reçues
d'elle, et avouait s'y être soumis au début, puis
avoir trahi la confiance de Gisette et du baron,
et dans quelle pensée d'intérêt personnel. Il
s'accusait d'avoir voulu accaparer l'affection de
Flamboche pour l'exploiter. Il analysait les
sentiments par où il avait passé, se prenant au
piège qu'il avait tendu. Il affirmait sa tendresse
réelle, profonde, s'en rapportait d'ailleurs pleinement au cœur de Flamboche pour la juger en
dernier ressort. Il exprimait la honte et le repentir de sa longue lâcheté à retarder toujours
la confession présente. Il ne demandait rien en
retour, sinon que Flamboche voulût bien la
croire sincère, et en tirer lui-même toutes les
conclusions qui en découlaient.

Quand Chugnard remit à Flamboche l'enve-
loppe contenant cette complète confession, ses
doigts tremblaient et de grosses larmes lui roulaient dans les yeux.

— Qu'avez-vous donc, mon ami? lui demanda
le jeune homme. Et qu'y a-t-il là dedans, pour
que vous soyez si ému?

C'était la première fois, depuis leur altercation

de l'autre jour, que Flamboche reparlait avec
douceur à Chugnard et l'appelait « mon ami ».
Mais il n'avait pu s'en empêcher, devant une
pareille manifestation de tristesse, qui lui avait
retourné violemment le cœur. Il tendit une main
généreuse au pauvre homme. Chugnard ne la
prit point, et dit :

— Non, je ne veux pas. Je vous volerais votre
poignée de main. Car vous ne m'en donnerez
plus, j'en suis sûr, jamais, jamais, quand vous
aurez lu ce qu'il y a là-dedans.

Et, prêt à éclater en sanglots, Chugnard était
brusquement sorti, comme on se sauve.

La première et rapide lecture de ces pages
laissa Flamboche atterré. Il lui semblait être
tombé dans un trou noir.

— Quoi! Gisette, elle, la sainte, c'était cette
femme dont Chugnard racontait cela!

Car, de la confession entière, voilà ce qu'avait
tout d'abord retenu Flamboche, uniquement,
absolument. Et, aussitôt, après le premier coup
qui l'avait comme assommé, en un brusque réveil d'indignation, ce cri :

— Il ment!

Chugnard avait bien fait d'écrire au lieu de
parler. Parlant, il n'eût pu aller jusqu'au bout ;
Flamboche ne l'eût pas écouté. Et Chugnard
avait bien fait aussi de sortir comme on se sauve.

Lui présent, Flamboche eût interrompu la lecture pour lui sauter à la gorge.

— Il ment !

Les pages, jetées violemment, volèrent par la chambre, quelques-unes déchirées.

Puis Flamboche se rappela les doigts tremblants, les yeux pleins de larmes, l'indéniable et profonde émotion de Chugnard, et aussi tant d'heures passées ensemble, de bonnes heures toutes chaudes de tendresse, ensoleillées de sincère abandon.

— Non, il ne peut pas me mentir ainsi. Non, il ne ment pas !

A son tour, Flamboche avait les regards brouillés de gros pleurs. A son tour, c'est avec des doigts tremblants qu'il tenait ces pages, ramassées, les remettait en ordre, essayait de les lire, n'y arrivait pas. Tant ses doigts tremblaient ! Tant ses yeux étaient noyés ! Et il le fallait, cependant, qu'il les lût, ces pages ! Il ne pouvait pas ne pas les lire. Il les lisait.

Mais alors, elle, l'héroïne, la sainte, celle qu'il s'imaginait avoir vilainement dépouillée de son auréole... !

Et d'horribles et voluptueux souvenirs lui remontaient à la pensée, des souvenirs de caresses qui....

— Oh !.. oh !... Et pourtant !...

Les pages parlaient, évoquaient. Le Quartier latin! Le « Plumes et Fleurs »! Il en avait entendu chuchoter des choses, de cette fameuse rue de la Lune, par Lautarescù, par cette grosse brute, qui avait eu jadis un frère aîné à l'institution Chugnard.

— Oui, mon cher, en ce temps-là, il y avait un pion qui menait les élèves en promenade là-bas. Mon frère Basile y est allé. C'était rue de la Lune. On s'y....

Et le rire gras du Valaque, ce qu'il soulignait de cet ignoble rire, Flamboche l'entendait, comme derrière lui, tandis qu'il se revoyait avec Gisette, avec la sainte, elle, elle!

— Pourquoi voulut-elle cela? Et mon oncle, qui en a fait sa femme, ma tante, la belle-sœur de mon père! Oh! les sales gens, les sales gens! Et moi, aussi crapuleusement immonde qu'eux! Et pourquoi, pourquoi?

Les attitudes des deux lui étaient représentées par son implacable mémoire, leurs attitudes pendant la scène d'explication après le flagrant délit. Elle, si peu inquiète! Lui, si calme, hypocritement indulgent, tout à des conseils de chiffres et d'affaires!

Et tous ces chiffres, au reste, et ces affaires, où on l'avait poussé, où elle surtout l'avait poussé, et parmi et au moyen de quelles caresses! La raison de tout, c'était cela, sans doute!

— Oui, oui, Chugnard m'expliquait hier que ma fortune est en danger, qu'ils l'ont compromise dans des opérations désastreuses pour moi! Voilà le pourquoi de....

Et cette exclamation sans cesse revenait en refrain de glas :

— Oh! les sales gens! les sales gens!

Puis, dans un revirement soudain, complet, impérieux, comme une grande clarté crevant les ténèbres :

— Mais non! c'est trop criminel. C'est fou. On n'est pas ainsi. Personne n'est ainsi. Chugnard avait beau me paraître ému! Il l'était à cause de l'énormité même de son infamie. Dans un suprême accès de haine, risquant des calomnies aussi monstrueuses, il a eu peur au moment de jouer le tout pour le tout. Le misérable, le coquin, c'est lui, c'est lui seul. Il s'avoue tel. Il l'est. Je connais son âme, à fond de bourbe. Il me l'a montrée. Toute la bourbe est remontée ici. La vérité, la voilà. Ça, cette abomination écrite, c'est possible. On en est capable. Lui, il en est capable. Mais le reste, ce qu'il raconte, ce qu'il insinue, non! On n'est pas ainsi. Personne n'est ainsi. Ou bien ce serait à se tuer, s'il y avait au monde des scélérats pareils. Il n'y en a pas. Il y a des mufles, comme lui. Et comme moi, hélas! comme moi, d'avoir osé

croire, fût-ce une minute, que Gisette, que... Il
ment! Il ment!

Puis cette exaltation tombait. Le coup de
clarté crevant les ténèbres n'était que la dernière
flambée de sa foi en agonie. Les ténèbres ensuite
se refaisaient plus denses. De nouveau Flamboche
se retrouvait atterré, la face dans un trou noir. Il
doutait de tous et de tout, s'obstinait à considérer
Chugnard comme un infâme calomniateur, et
cependant en admettait la véracité, le condamnait, mais condamnait aussi le baron, et même
Gisette, contre laquelle plaidaient tant de souvenirs accusateurs, évidents et implacables aujour-
d'hui à la lueur de ces révélations. Et il se condamnait surtout lui-même, d'avoir été aussi
aveugle et en amitié et en amour, de s'être complu
à l'affection de ce louche, tortueux, bas et abominable Chugnard, d'avoir pris pour une sainte
cette vieille gouine de Gisette. Un tel aveuglement à leur endroit, quelle pouvait en être la
cause, sinon que lui-même était leur pair?
Noble et droit, n'eût-il pas dû tout de suite
sentir leur vilenie, en avoir horreur d'instinct?
Mais non! Il était allé à eux naturellement,
sans révolte, sans hésitation, et même avec
joie, parce qu'au fond il leur ressemblait. Et
cette affreuse constatation s'imposait à son désespoir :

— Nous sommes tous des mufles. Il n'y a au
monde que des mufles.

Il sanglotait à cette idée, ne s'apercevant pas
que son désespoir démentait pourtant, au moins
quant à lui, l'affreuse constatation. Car, s'il eût
été vraiment ce qu'il disait, il n'eût pas souffert
à se le dire, et c'est de cela en vérité qu'il
souffrait le plus.

— Poitrine avec ton âme !

Il se rappelait ce mot de son père, ce mot qui
toujours lui avait paru si grand, si réconfortant.
Il en était écrasé aujourd'hui.

— Avec mon âme, hélas ! Mais puisque je n'en
ai plus, d'âme !

L'image de Brongnien lui passa par l'esprit,
en évocation à ce conseil de poitriner. Est-ce
qu'il en avait une, d'âme, celui-là ? Non, bien
sûr. Et cependant il poitrinait, à sa façon, haut et
droit dans sa redingote sanglée militairement, et
la mine d'un homme malgré ses troubles yeux
de pochard.

Flamboche prit de l'argent, sortit, se mit à
la recherche de Brongnien, le trouva chez le liquoriste, but avec lui, et, tout en buvant, lui
demanda soudain :

— Et qu'est-ce que vous en pensez, vous, de
tous ces gens-là ?

— Quelles gens ? fit Brongnien.

— Tout le monde.

— Je n'en pense rien.

— Mais vous les méprisez, pourtant?

— Oh! sans doute.

— Et vous-même, est-ce que vous ne vous méprisez pas aussi?

— Des fois.

— Quand vous êtes soûl, hein?

— Non; au contraire!

— C'est vrai. Je suis un imbécile.

— De trop réfléchir, oui.

— Vous ne réfléchissez donc jamais, vous?

— Le moins possible.

Et Flamboche en tira cette amère et triste
conclusion :

— Il a raison, en somme. Le mieux est de
s'abrutir.

Revenant au mot de son père, il le formulait
maintenant de cette façon nouvelle, et trouvait
il ne savait quel charme morose à cette absurde
transformation:

— Poitrine] avec ton âme, et, au besoin, avec
ton manque d'âme.

Il était à moitié ivre déjà en se parlant de la
sorte. Il continua de boire silencieusement, bercé
au ronron des longues histoires que marmonnait
Brongnien, s'y laissant comme dorloter, s'en-
gourdissant la tête et le cœur dans une torpide,

morne et douce hébétude. Il finit par s'endormir
en réalité, le front sur la table poisseuse, parmi
les capiteuses et aromatiques senteurs du
comptoir, et parmi les souriantes consolations
d'un rêve où il se voyait sans âme et tout heureux
de n'en plus avoir et de poitriner avec ceci, à
savoir qu'il n'en avait plus.

A peine se réveilla-t-il, quand Brongnien le
ramena vers une heure du matin à l'institution
et le remit aux mains d'Aménaïde et de Chugnard,
très inquiets d'une aussi longue absence. Il avait
marché, depuis la boutique du liquoriste, comme
un somnambule. Et c'est avec des yeux de somnambule encore qu'il regarda Chugnard et
Aménaïde, à qui Brongnien disait :

— Non, non, je vous jure qu'il n'est pas
malade. Une légère culotte, voilà tout ! Quatre
ou cinq verres, pas davantage. Et gentil, gentil !
N'y a pas plus gentil !

Machinalement, Flamboche avait répété, en
s'affalant sur l'épaule d'Aménaïde :

— Gentil, gentil !

Et il s'était laissé monter dans sa chambre,
déshabiller, mettre au lit, sans rien ajouter d'autre,
reprenant aussitôt son somme vaguement interrompu, son somme de torpide, morne et douce
hébétude, parmi les capiteuses et aromatiques
senteurs dont le souvenir parfumant lui demeu-

rait imprégné dans les narines, et parmi les
souriantes consolations d'un rêve où il se délectait à poitriner absurdement avec son manque
d'âme.

— La lecture de ma confession a porté coup,
pensa Chugnard, et surtout la révélation de ce
qu'est la vraie Gisette. Il va cuver, avec son
ivresse, le chagrin que j'ai dû lui faire. Mais il
ne m'en veut pas, certainement. La façon dont
il a pris la chose me le prouve. Il m'a cru. Il a
été désolé. Il a bu, comme un enfant qu'il est,
pour oublier son mal. Demain, nous pourrons
parler de tout cela raisonnablement.

Par malheur, le lendemain, dans la matinée,
Chugnard devait sortir, mandé chez l'avoué du
jeune homme. Il était absent quand Flamboche
se réveilla, le cerveau lourd, le cœur fade, les
membres en courbature. L'instant eût été particulièrement propice à Chugnard pour une expli-.
cation. C'est Aménaïde qui se trouva là, toute
câlinante, toute fondue à de compatissantes
plaintes et à de maternels reproches :

— Pauvre petit! Mon chérubin du bon Dieu!
Mais qu'est-ce qu'il vous est donc arrivé? En
voilà, du joli, d'aller s'ivrogner avec ce vieux
pochard de Brongnien!

Et des propositions de compresses à l'eau
sédative contre la migraine, de camomille, ou

plutôt de thé très fort, ou (encore mieux!) de
vulnéraire sur un morceau de sucre (son grand
remède à tout!) Et Flamboche de s'apitoyer à
cette pitié, de s'attendrir à cette tendresse, de
pleurer parce qu'Aménaïde, sans savoir pourquoi,
pleurait!

— Oh! j'ai de la peine, j'ai tant de peine, ma
bonne maman Naïde!

— Mais quoi? Mais quoi donc, mon cher enfant?
Et qui vous a fait de la peine?

— Chugnard.

— Lui! Comment cela? Lui! Ce n'est pas
possible. Il vous aime tant! Oh dites, dites! Il
doit y avoir un malentendu entre vous.

La brave femme était dans une angoisse qui
toucha profondément Flamboche, et dont le
sincère accent le força bien à penser:

— En voilà une qui n'en est pas, tout de même,
du nombre des mufles!

Et du coup, il eut honte d'avoir à lui raconter
toutes ces tristes et vilaines choses prouvant.
qu'il en était un, lui, et Chugnard pareillement,
et le baron, et...

— Lui avouer, à cette simple et bonne créature, que j'ai été l'amant de ma tante, que cette
tante est une vieille gourgandine, qu'elle et mon
oncle avaient comploté cela pour me voler, et
que Chugnard m'a révélé ce tas d'ignominies

après avoir lui-même, naguère, été le complice
de ces deux coquins ! Mettre l'honnête maman
Naïde dans le secret de telles saletés ! Oh non !
non ! Je n'en ai pas le droit ! C'est ça qui serait
d'un mufle, du dernier des mufles ! Non, je n'en
suis pas là. Je ne veux pas !

Malgré lui, cependant, poussé par l'irrésistible
besoin de faire ce que précisément il ne voulait
pas faire, et tout en se jugeant lâche et mauvais
d'y céder, il ne put retenir ces phrases :

— Rien ! rien ! Je ne peux pas vous dire,
maman Naïde. Vous ne savez pas. Vous ne devez
pas savoir. Il s'agit de... Oh ! qu'importe ! Qu'importe !... Enfin, il s'agit de... de ma tante, de
Gisette, là !

Le nom lâché, il en eut remords. Car tout de
suite il songea :

— Pourquoi l'ai-je prononcé, sinon pour voir,
à la façon dont Aménaïde l'entendra, si elle connaît ou non quelque chose à toute l'histoire ? Et
pourquoi est-ce que je tiens à connaître cela,
sinon parce que, au fin fond de moi, au plus noir
et abominable fin fond de cet ignoble moi, je
mets en doute l'innocence de la brave femme ?
Il semble que, tout en ayant peur de la souiller
par ces vilaines confidences, je ne serais pas fâché
d'apprendre qu'elle en a été souillée déjà.

Pas nettes à ce point, bien sûr, les réflexions

que lui suggérait le remords du nom lâché !
Celles-là, quand même, en substance ! Et telles
il les trouva, hélas ! après coup.

Et après quel coup !

A peine, en effet, eût-il prononcé le nom de
Gisette, il vit soudain Aménaïde suffoquée rou-
gir, puis devenir toute blême, baisser les yeux,
et enfin se sauver, comme éperdue.

La malheureuse venait de se rendre compte,
pour la première fois, de cette monstrueuse coïn-
cidence : que madame la baronne de Miériudel
était la fameuse Gisette, l'ancienne et mystérieuse
bienfaitrice de Chugnard, la femme dont si
longtemps elle-même avait été jalouse, dont
Chugnard ne lui parlait jamais qu'avec des airs
étranges ! Comment cette créature était-elle aujourd'hui *l'épouse* du baron, en quoi Chugnard
était-il mêlé à ce mariage, pourquoi n'en avait-
il rien dit, quel drame s'était joué là, dont Flamboche semblait être la victime ? Autant d'énigmes
qui bouleversaient Aménaïde, et lui avaient fait
prendre le parti de se sauver dans un accès de
folle épouvante.

Mais cette explication d'un tel trouble, Flamboche ne pouvait se la donner. Dans la rougeur
subite, puis la pâleur, puis la fuite éperdue d'Aménaïde, il ne comprit qu'une chose :

— Elle sait ! Elle est au courant de toutes les

ignominies que j'avais peur de lui révéler ! Je
n'avais rien à lui révéler ! Ce qu'est Gisette, ce
qu'est Chugnard, ce que je suis, elle le connaît.
Alors, pourquoi son angoisse à m'interroger ?
Pourquoi dire qu'il devait y avoir entre Chugnard
et moi un malentendu ? Pourquoi feindre d'ignorer ? Une comédie, donc ! Oh ! Elle aussi ! Elle
si simple, si tendre ! Elle, la bonne maman
Naïde ! Et moi qui l'exceptais du nombre des
mufles ! Idiot, triple idiot que j'étais ! Tous, tous,
et elle comme les autres, tous, nous en sommes,
tous ! Chacun à sa manière ; mais tous !

Et il était retourné chercher Brongnien, et
avait recommencé sa soûlerie de la veille, sans
même rentrer le soir, cette fois, couchant à l'hô-
tel du pochard, voulant devenir un pochard lui-
même, et voulant surtout ne plus revoir Chugnard, ni Aménaïde, ni personne.

— Personne que toi, tu entends, mon ami,
mon vrai ami, mon seul ami.

C'est Brongnien qu'il tutoyait de la sorte, dès
le premier jour de cette bordée nouvelle qui
devait durer deux autres jours encore, à étonner
Brongnien en personne.

— Ah ! sacré petit bougre ! ne pouvait s'empêcher de dire l'ex-polytechnicien. Quel coffre !
Il avale comme père et mère.

En quoi il ne savait pas si bien dire. Car, dans

cette frénésie à boire, Flamboche était sans doute exalté par quelque atavique refloraison de la dipsomanie qu'il tenait de ses parents, et en particulier de l'Irlandaise, morte, on s'en souvient, du *delirium tremens*. C'était à croire qu'elle revivait toute en lui, à ce moment, et qu'y revivait aussi le terrible alcoolique qu'avait été pendant un temps Jacques de Miérindel à son retour du Cap. Comme eux alors, avec la même violence continue, exaspérée, Flamboche se ruait à l'ivresse. Et presque tout de suite, dès le matin du second jour, il avait acquis ce calme, ce froid, cette sorte de tenue raide dans l'ivresse, propres à l'ivrogne invétéré, et si caractéristiques chez Brongnien.

— Il a l'air, pensait Brongnien (non sans admiration) d'y être *entraîné*.

C'est qu'il y était *entraîné*, en effet, par *l'entraînement* passé de ses ascendants. Telle fut, du moins, l'opinion de Chugnard, le rencontrant en cet état le second jour.

Voilà quarante-huit heures qu'il le cherchait en vain partout, le cœur torturé de craintes à l'idée d'un accident, d'un suicide. Et il le retrouvait attablé devant Brongnien, tous deux silencieux, pâles avec le nez flambant, le regard vague, les mains tremblotantes, mais le corps droit et d'aplomb sur les reins, la tête comme des soldats au commandement de « fixe ».

—Ah ! cher enfant, cher ami, avait dit Chugnard, que faites-vous donc là, vous, vous, à boire
de la sorte ?

Et Flamboche, sans même tourner le col, avait
répondu gravement :

— Ne m'embêtez donc pas, Chugnard. Vous
le voyez bien, ce que je fais. Je poitrine.

Brongnien avait ajouté, d'une voix pâteuse,
mais tout aussi gravement :

— Nous poitrinons.

Et Chugnard les avait laissés, jugeant avec
sagesse que cet accès d'ivrognerie bizarre était
plutôt bon pour Flamboche, que peu à peu son
désespoir s'y noierait, que le résultat définitif
en serait un profond abattement physique et
moral où le cœur du jeune homme serait sans
doute plus facile à reconquérir.

— Déjà, songea-t-il, l'effet s'est produit apparemment ; car il n'a pas l'air de m'en vouloir. Ce
que je lui ai révélé l'attriste, mais ne l'irrite
point. Il accepte enfin la chose. Il m'a cru. C'est
le principal.

Pour en être plus sûr, Chugnard avait risqué
discrètement, parlant tout bas à l'oreille de
Flamboche :

— Vous avez lu mes papiasses, hein ? Vous
devez savoir maintenant...

Flamboche l'avait regardé dans le blanc des
yeux, d'un long regard pesant, puis avait répliqué tout haut, à voix lente et en mots nettement articulés :

— Je sais maintenant que nous sommes, vous
et moi, et le reste des gens, sans exception aucune,
un tas de mufles, voilà !

— Hélas ! cher ami, avait repris Chugnard, pardonnez-moi de vous avoir causé ce chagrin. Car,
je le vois, cette idée-là vous fait souffrir.

— Moi ! souffrir ! avait riposté Flamboche.
Pas le moins du monde, je vous jure. Je constate,
pas plus. Mais en avoir du chagrin, allons
donc? Pourquoi? Est-ce que j'y peux quelque
chose? Non, n'est-ce pas ? Alors?

Et il avait conclu, d'un accent qui paraissait
tout à fait sincère :

— Ça m'est absolument égal.

Il était sincère, en effet. Ce n'est pas son désespoir seulement qui se noyait dans l'alcool,
ainsi que le pensait Chugnard ; c'est son être entier, sa noblesse, sa vaillance, sa fierté, et
jusqu'au mâle souvenir de son père, qui lamentablement y sombraient. Il se sentait couler à pic
dans une sorte de passive et molle indifférence
à tout. Il ne gardait de volonté résistante qu'à
se tenir solide et raide sous le poids de l'ivresse
comme Brongnien. Son amour-propre se bandait

32

uniquement à cette stupide satisfaction. Il en jouissait béatement et bêtement, trouvant le reste sans importance aucune. Il lui semblait en cela manifester sa force, et qu'il n'avait pas besoin d'en donner, ni à lui-même, ni à personne, d'autres preuves. Il répétait incessamment à Brongnien :

— Tu es sûr que je suis un homme, toi, hein? C'est tout ce qu'il me faut.

Si homme qu'il fût, cependant (et certes, comme buveur du moins, bien le fut-il), et quelque vigueur que lui pût fournir son entraînement atavique, quatre jours pleins de ce régime forcené finirent par avoir raison de lui. Même son amour-propre d'ivrogne s'éteignit, en triomphant d'ailleurs, Brongnien le premier ayant déclaré qu'il avait envie de repos, et que c'était nécessaire à tous les deux pour recommencer d'autant après une halte.

— Tu vois, fit orgueilleusement Flamboche, je suis plus trapu que toi en alcool.

— Soit! répondit l'ancien chef d'état-major de sa hautesse l'empereur du Maroc. Tu es plus trapu. Je me rends.

Et Flamboche l'avait reconduit, témoignant de sa victoire par ce soin de le reconduire au lieu d'être reconduit lui-même. Puis il était rentré tout seul à l'institution, droit et fier, les jambes lourdes, mais le pas régulier, marqué, presque automatique, et le regard à la fois très vague et très fixe.

— Il a l'air d'un fou, avait dit Aménaïde. Sûrement il est malade, le pauvre petit, et couve quelque chose de grave.

— Soignons-le, avait tristement répliqué Chugnard, soignons-le, notre cher enfant.

C'est comme un enfant, en effet, qu'ils avaient dû alors le soigner, un misérable enfant en qui venait de reparaître brusquement, après cet accès d'ivrognerie atavique, une récurrence, atavique aussi sans doute, du détraquement cérébral auquel avait succombé sa mère, la pâle Irlandaise buveuse de gin.

Assommé par ses quatre jours pleins d'alcoolique frénésie, il eût dû choir dans un épais sommeil de plomb. Il fut pris tout à coup, au contraire, d'un violent délire, avec des gestes d'épileptique, des cris inarticulés, des hallucinations aux hideuses images le frappant d'épouvante. Il montrait, terrifié, d'horribles et invisibles êtres qu'il voulait fuir, qui le chevauchaient l'empoignaient à la gorge, le faisaient râler. Il ne s'en débarrassait que par des sursauts, des torsions de tout son corps, d'éperdus enfouissements de la tête sous les oreillers, ou bien enso four rant les deux poings dans les yeux comme s'il cherchait à s'emplir les yeux de nuit. Et encore les effroyables apparitions le poursuivaient-elles jusque dans cette nuit, y devenant probablement plus affreuses; car soudain il rouvrait ses yeux tout grands et clamait :

— Maman Naïde, maman Naïde, regardez-moi ! Près, près, plus près ! Vous aussi, Chugnard, vous aussi. Et Brongnien ! Et papa ! Et mon cher papa ! Et maman Naïde ! Tout près ! Tout près ! Tous tout près ! Empêchez-moi de voir les bêtes, les bêtes, les bêtes, les bêtes !

Et Chugnard, et surtout la bonne Aménaïde, se penchaient vers lui; et elle l'embrassait, lui tenait le visage à deux mains, le lui serrait, le lui mouillait de larmes, lui répétait :

— Nous sommes là, mon cher petit ! Je suis là, moi, maman Naïde. N'ayez pas peur. Nous vous tenons bien. Les bêtes sont parties. C'est moi qui vous regarde. C'est moi, c'est Chugnard et moi. C'est vos amis.

Il retrouva enfin la possession de lui-même, se réveilla de l'atroce cauchemar, soupira :

— Oui, oui, mes amis, mes braves amis !

Puis, dans un mauvais et cruel et sourd éclat de rire :

— Des mufles ! Des mufles !

Et ensuite, très calme, la face froide, morne, et la voix comme lointaine :

— Ça m'est égal.

Et il s'endormit, de l'épais sommeil de plomb cette fois, d'un sommeil qui fit penser tout haut à Chugnard :

— On dirait un mort.

— Oui, n'est-ce pas ! répondit Aménaïde, se rendant compte de tout ce que signifiait cette pensée.

Tous deux, sans avoir besoin de se l'exprimer en phrases formulées plus nettement, sentaient que leur petit Flamboche, leur cher Flamboche, leur Flamboche, celui qui les avait tant aimés, ne les aimait plus à cette heure, et qu'il ne les aimerait jamais plus comme autrefois, et qu'ainsi, en réalité, pour eux il cessait d'être.

Aménaïde s'écroula sur une chaise et se mit à sangloter.

— Hélas ! dit-elle. Qu'est-ce que nous lui avons donc fait, monsieur Chugnard?

— Toi, rien, répliqua-t-il.

— Eh bien ! demanda-t-elle, et toi ?

Il resta silencieux un long moment. De lentes larmes lui roulaient sur les joues. Il avait dans le regard sa petite flamme tendre des rares et brèves minutes où tout son cœur lui fleurissait aux yeux.

— Moi, fit-il, j'ai eu le tort et le malheur d'être celui qui lui aura, le premier, montré la vie telle qu'elle est.

— Je ne comprends pas, dit-elle.

Il répondit doucement :

— Tu n'as pas besoin de comprendre, va, ma pauvre grosse.

Et, après l'avoir baisée au front, à son front de vieille innocente, il l'emmena, la consolant avec ces suprêmes paroles, dont elle se délecta sans en bien saisir le sens non plus :

— Il vaut même mieux que tu ne comprennes pas, vois-tu. C'est justement parce que tu ne comprends pas, c'est pour cela que, toi, il voudra peut-être t'aimer encore.

Anxieusement ils attendirent, près d'une journée et demie, le complet et définitif réveil de Flamboche.

— Ah ! pensait Aménaïde, m'aimer encore, le voudra-t-il ?

Et Chugnard songeait :

— Le pourra-t-il seulement ?

Quand, enfin le jeune homme revint à son entière et pleine conscience, rien qu'à le voir et à l'entendre, si radicalement changé, aussitôt Chugnard se dit :

— Non, hélas ! ni son père Chugnard, ni sa brave maman Naïde elle-même, ni personne, il n'aimera plus, j'en suis sûr.

Il semblait, en effet, que Flamboche fût maintenant un autre, et, à eux particulièrement,

un étranger. Cette froide et raide tenue dans l'i-
vresse, dont il avait en quelques jours fait l'ap-
prentissage au point d'y devenir si vite passé
maître, il s'en était comme cuirassé à jamais.
A jeun et de sang-froid, il en gardait l'attitude,
et aussi l'hébétude. De sa vivacité d'antan, de
sa gaminerie, plus rien ! Même avec Aménaïde,
aucun abandon! Une correction morne et glacée,
presque analogue à celle dont il s'armait jadis
contre Laffouace, quand il devait en supporter
la présence à table, le saluer en le méprisant.
Encore, sous sa froideur d'alors, percevait-on ce
mépris, un mouvement contraint de son âme, une
vie de sentiment enfin ! Pas seulement cela, sous
sa froideur d'aujourd'hui! Ni mépris, ni le moindre mouvement d'âme. Une absolue indifférence.

En vain Aménaïde s'obstinait à le dorloter, à
le câliner ainsi qu'autrefois, et en paroles et en
petits soins maternels ; il acceptait ces douceurs
sans avoir l'air de les trouver douces, et ne répondait plus jamais par un de ces mots qui met-
taient en extase le cœur de la brave femme. A
défaut de ces mots, il ne laissait même pas son
regard exprimer quelque reconnaissance, quelque
restant d'affection. Quand Aménaïde douloureu-
sement lui disait :

— Ça ne vous est donc plus agréable, que je
sois votre maman gâteau ?

— Si, si, répliquait-il, en paraissant penser à toute autre chose.

Elle eût admis. qu'il pensât à autre chose, sa distraction ayant ainsi une excuse. Mais ce semblant d'excuse, même cela, il ne prenait pas non plus la peine d'y recourir. Comme elle lui demandait :

— Vous ne faites pas attention à ce que je vous dis ; c'est que vous êtes préoccupé par vos affaires, sans doute ? Vous songez...

— Je ne songe à rien du tout, répondait-il. Je suis parfaitement à ce que vous me dites.

Et, avec un merci négligemment lâché d'une voix blanche, il lui tendait la main, qu'elle sentait molle et sans étreinte.

A Chugnard, il ne parlait, et ne voulait parler, que de chiffres, des opérations de Bourse qu'il s'agissait de liquider, et auxquelles il affectait de s'intéresser uniquement. A plusieurs reprises, Chugnard essaya de recommencer oralement sa confession écrite, manifesta le désir de l'élucider par des commentaires. Tout de suite le jeune homme l'arrêtait, d'un ton décidé :

— Inutile de revenir là-dessus. Je n'ai pas besoin d'en apprendre davantage.

Et il répondait net et sec à toutes les insistances, refusant de suivre Chugnard, qui en arrivait aux supplications.

— Mais moi, cher ami, mon cher Flamboche, moi, j'ai besoin de vous en dire plus long, de vous expliquer...

— Quoi donc?

—Que je ne suis pas, au fond, le vilain être dont j'ai l'apparence.

— Vous ai-je affirmé, ou seulement laissé entendre, que je vous jugeais tel?

— Affirmé, non ! Laissé entendre, oui. Et vous ne souffrez seulement pas que je me défende !

— Pourquoi et de quoi vous défendre ? Qui est-ce qui vous accuse ?

—Mais moi-même. Et vous aussi, je le sens bien. Et tout. Et cependant, mon cher Flamboche, si vous saviez...!

— Je sais ce que j'avais à savoir. Voyons, pas de sentimentalité bête entre nous, n'est-ce pas ! Soyons sérieux ! Quelles nouvelles m'apportez-vous ce matin de l'agent de change et du notaire? Les cours d'aujourd'hui seront-ils....?

Et Chugnard devait rentrer dans la discussion purement financière, pressé de questions techniques par Flamboche, qui s'appliquait de son mieux à y comprendre quelque chose, à en raisonner, à paraître y avoir goût, et qui, d'ailleurs, finissait toujours par conclure, à toutes les propositions :

— Ça m'est égal.

En quoi il prouvait de reste que son attention n'avait été qu'une attitude, et que, même à l'état présent de ses affaires, si mal en point, et où il semblait s'intéresser, il demeurait indifférent comme à tout.

— Mais pourtant, avait beau dire Chugnard, ça ne peut pas, ça ne doit pas vous être égal, d'être ruiné, ou à peu près, comme vous allez bientôt l'être, plus que probablement. Car, en somme, que ferez-vous alors ?

— Ça m'est égal aussi, répondait Flamboché. Ce que je ferai, ce que j'aurai à faire, je le verrai quand j'y serai.

— En attendant, reprenait Chugnard, il y a au moins une chose à quoi il n'est pas admissible que vous répondiez : ça m'est égal. C'est la certitude que votre ruine a été causée, voulue, machinée, par votre oncle, et par cette femme. Or, vous l'avez, n'est-ce pas, cette certitude ?

— Oui, je l'ai, puisque j'ai lu vos papiasses, comme vous dites, et puisque j'y crois.

— Et que ces misérables vous aient fait ce mal-là, ça vous est égal ?

— Absolument.

— Et que, moi, j'essaie de vous tirer de ce pétrin, et que je n'y puisse pas arriver, et que je risque de vous paraître, en fin de compte, leur complice aujourd'hui, comme j'ai failli l'être

jadis, et que je n'aie aucun moyen de vous rendre indéniables mon repentir, ma profonde
affection, mon entier dévouement, ma tendresse,
ma chère tendresse…?

— Même cela, interrompit Flamboche sans une
ombre d'émotion, oui, même cela, Chugnard, ça
m'est égal. Tout m'est égal.

Et il y était sincère, le sentait, le faisait sentir.
Sa froide et raide tenue dans l'ivresse, qu'il
savait maintenant garder étant à jeun, et dont il
s'était comme cuirassé à jamais, lui faisait une
cuirasse dont l'acier semblait s'être incrusté dans
sa chair, y avoir coulé son métal, et lui durcir
tout l'être jusqu'au fond du cœur.

Il en donna un suprême témoignage le jour où
il se retrouva en face de Gisette cédant enfin à la
perverse suggestion qui la hantait depuis la
scène du flagrant délit.

— Va-t-il me sauter à la gorge? pensait-elle.
Va-t-il courir chez le baron, vouloir le tuer? A
quel coup de folie s'emportera-t-il? Quoi qu'il
fasse, comme ce sera beau, et curieux et intéressant! Ah! je veux le voir. Je veux que cela
soit. Je le veux.

Et elle arriva, ayant la mauvaise et folle flamme de ce désir aux yeux, dans ses yeux d'étrange
animal qui eût été à la fois serpent, oiseau et
singe, y portant l'éclair féroce que dardait jadis le

bandit, son souteneur, quand il tirait son eustache en criant :

— Ça va rien être drôle !

Mais cet éclair s'éteignit soudain, devant l'impassible visage du jeune homme, dans le lac
glacial de son regard. Avant même d'avoir parlé,
elle comprit qu'elle parlerait en vain. Elle parla
néanmoins, et d'un verbe violent, brutal, cynique,
canaille, où toute l'ancienne Gisette exhalait son
âme d'argot.

— Voilà ce que je suis ! Voilà ce que j'ai fait !
Voilà ce que nous avons *maquillé*, mon mec et
nezigo. Mais casse-moi donc la gueule, voyons !
Et à lui aussi ! Il est à la piole. Cours-y. T'as
donc du jus de blaire dans les veines, eh ! p'tit
crevasson....

Et un torrent d'injures, d'ordures, sortait en
écumant de sa bouche, sa bouche de *sainte !* Et
toute son infamie, elle la crachait, la vomissait,
les poings aux rognons comme une poissarde,
ses maigres cheveux à la venvole comme une
vieille sorcière ! Et vieille, en effet, laide de toutes
ses laideurs passées et de sa hideur présente,
avec la sécheresse de ses longs bras en pattes de
sauterelle, son étroite poitrine, le ravalement de
sa croupe de chèvre, sa face osseuse qu'un nez
camard ponctuait de deux trous et que sabrait une
grande bouche aux minces lèvres plates ; et le

tout réapparaissant, les yeux de mandrille cruel et obscène malgré le lourd voile des paupières en capotes, et le corps garçonnier malgré la douillette de graisse molle, couleur de cire jaunissante, et l'ignoble voyou de jadis sous cette matrone capitonnée par le retour d'âge.

Flamboche la vit telle qu'elle était, au physique et au moral, et en même temps il la vit telle que le baron en personne (qui la connaissait à fond pourtant) et telle que Chugnard non plus (qui la savait depuis tant d'années), ne l'avaient jamais conçue ni pu concevoir : une sorte de démente, une soudaine détraquée en proie au coup foudroyant d'une hystérie frénétique, nullement sensuelle, toute en exhibitionnisme de son for intérieur, de ses pires instincts, de ses plus immondes et inconscientes perversités, qu'elle étalait, qu'elle ostentait, qu'elle dévêtait avec furie, qu'elle mettait à nu, qu'elle semblait vouloir comme dépiauter pour en montrer orgueilleusement l'horreur jusqu'en ses dernières fibres et son essentielle ignominie.

C'était une abominable scène, digne de la Salpêtrière, et dont les obscurs mobiles eussent été à peine explicables pour un aliéniste.

Flamboche, sans sa native bravoure, s'y fût laissé terrifier. Il n'y trouva matière qu'à un profond dégoût, dont son cœur se soulevait.

33

Dégoût de cette créature, évidemment malade, et de quelle étrange et affreuse maladie! Dégoût de lui-même aussi, qui avait pu aimer un pareil monstre, en faire une *sainte*, prendre pour de la passion les crapuleuses voluptés dont il s'était soûlé à ce cloaque! Et dégoût du monde enfin, de ce monde où une femme semblable était maintenant madame la baronne de Miérindel!

— Et ce monde-là, c'est celui où vit Chugnard, dont elle a été la bienfaitrice, et qu'elle a eu à ses ordres, et qui l'a servie contre moi, et qui l'a trahie ensuite, soi-disant pour moi! Et ce monde-là, c'est celui où mon oncle est respecté, honoré, où elle sera respectée et honorée de même, parbleu! Et ce monde-là, c'est celui où je dois vivre, parmi tant de saletés, de félonies!

Mais, en réfléchissant de la sorte, il ne s'indignait même pas à ces réflexions. Il constatait une fois de plus, comme en y plongeant à plein corps, à pleine âme, l'universelle muflerie. Et il constatait aussi qu'il n'avait seulement pas la force de s'en indigner. Ainsi qu'à l'intoxication alcoolique des jours derniers, il y restait invulnérable, et froid. Il en éprouvait d'ailleurs une façon de fierté.

Les yeux fixes, la bouche amère, il écouta déblatérer Gisette sans rien répliquer, tant que dura l'accès de cette démente. Quand elle

eut achevé, il lui répondit simplement, comme
il avait répondu à Chugnard, comme il avait
répondu à maman Naïde, comme il répondait
maintenant à tous et à tout :

— Ça m'est égal.

Gisette, son accès passé, rendue brusquement
à elle-même, le regardait avec stupéfaction, ne
comprenant rien ni à ce qu'elle avait fait. ni à ce
qu'il faisait en retour. Elle dit :

— Je crois que je viens d'être folle.

Il haussa les épaules et riposta, d'une voix
extrêmement calme :

— Je le crois aussi.

Elle le regarda de nouveau, longtemps, sans
parler, lui fouillant l'être d'un regard aigu, qui
pénétrait jusqu'aux moelles. Il n'eut pas aux
moelles un tressaillement. Il ne broncha pas, ne
cilla point, demeurant impassible, et n'ayant pas
besoin de s'y efforcer. Elle rompit enfin le silence, et prononça lentement, cessant de le tu-
toyer, et comme soumise, respectueuse, et toute
en admiration :

— Et je crois que vous, à présent, vous venez
de sentir que vous êtes un homme.

D'une voix non moins calme que tout à l'heure,
et dans un très vague, mais très hautain sourire,
il répliqua :

— Je le crois aussi

Et, le respect de son admiration tournant alors brusquement à la peur, elle pensa, pendant qu'elle s'en allait :

— Il faut que j'avoue au baron ma gaffe, et vite, et qu'il agisse en conséquence ; sans quoi, ce petit mâtin-là va se retourner. Il a dû le faire déjà. C'est pour ça qu'il est si d'aplomb. Gare de dessous !

Puis, son admiration la reprenant, et avec un obscur regret d'avoir pour ennemi forcé ce jeune mâle soudainement découvert, inattendu, et d'autant plus désirable :

— Pas à dire, quand même ! Tous ces Miérindel, des rupins !

Mais elle n'était plus d'âge, ni dans des circonstances, à choisir pour mâle celui-ci, et elle se hâta d'ajouter :

— Assez de folie pour aujourd'hui, hein, ma vieille. C'est encore l'autre Miérindel qui est le dab, et le vrai.

Et elle rentra, disant au baron, dans un effarement simulé, qu'elle avait revu Flamboche (dame, c'est ta faute ; tu avais l'air d'y tenir !), et que l'entretien avait mal tourné, le jeune homme ayant été monté contre eux par Chugnard, et elle-même s'étant emballée, non à se défendre et à défendre le baron, mais à tout avouer (pourquoi pas, puisque Flamboche savait tout !), et

que maintenant elle craignait d'avoir ainsi été
maladroite, d'avoir exaspéré un adversaire peut-
être redoutable ; car elle avait trouvé un Flamboche tout changé, tout nouveau, très calme,
trop calme, d'esprit net, de volonté ferme, évidemment prêt à la lutte, décidé à ne pas se
laisser dépouiller, bref, un Miérindel !

— Il n'y a qu'un Miérindel, répondit orgueil-
leusement le baron, qu'un seul. et c'est moi. Si
tu en doutes, tu n'en douteras plus longtemps.
Ah ! Chugnard a monté mon neveu contre nous !
Ah ! il a essayé encore de me tenir tête. ce vieux
Scapin ! Et le petit s'est laissé endoctriner par lui !
Et il sait tout, dis-tu ! Tout quoi ? Que c'est nous
qui l'avons ruiné ?

— Bien sûr.

— Et que ton amour pour lui…?

— N'était qu'un truc.

— Et qui tu es, peut-être ?

— Oui, oui.

— Et c'est le Chugnard qui l'a si vite et si bien
instruit de la sorte ?

— Qui veux-tu que ce soit ?

— Et tu as, toi, Gisette, avoué…?

— Ça, j'en conviens, c'est stupide. Une faute !
Pardonne-la moi. J'étais en fureur, comme
grisée. Une vieille toquée ! Je me demande ce
que j'ai eu.

33.

Fidèle à sa coutume, de punir les gens pour
les fautes commises par lui-même (et par Gisette,
n'était-ce donc pas comme par lui?), le baron
conclut:

— Sois tranquille! Ils te paieront cela. Ils
me paieront cela.

Et du coup, il brusqua le dénouement, d'autant qu'il n'était pas sans une légère inquiétude
malgré ses mesures si magistralement prises,
et malgré son orgueilleuse affirmation d'être
le seul Miérindel. Le soudain éveil, le complet
changement de Flamboche, son calme froid
et menaçant, constaté par Gisette, n'était pas à
mépriser en effet. Le baron se rappelait les trésors d'énergie où Jacques de Miérindel avait jadis
puisé tant de fois, se relevant après les pires
chutes, jamais à bas définitivement, toujours en
état comme de résurrection. N'était-ce pas cette
même aptitude à se redresser, cette nature d'acier
à l'incassable ressort, qui renaissait chez le fils
d'un tel père?

— Gisette a raison. C'est un Miérindel, en
somme. Il ne faut pas trop jouer avec lui, lui
laisser prendre conscience de sa valeur. Ma
première idée à son endroit était la bonne, la
plus sage : l'étouffer avant la croissance! Ah!
si Chugnard ne m'avait pas trahi! Mais il en a
fait un homme, je le vois. Et ce Chugnard aussi

est quelqu'un. Il l'a prouvé en osant me trahir. Il vient d'échapper encore au traquenard que je lui avais si bien tendu, en donnant à Flamboche le conseil de le prendre comme guide financier. Il a compris que je voulais la responsabilité de la ruine endossée par lui, aux yeux ignorants de l'autre. Il s'y est dérobé. Il a eu le regard clair. Il a rendu clair le regard du petit. Ce sont deux adversaires sérieux.

Ainsi le baron pensait tout haut selon son habitude, et cette fois, contre son habitude, doutant un peu de lui-même et montrant une crainte de quelqu'un. Gisette, qui jamais ne l'avait vu dans une pareille angoisse, en était étonnée, effrayée, et y ajoutait ses propres peurs, par d'incessants :

— Oui, oui, Flamboche est un vrai Miérindel. Oui, oui, Chugnard est redoutable. Je te l'avais dit dès le premier jour : c'est une intelligence d'élite. A eux deux, ils sont forts. Si tu ne les écrases pas complètement.....

— Je les écraserai complètement, répondit le baron. De cela je suis certain. Mais j'aurais aimé, pour Flamboche au moins, comme pour son père autrefois, ne pas avoir l'air... Enfin tant pis ! Qu'il pense ce qu'il voudra ! Je dois agir. J'agis.

Il ne se fût pas autant hâté, s'il eût pu savoir

dans quelle profonde et lamentable déconfiture
morale se trouvaient alors les deux adversaires
qu'il jugeait sérieux et redoutables à ce point,
dignes de le mettre en émoi, lui, et s'il les eût
appréciés d'un sens plus rassis, autrement qu'à
travers l'effarement de Gisette exagérant leur
importance.

L'intelligence d'élite de Chuguard était, en effet,
maintenant, tout à fait à vau-l'eau, désemparée
par sa totale impuissance à sauver Flamboche
de la ruine, et surtout par l'indifférence irrémédiable qu'y manifestait de plus en plus le jeune
homme.

Quant à celui-ci, nul effort pour se défendre,
nul désir même d'y tâcher, n'était à attendre de
lui. Après la suprême et hideuse scène avec
Gisette, seul, un affreux dégoût l'emplissait,
l'engourdissait, dans une hébétude pareille à
celle que lui avait naguère donnée l'ivresse. Ce
que Gisette avait pris pour le calme viril d'un
vaillant froid et prêt à la lutte, c'était la torpeur
impassible et résignée d'un fataliste renonçant
d'avance à rien tenter, non par lâche veulerie
d'ailleurs, mais par une sorte de pudeur digne
et morne devant les immondes horreurs du
combat qu'il eût fallu combattre. Peut-être,
plus tard, bientôt, l'énergie résistante de Jacques
de Miérindel devait-elle s'éveiller en Flamboche

et avec elle cette nature d'acier à l'incassable ressort. Pour le moment, au lieu que ce fût son père qui ressuscitât en lui, il n'y revivait que sa mère l'Irlandaise, la blême buveuse de gin, dont l'unique réconfort était jadis cette vieille chanson de son pays :

Tenez-vous raide, Paddy, tenez-vous raide
Comme un ballon bien gonflé.
Un coup de pied ici, un coup de pied là,
Le ballon va et le ballon revient.
Tenez-vous raide, Paddy, tenez-vous raide.

Tenez-vous raide, Paddy, tenez-vous raide
Comme votre mère quand elle est soûle.
Tant que le ballon n'est pas crevé,
Les coups de pied le font rebondir.
Tenez-vous raide, Paddy, tenez-vous raide.

Cette vieille chanson maternelle, Flamboche s'en était souvenu un soir, étant ivre, et il la répétait souvent depuis, en ayant compris soudain et vivement goûté l'amère sagesse. Mais, on le voit, ce n'était point là de quoi lui faire une Marseillaise pour livrer bataille. Et donc, Gisette avait eu tort de prendre et de sonner si vite l'alarme au sujet d'un pareil ennemi, et M. de Miérindel n'avait pas besoin de tant se hâter pour donner à ce vaincu, non plus qu'au pauvre Chugnard, le coup de grâce.

Raconter par le menu comment il le leur donna, serait maintenant besogne inutile. On en

a vu tout au long les minutieux et savants
préparatifs. On sait de reste avec quelle mathé-
matique exactitude le baron arrivait, en action
comme en parole, des prémices qu'il avait posées
jusqu'à leur conclusion logique. La fin de cette histoire est ainsi connue d'avance, et ne demande
vraiment plus que le sommaire exposé propre
aux faits divers.

En quatre jours de Bourse, la ruine de Flamboche fut consommée. Sa part de propriété dans
la mine d'or découverte et mise en valeur par
son père, ses actions dans les mines voisines, et
le plus gros de sa *fortune liquide*, étaient passés
légalement, au moyen des ingénieuses combinaisons indiquées plus haut, entre les mains du
baron. Environ cinquante mille francs, placés
en rentes anglaises, et sur lesquels le baron n'avait
pas eu le loisir de *travailler*, voilà tout ce qui
restait au jeune homme, les seules reliques de
son patrimoine, plus un tas de papier représentant les actions, tombées à rien, de la mine
de plomb argentifère.

Pendant ce temps, Chugnard était mis en
faillite, puis, presque aussitôt, arrêté, traduit en
justice, accusé d'avoir, par abus de confiance et
dol, étant chef d'institution, fait contracter à
un mineur, son élève, un emprunt usuraire et
frauduleux.

Tout ce qu'avait prévu le baron, touchant ce procès, se réalisa de point en point. Et non seulement (selon un des *clichés* qui lui étaient chers) dans le domaine matériel, mais aussi dans le domaine sentimental. C'est-à-dire que Flamboche. quoiqu'il fut sûr d'avoir laissé en blanc le nom du prêteur sur les reconnaissances, et quoiqu'il l'affirmât hautement, fut supposé par Chugnard avoir écrit là le nom de Chugnard (et pourquoi, hélas ! pourquoi? le malheureux homme n'y comprenait rien). Et d'autre part Flamboche soupçonna la complicité secrète de Chugnard avec Aménaïde dans cette affaire. Oui, le raisonnement du procureur de la République fut tellement irréfutable, et tellement claire l'argumentation de l'avocat de la partie civile, et si accablant le témoignage de Laffouace, que Flamboche y perdit la notion de ce qu'il savait, lui, positivement, et oublia toutes les bontés, toute la tendresse, toute la simplesse de la brave maman Naïde, jusqu'à se dire :

— Qui sait, après tout? Les apparences sont si accablantes contre elle! Et tous ces gens-là sont si abominables, tous, tous ! Qui sait? Peut-être elle aussi.... !

Chugnard s'aperçut de ce soupçon, en souffrit atrocement, ne se débattit que là-contre, s'y buta, négligea le reste, embrouilla son propre cas en essayant de défendre Aménaïde et de tout prendre pour lui.

Il fut finalement, comme l'avait espéré et *voulu* le baron, condamné au bagne.

Dans la semaine de la condamnation, Flamboche quitta Paris. Une dépêche impérieuse l'appelait au Cap, où sa présence était, affirmait-on, nécessaire et urgente, sans quoi sa propriété de la mine de plomb argentifère allait être décrétée en déchéance.

C'est M. de Miérindel, qui, par ses relations avec des financiers et des politiciens anglais, avait obtenu cette menace de décret, et causé cette dépêche. Il tenait à ce que Flamboche s'en allât, et particulièrement en ce pays, où il mangerait à coup sûr ses derniers sous, et *mourrait peut-être*.

Flamboche était dans le train de Paris-Calais. Il les avait sur lui, ses derniers sous, plus maigres encore que ne le pensait le baron. Car, de ses cinquante mille francs, Flamboche n'avait conservé que ce qu'il lui fallait pour payer son long voyage et arriver là-bas avec cinq ou six billets de mille francs, pas davantage. Le reste, il l'avait employé à placer sur la tête d'Aménaïde une rente viagère, incessible et insaisissable, de douze cents francs, et à lui racheter, dans la faillite de l'institution Chugnard, sa chambre de

jeune fille. Il songeait à cela en souriant. Il
n'était plus dans l'hébétude, dans la morne
hébétude de naguère. Il se sentait joyeux de
partir, allègre, fort, espérant, presque gai, sans
se demander pourquoi. Était-ce la joie intime de
sa bonne action, qu'il avait faite à l'insu de la
brave femme, et sans même la revoir? Était-ce
enfin l'âme vaillante de son père qui ressuscitait
en lui, l'âme de l'énergique aventurier toujours
relevé des pires chutes? Qui eût pu le dire? Lui-
même n'en pouvait rien savoir. Au ronron
bruyant du train, il ruminait toute son abominable histoire en ces quelques années, et des souvenirs plus anciens s'y mêlaient. Tantôt c'était la
parole de son père:

— Poitrine, petit! Toujours, quand même!
Poitrine avec ton âme.

Et tantôt c'était la vieille chanson irlandaise.

Tenez-vous raide, Paddy, tenez-vous raide
Comme votre mère quand elle est soûle.
Tant que le ballon n'est pas crevé,
Les coups de pied le font rebondir.
Tenez-vous raide, Paddy, tenez-vous raide.

Puis il revenait aux affreux jours récents, aux
gens de ce monde qu'il quittait, à Gisette, à son
oncle, à Laffouace, à....

— Pouah! n'y pensons plus!
Puis à Chugnard:

- 34

— Pauvre bougre ! Ce n'est pas sa faute !

Puis, à maman Naïde :

— Quand je pense que j'ai pu la soupçonner, elle ! Ah ! ce que c'est, pourtant, que d'être parmi les mufles !

Et il se remettait à chantonner, d'abord intérieurement, et bientôt à mi-voix :

> Tant que le ballon n'est pas crevé,
> Les coups de pied le font rebondir.
> Tenez-vous raide, Paddy, tenez-vous raide.

Si bien que sur le paquebot, comme il achevait le couplet, à pleine voix maintenant, parmi les fracas de la mer qui était mauvaise, un passager, irlandais, entendant ces paroles irlandaises, lui dit brusquement :

— *You are a merry boy, sir.*

Et il répondit, en gueulant à tue-tête dans le vent du large :

— *Yes, because I am not a mufle.*

90-93/ — Corbeil. Imprimerie Éd. Crété.

www.ingramcontent.com/pod-product-compliance
Lightning Source LLC
Chambersburg PA
CBHW050303030726
47505CB00003B/553